(日)高仓正三/著
孙来庆/译

1939–1941
揭开日本人的中国记忆

古吴轩出版社
中国·苏州

图书在版编目（CIP）数据

高仓正三苏州日记：揭开日本人的中国记忆：1939~1941／（日）高仓正三著；孙来庆译—苏州：古吴轩出版社，2014.7（2020.6重印）
ISBN 978-7-5546-0186-0

Ⅰ．①高… Ⅱ．①高… ②孙… Ⅲ．①日记—作品集—日本—现代 Ⅳ．① I313.65

中国版本图书馆CIP数据核字（2014）第000957号

封面题字：狩野直喜
责任编辑：张　颖
装帧设计：陆月星
责任照排：韩雅萍
责任校对：徐小良

书　　名	高仓正三苏州日记（1939—1941）：揭开日本人的中国记忆
著　　者	高仓正三
译　　者	孙来庆
出版发行	古吴轩出版社
	地址：苏州市十梓街458号　邮编：215006
	电话：0512-65233679　传真：0512-65220750
出 版 人	尹剑峰
印　　刷	龙口市新华林文化发展有限公司
开　　本	880×1230　1/32
印　　张	10
版　　次	2014年7月第1版
印　　次	2020年6月第2次印刷
书　　号	ISBN 978-7-5546-0186-0
定　　价	39.80元

如有印装质量问题，请与印刷厂联系。0535-3126028

高仓正三在灵岩山

昭和十八年（1943）
弘文堂书坊版《苏州日记》

前　言

朱　红

抗战时代距今有六七十年了，但那时的私人日记仍有发现。有的已交付出版，如《荻岛静夫日记》和董毅的《北平日记》。前者是一名侵华日军的战地实录，后者是一位沦陷区市民的见闻记。二人国籍不同，思想立场也不同，但他们以各自的角度反映了抗战时期的一面，都成了历史的见证。

这本《苏州日记》也是那个时代的产物，起讫时间为1938年（作者到苏州的时候是1939年）到1941年。这其间年发生了许多大事，如汪精卫投敌和组织伪政府；日军进犯冀中和长沙，并向晋察冀解放区发动三次大"扫荡"；八路军"百团大战"痛歼日军等。可是这本日记对此一无表露。作者只记自己的生活、学习、工作以及当地见闻。因此翻开这本战时日记，你感受不到战争年代的气氛，却能见到他足迹所至的当地社会面貌和文化状况，这不有点奇怪吗？

原来作者是从事文化研究的日本人。他叫高仓正三，生于1914年，毕业于日本京都大学，后在东京东方文化研究所工作。1939年秋，他作为日本外务省赴华特别研究员，到苏州工作，主要是学习、研究吴方言。从日记里可以看出，他对本职工作是很努力的，短期内就初步掌握了很难学的苏州方言。可惜他体弱多病，隔了一年多就住进了苏州医院，动了三次手术，终于在1941年春不治身亡。他的兄长高仓克己从日本赶来料理后事，在遗物中发现了他的日记。这本日记经过他的兄长、同事和朋友的整理，于1943年1月由日本弘文堂出版；因为所记大多是在苏州的事，所以用《苏州日记》作为书名。

时在东方文化研究所工作的吉川幸次郎为这本书写了跋。他说由于"日记的内容以对苏州的语言、习俗和文化等的观察为核心"，所以它的出版"对本国（指日本）人来说未必是一件重要的事情"。吉川先生是著名的日本汉学家，也是出版这本日记的推荐人，却估计此书不会受到日本读者的重视，这并非无因。"二次大战"进行到1943年，形势正朝着有利于世界反法西斯力量的方向发展，而不利于日本。在此情况下，要叫日本国民关注域外的地方文化，自然是不现实的，因此此书只印了3000册。日本无条件投降后，本土为美军所占领，这时候的日本人学英语都来不及，哪有心思顾及中国的苏州话？因此日记出版后，可以说知者不多，无甚影响；流入中国的恐怕没有几本，译介更是谈不上了。

但事有凑巧，1986年5月，江苏省昆剧院组团赴日本演出，随团前往的省艺术研究所朱喜先生得到了这本《苏州日记》。这是日本演剧教育联盟资料馆富田博之先生送给他的，说这本书保存下来的已不多了，其中有若干关于昆曲的记载，可供研究参考之用。朱喜先生带回翻阅后，发现说到昆曲的地方并不多，不过"觉得作者对苏州的某些研究和记录，似有可取之处，于是决定将它加以介绍，以期引起有心人的兴趣"。为此他写了一篇《高仓正三和他的〈苏州日记〉》，寄给《苏州杂志》。此文发表在1993年第1期，现摘录如下：

《苏州日记》的作者高仓正三，从书中的插页照片看，是一位戴眼镜胖胖的青年。全书的内容，就是他1938年12月被日本东方文化研究所推荐到外务省担任驻中国的特别研究员后，从1939年4月5日至1941年2月28日的日记。1939年9月25日抵达中国以前的日记很简略，并且不是每天都有，显然是经过编者的删节，只留下与他这次中国之行有关的内容。高仓正三到中国后，除了1940年2月15日至5月2日、5月31日至6月6日两次出去旅行，考察了江苏、浙江、湖北、湖南、江西、安徽的一些地方，以及偶尔有事去上海日本领事馆外，其余时间都在苏州，日记说他的住处是"五卅路同益里第三号"。这大概是书名叫作《苏州日记》的原因。高仓正三的身体很不好，日记中屡屡有生病、住院的记载。1941年3月13日在"盘门内新桥巷苏州医院"去世，时年才28岁。

高仓正三的日记记得很详细，甚至连所吃点心、所买衣服的名称都一一记在日记中。此外,他还记录了自己写给上级的两份报告的提纲,以及写给师长、朋友、哥哥的94封信的信稿。从中可以知道,他来中国首要的课题,是关于方言的研究。日记中,有他学习苏州话,研究苏州俗语、土话的不少记载。他在给哥哥高仓克己的信中说,自己已经记录了一千五六百条苏州话的语汇……在他的两份报告里,谈到了吴语区中,苏州语音与常熟、上海等地语音的异同,苏州语音与浙江萧山、杭州语音的差异,以及吴语与湖北官话(属于北京官话系统)的比较。为了更好地掌握吴语,高仓正三一方面去听书和昆曲清唱,还买了不少昆曲、苏滩、弹词的唱片……另一方面又搜集吴语小说和弹词唱本进行研读。

　　高仓正三对苏州一带的文化遗迹和民俗也很注意。日记中既有他游览虎丘、灵岩,瞻仰孔庙、章太炎墓的情况,也有他观光"轧神仙"、"观音生日"、"关帝生日"的记载。报告中还说到他曾到苏州近郊的木渎、光福、枫桥等处去考察过等等。

朱先生是苏州人。他看出这本日记保存了1939—1941年间若干有关故乡的第一手资料,颇有历史文化参考价值,因此将它转赠给以弘扬苏州文化为宗旨的苏州杂志社,以期能发挥作用。当时我在杂志社编辑部工作,这本书就转到了我手中。我不懂日文,编辑部里也无人通晓,故请在国旅办工作的孙来庆先生译出。译稿经编辑部传阅讨论,认为可以刊用。虽然《苏州杂志》已发表不少记述抗日战争时期沦陷后的苏州情况，并且有多篇是亲历者的回忆，然而这类文章大多偏重于记述对敌斗争经过，揭露日军暴行和汉奸丑闻，对沦陷期内苏州城乡的民情风俗、文化状况反映较少。而《苏州日记》恰有这方面的记载，如货物售价，书市新旧书目，菜肴点心品种，弹词和戏剧的演出，园林和名人墓的景状，节日和庙会的活动，等等。尤其是作者写的信，更有具体描绘，内容也较丰富。但全稿有十万多字，限于杂志篇幅，拟以摘抄加注的形式分期刊发。主编陆文夫阅后，认为此书的角度较为特别，对沦陷后的苏州文化情状起了"补白"作用，便拍板于《苏州杂志》1995年第2期起连载。日记摘抄刊出后，引起不少读者的兴趣，还有从事吴文化研究的读者特地来社，商求复印全稿，因此主编决定，待刊登结束后，出版日记的全译本，并将此事交由我负责。

在连载过程中有个小插曲：有人向有关部门反映，说正值抗日战争胜利50周年纪念之际，《苏州杂志》却让一名"日本特务"占了版面，实在不舒服，于是连载奉命中止。其实误会了，日记里提到的"特务机关"是指日本占领军在苏州的最高行政机关，不是特工组织。高仓正三是来苏工作的特别研究员，自然归它管。当然，他的立场还是站在日本方面的，如吴县伪县长被抗日志士击毙，他表示了"惋惜"。但他还是有分寸的：满州铁路株式会社觊觎南浔嘉业堂的藏书，想请他这位行家前往参与"调查"，其实是摸底，他发觉其中有"名堂"，婉言拒绝了。总之，综观这本日记，并无敌视中国的言行，倒是他对中华文化的仰慕，尤其是对吴文化的欣赏时有流露。再从资料角度来看，即使如日本战犯回忆录、侵华日军的日记，只要不是故意歪曲事实，也不无历史价值。于是经过申诉和解释，半年后日记摘抄的连载恢复，并于1996年顺利刊登结束。

但是全译本的出版遇到了困难，主要是经济问题。苏州杂志社没有这方面的专项经费，本来已找到一家愿意协助出版的单位，后因人事变动而未能落实，以致译稿长期搁置我处。2008年，古吴轩出版社闻知此事，便与我联系。他们看了译稿后，表示了出版意向，并邀我写一篇前言。说实话，我对这本日记的来龙去脉是知道的，但并未做过深入的研究，言之无甚高论，不过译稿终于能够出版，也算了却一桩心事，于是欣然命笔。

再需说明的是：早在日记摘抄刊出时，注解工作即由朱衡先生和我担任，孙来庆先生也注有数处。现为方便起见，统称译注，以区别于原注。

2009年2月于南郭西塘村

昭和十三年
(1938)

十二月×日　接受由东方文化研究所推荐我为外务省在中国特别研究员的交涉。

昭和十四年
(1939)

四月五日　上京（译注：应为东京）。十日至外务省面会。

五月×日　由于差错而被选择为第三种留学生且被辞退。日比野与我相同。月末，我被任命为在中国特别研究员。

七月十四日　身份证明书寄到。日比野和大岛两人七月三日已出发去北平。

七月二十四日　收到警察署寄来的证明书。

八月二日　夜车赴京。八日扫墓。十日归洛。

八月十一日　到上贺茂田端氏家拜访末次晋氏,并拜托他介绍在苏州的住宿,地址是苏州城内五卅路同益里三号。

八月十四日　预订镰仓丸邮船座位。

八月二十四日　母亡。

九月四日　提交一日所写要求延迟到二十二日出发的申请报告书。

九月五日　预订香取丸邮船座位。

九月六日　预订妥香取丸一等舱B座。

九月二十二日　上午八时出发,正午由神户出港。

九月二十三日　二时由门司出发。

九月二十五日　于中国时间十一时三十分抵达上海。接连数天的晴朗天气,稍有顶风但平稳至极。到渡边氏家小憩,再同行至满铁(译注:满州铁路株式会社的简称)。在永安公司购买一张唱片,价三元整。与牧田氏商谈日程。

虎丘旧影

九月二十六日　到中国书店,由袁君陪同到各处兜兜,购买唱片一张,价四元半。

九月二十七日　雨。早晨六点刚过就离开渡边氏家,乘七时的直快,于八时三十二分到达苏州。领事馆的铃木巡查陪我从车站到领事馆面会市川(译注:指市川修三)领事。十一时三十分到所指定的住宿。雨还在下,听说末次氏已经不在当地,顿觉悲观。下午,去同益里探访,果然不见踪影,回来早早入睡。

九月二十八日　到重松商店寻找末次氏,打电话联系,十点钟赶来见了面。知道仓田氏还在吴中,就同道前往拜访,原来他在国泰饭店(译注:在观前街的一家旅馆)。自此,三人结伴而行,游玩了郊外的虎丘、寒山寺、枫桥镇、西园和留园等地,然后在松鹤楼用餐。入夜,去书场听书。郊外风和日丽。

写给高仓克己的信

　　昨天九时半冒雨进了苏州,乘领事馆的小轿车到领事馆,然后到了所指定的住宿处。现在桂花满街飘香,苏州街道几乎无臭味,是个很好的地方。由于末次氏不久将去汉口,也由于我初来乍到,今天,请末次氏和仓田氏一起带我去游玩了郊外的寒山寺、虎丘和留园等地方。我们三人还相互约定明天去无锡。昨天因为末次氏不在,而且住所服务员的冷漠,以及糟糕透顶的所谓的日本菜使我哭笑不得。而今天托他们两位的福,我神清气爽,酒足饭饱。我深深地感到,过不了多久习惯了的话,我一个人也能自由自在地活动的,但至少在目前,有没有熟人却是大不一样的。郊外的景色与内地(译注:指日本内地。下同)的无多大两样,但其美丽的程度确实数倍于内地。大家都好吗?请容我后叙。讲好的月饼听说没有拿,也只好算了。

九月二十九日 到无锡去玩了,但没有什么值得一看的好去处。城市处于工业地带。从图书馆的钟楼向外眺望的景色倒是不错的。急急忙忙赶上三时十分的火车返吴。晚上,拜访了辻部队长,顺便也去了末次氏家。

九月三十日 早上去了末次氏家,再到特务机关(译注:指军特务部,日本占领军在苏州的最高行政机关)时遇到了广濑氏,并把我介绍给了省政府(译注:伪江苏省政府)的章署氏秘书。三人互相交谈时,才知道他就是我早就听小川氏介绍的章赋浏氏。从他那儿打听了些有关文化方面的消息。

游狮子林时,在亭子里听他们哼哼昆曲,曲调优美,连一窍不通的我都感到十分有趣。

在大丸百货商店(译注:今人民商场)订购了服装,花费十四元。夜里在开明大戏院听了《唐明皇》,只有陈善甫稍微好些,其他都很蹩脚。

写给伊津野直的信

　　谢谢您在我出发时打来的电报,它是在我抵达上海后第二天早上收悉的。我是二十五日十二时半到上海并住了两天,于二十七日到达苏州的。在领事馆的关照下住进了下记日本下宿处。正好仓田先生也还住在那里,一连几天我们到处走了走,昨天还去了无锡。无锡是个很大、充满了生机和活力的城市。苏州的街巷内不仅没有臭气,空气中还飘溢着桂花和白兰花的香味,使人不分昼夜,心情是特别地舒畅。在领事馆,大家都是一本正经的。也不知是何缘故,看来学者们大多是住在上海,也许这儿和无锡没有像样的图书。作为群众演艺的弹词和歌曲倒还有相当大的势力。我想它们可以作为学习的材料。眼下是处于什么也不懂,讲不出好坏的状态。郊外,喇叭花和石蒜花盛开,稻穗沉甸甸地下垂着,这与内地几乎无多大的区别,使我感到这儿与京都南郊极为相似。也许是这里水资源丰富,至今还没有沙尘的烦恼。最常用的饮用水是把过滤过的河水煮沸成开水而饮用,而不像北平那样买水。杂乱无章地写了不少,等我静下心来时再给您去信。

十月一日　　上午九时,与仓田氏一起乘坐从金门发车的长途汽车去常熟玩,这天是星期天,特务机关休息。我们信步在常熟市内外,再乘三时的汽车回来,往返经过一座桥时都是下车徒步走过去的,汽车一路上开得相当平稳,所花费用仅一元整。

十月二日 由章氏（前东吴大学史学日本学教授）的介绍去大井巷十号拜访赵景南老先生，请他讲解国语。其后去凭吊地处马医科二十五号小巷深处的曲园旧居（译注：指俞樾故居）。作为古迹而保存下来的曲园内还存有春在堂的刻板。下午，去锦帆路寻访章氏庙（译注：指章太炎故居）和坟墓。青蒿在墓上散发着阵阵清香。

去省政府拜访章氏（译注：此指伪省政府秘书章赋浏。下同），游览拙政园，晚上聚新亚会餐。

十月三日 仓田氏在上海九时半乘车去了南京。我拜访了领事馆，下午在宅整理。

写给高仓克己的信

离开日本至今屈指数来已近十天，各位均无恙吧。小生我一直很好。另外这几天经常和末次氏、仓田氏一起到处走走，健康状态益佳。所住的日本下宿偶尔也能吃到非常可口的饭菜。现在苏州是晴天连日，连西装背心都可以不穿。定做了一件中国服，明天就可取了。记得上封信是给你写到无锡去的事。其后去了常熟，汽车一路开得很平稳，途中有一座桥梁坏了，大家是下车徒步走过去的。市内没有像无锡那样的紧张气氛，但毫无收获。由省政府章氏的介绍，昨天去了俞樾的曲园和章太炎的家，凭吊了章氏的坟墓。曲园大概是原封不动地保存下来的，居室里尘埃层叠但相当有趣。春在堂的匾额和木板还照旧挂在那里。章太炎的墓在他家后花园的菜田里，听说是为了应付紧急事变而做的假墓。家里只剩下一个空壳，只有遗像而已。两处相距很近，十分钟之内就可到达。虽然曲园的大门处已是缝纫社，但我确信这里就是有名的俞氏之家。

前天游览狮子林时，园内有六七人聚在一起练习昆曲。他们光靠了一支蹩脚的发声又极差劲的笛子，袤颈按腹，皱起眉头。他们尖声的假音，不由让我感到这与日本的净瑠璃（译注：一种以三弦伴唱的曲艺）如出一辙。仓田先生今天去了南京。他将乘十三日的船回国，届时我也将去上海；托他给您带上两三件东西。末次氏给了我大概有六十张老唱片（主要是京剧而无昆曲，横向槽的那一种）。

郊外的徒步旅游是件相当愉快的事情。能够见到三三两两的扬起的帆犹如在田间行走一般，走近一看却是水和岸的景色。

还没有正式开始学习，今天给小亨寄去了明信片。就此搁笔，余言容后叙。

十月四日　早上，为购买内衣、裤子和鞋子等而去了玄妙观的后面。在末次氏家吃了午饭，饭后回来写了几封信。晚上去大光明电影院看了《霓裳仙子》的电影。

写给日比野丈夫的信

　　我于二十五日抵上海，二十七日到了苏州。幸亏有熟人和仓田氏在，第二天开始我们就周游了近郊和无锡、常熟等地。拖至今天才给您写信，望鉴谅。昨天，仓田氏去了南京，这样，我可稍事休息了，也想从现在开始静下心来。这儿的气候与风情同以往所听的传闻没什么两样。即使是现在，只穿一件单衣就够了，外出时也不用穿衬衫、夏装和西装背心。有空请到这里来小住几天。街道上无甚异味，路上也无什么早市，只听得一片用竹刷子沙沙地洗刷马桶的声响。这里的景色、人情和人们的相貌看来与内地的并无二致。北平那儿是否还是老样子？可惜的是苏州的学者和读书人几乎都逃到上海去了，按此情况来看，我也许会什么也搞不成的。前天，我去了曲园（俞樾旧宅）和章太炎家以及参拜了他的坟墓。面对着杂草丛生、被一丈多高的桑树所遮掩并葬在后院田里的坟墓，真令人万分扫兴。今天就写到这里，祝您健康，顺便请向大岛先生问好。

十月五日　上午去领事馆要求给我找一位中国语的老师。在等回音的空余时间在池塘边钓鱼。所买的花茶不够理想。总的来说，这里的货物以劣质品居多，虽价廉但无上品，衣服倒是挺好的。晚上与末次氏一起散步。

十月六日 上午，末次氏陪我从醋库巷的水仙庙（柳公庙）出发，经滚绣坊、乌鹊桥路，通过沧浪亭、县公署（译注：今苏州会议中心）和仓米巷，来到松鹤楼吃午饭。在大丸买床单一条，花四点一美元。袜子给哥五双，给小亨五双，自己两双。晚饭后散步。

十月七日 昨夜里听到了滴滴答答的下雨声，白天阴。上午去省政府拜访章氏，向他打听红豆斋（译注：清代经学家惠士奇故居）的地址。他把在税务股工作的惠乐氏介绍给了我。惠乐氏告诉我说，他的旧居在葑门内的冷水湾（读书湾）（译注：今钟楼新村），那儿没有红豆树。这与小竹氏所说的有所不同。再去拜访潘（振霄）民政厅长，由于他正在出席会议而会见了其秘书，说是叫我在后天下午二时，手持竹笛等候。接着去了领事馆，正午时分归宅。下午无事。晚饭后，与末次氏和清田氏三人一起去开明看了《唐明皇游月宫》两场戏。其中一场较好。在众多角色中，扮演织女的云秋兰尤为出色。马骏骅扮演哥舒翰，冒充号称马派的马连良，多少有点走样。一般来说，都是给主角搭配上一个演技拙劣的演员，而被称为配角的演员中也有表演尚可的。不知是何理由要这么搭配，实在令人费解。夜里好像被虫叮咬而时常醒来并撒药。

十月八日 好天，七时起床。饭后翻开被褥铺盖检查时，逮到六七只臭虫，都是半死不活的，容不得它们逃走而再次撒药。白天晒被、喷药，十多天的骚扰断定是臭虫所为。十一时散步。下午，潘厅长来函，约定十一日下午四时见面。晚上，拜访末次氏家，再去大光明看由周璇主演的《孟姜女》，很有意思。

写给吉川幸次郎的信

　　好久没有联系了，想必都好吧！苏州的气候还像秋分前那样，因此我也没有想到给您写信请安。由于气候的原因，目前这里蚊子、臭虫猖獗。您给我介绍的各位先生中，还没见到梁院长，其他几位王先生和潘氏、邹百耐等人均在上海。听说李印泉老先生（译注：即寓居苏州的李根源，1938年去昆明）还在云南。在苏州几乎没有搞我们这行的人。去请教前东吴大学教授章赋浏老先生时，尽是说些往事，给我的心态罩上一层阴影。王氏和潘氏等人将于十一、十二日和仓田氏一起去上海，如有可能，我想去上海见他们。刚才已讲过，也许还能碰上陈乃乾和郑振铎他们几人。这里好像没有有价值的书籍，但有几本北平没有的书。我想这些事情在仓田先生归国后会向您汇报的。中国语的老师还在寻找之中，月半从上海回来后想从头开始学习了。此事已拜托了领事，再过两三天就有两位人选作为我的中国语老师。像我这样懒惰的人十分适应苏州的土地和空气，光从这点来讲，我的学业将倒退两年。

　　苏州城晚上刚过七时，就连最热闹的观前街行人都很稀少了，护龙街（译注：今人民路。下同）等街上的商店都已全部打烊，四周一片漆黑，去散步也感到有些不好意思。

今天就写到这里，容后再向您汇报。

请代向研究所研究室的各位同仁问好。

祝您安康。

下封信可以向您报告惠氏红豆树一事了，小竹先生讲那棵树还在，但惠氏的家人都说没有。因此我想去葑门内冷水湾实地考察一番。我已知道曲园和章氏坟墓的所在地，不管什么时候，我都可以带您前往。

十月九日 上午步行走到阊门，在博古斋（译注：在原护龙街阊邱坊口）购得小说弹词三部。归途中在觉民书社（译注：在原护龙街吉由巷口）又买了《海上花》。下午，花四点二元买了作为礼品用的毛巾半打。晚上与末次氏一起去了景德路书场。

十月十日 去了领事馆，但领事不在。下午再去借百元钱用，共去民会（译注：即北局青年会）台球场，与领事馆的各位一直打到傍晚。晚上去见平野巡查。

写给高仓克己的信

昨天傍晚时分收到了您二日所写的来信。这里早、晚各送信一次。信件往返都是第六天能够收到，比北平的往返还要快。

听说大家都很好，我也就放心了。小亨已没事了吧，应该早些把那件事忘掉才好。这几天我稍有空闲，且又不学习，精神显得特别好。写到这里，见末次氏先生来访，略为闲谈一番便一起去书场听弹词了。

再也不受臭虫的骚扰，天气又很暖和，真有说不出的快感。对你说我现在还仅仅只盖一条夏天的薄被你可能还不会相信吧。随信附上两张照片，我不想放在自己手头，请你代为保管。我的体格比中国兵强壮，且脸又晒得黝黑，穿上中国服后的脸相总觉得面貌可怕。昨天是第二次洗澡，这里只有澡盆但无热水，常常要泡回开水才能洗。这里不像北平那样来卖水，取而代之的却是人们拿着热水瓶和木桶之类的容器去买开水。其水源是经过过滤后的河水。由于井水混浊而不作为饮用水来使用。这里的风俗是在下游可光足穿草鞋，这是一种用脚指头稍微能勾得住的草鞋。也有很多人索性光脚不穿鞋。

每天早晨食品市场到处能见，站在那儿看倒也别有一番滋味。河鱼相当多，蔬菜与内地的并无什么两样。把甘薯简单地煮一下就到处兜着叫卖，时而也能闻到烘山芋那样的味道。眼下因法币贬值，商人们都不舍得出售自己手头的货物，为此物价上涨得很快，眼见涨价一成左右才有些东西拿出来卖。现在的兑换率是一百日元换一百三十五点六元法币，一百元军票可兑换一百三十二点三元法币。去上海往返车票由于差价的原因可轻松地支付出去。由于我来时在上海已兑换了一百多日元，到现在手头还是相当地富裕。十二日去上海时还要再换好些。但不知为何，唱片还要三四元一张，请你耐心地等到它便宜些时再买。茶还是内地的好喝，苏州茶价很贵，也请等到下次再买。这里的香片不太好，给你买龙井茶如何？

两三天前的晚上独自出去散步，成群的萤火虫发出沙沙的声音从我身边飞过，令人有些害怕。霍乱在这里已经绝迹，蚊子也少得多了，至少在我房间里已没有了。末次氏先生除了给我很多唱片外，还时不时地给我一些小玩艺，教给我好多道理。今天是"双十节"，昨晚开始戒严。前天晚上去看了周璇主演的电影《孟姜女》，这是一部很好的片子，里面还有民歌的插曲。现在要去领事馆取钱，在此祝大家健康。没有吃到松茸多少有些遗憾，但马上要到螃蟹的汛期了，我准备拼命地吃它个够。

十月十一日　在报上看到有关红豆树的消息，就购买了《平江图》，遍找升龙桥而不可得。潘氏来函告知因要召开治安会议而延期会见。下午与末次氏一起去吴衙场找徐氏当铺，在十四号，但因主人不在而遭拒绝。在松鹤楼用晚餐，喝鲃肺汤。带有泥土味的这鲃肺汤据说是木渎的名菜。

仓田氏没来。

十月十二日　乘中午十一时零五分开的直快去上海，于十二时半到。到渡边氏家时,听说仓田氏已于昨晚先到了。去了满铁和永安公司,见到了仓田氏,再买了两三件礼品,没有给小亨的较好的毛衣,只有给哥的领带稍许好些。晚上三人在沙利文会餐,仓田氏因疲劳而食欲不振。饭后到渡边家,把所寄放的行李托付仓田氏带回,夜里寄宿渡边家。

十月十三日 阴天。七时去送仓田氏,看来他确实是很开心。九时开船出港。其后去满铁,再与渡边氏一起去同文书院拜访小竹文夫氏。他自去年开始就一直很健康。在沙利文吃过午饭后再赴中国书店拜托与陈乃乾氏面会之事。在大新吃完晚饭后漫步于南京路,走到先施公司,到处只是兜兜并没有买什么。至音乐柜台,我所想要的昆曲唱片几乎都有,因此买了三张《长生殿》弹词和一张《安天会》(《西游记》)。仅仅相差一天时间就不能把所购之物托仓田氏带回日本,真是相当可惜。

十月十四日 入夜,暴雨不停,时而也有几声雷鸣。上午九时雨止,但积水甚深,不能去同文书院。到中国书店时,听说陈氏要到下午三时才来,才知此事没有通知到渡边氏。在满铁俱乐部吃过午饭再去中国书店时见到了陈氏。听他介绍现在公署里藏书甚少,南洋中学倒还是有些。即请他陪我同行,由于大水,来到中学门前又不得不返回。约好明天碰头后再一起回到中国书店时,遇到陈济川等人,说是明天不来了。乘公共汽车至外滩而归。晚上,在北四川路散步,水势未减。

十月十五日　偶尔遇到了小竹氏,托他让我会见阪本氏。早上,济川来了,十时要想同去同文书院却又不知道该乘几路车而十分为难,直到近下午一时才到。与阪本氏会谈,说要搜集语汇,并听说苏州话里也有四声的区别。下午三时半,到中国书店见乃乾和济川,并与他们一起在致美楼吃晚饭,晚六时归。

写给高仓克己的信

　　小生我还在上海,打算明天回苏州。十四日去先施公司时意外地买到了三张《长生殿》弹词和一张《安天会》(《西游记》)的唱片。其他还在仓库,暂且先把以上的买回来再说。前天差不多已经到了先施公司,但因一点小事而没有进去,现在想来可真是白跑了一趟,因而也不能托仓田氏带回,令人遗憾至极。还是耐心地、一点一点地收集起来吧!一张唱片要四美元,对我来说也有些棘手。这次到上海去了三次位于徐家汇的同文书院并几乎每天都去共同租界,路都要给我走熟了。今天在街上时不时地看到穿了日本和服的妇女,她们绝不是出于某种担心而穿和服的吧。昨天下了一个晚上的暴雨,市内各处积水甚深,电车停驶,小车故障不断,坐上人力车和汽车,只听得车驶过水洼时叭喳叭喳、扑哧扑哧的声音,实在振奋人心。也只有在这时,才能真正体会到人力车的方便。水深大抵四五寸或六七寸,不过膝盖,但浸到小车的踏板处。临街店铺好多人都用容器往外舀水，行人拥挤着过桥，一片混乱。今天，水势虽退但还有积水，双层汽车在积有水的街上行驶时所飞溅的水花以及人力车发出的叭喳叭喳声，不仅是小亨，连大家都会感到十分有趣的。昨天见到了陈乃乾氏，从他那里打听到了不少东西。写于上海。

十月十六日　阴天，微雨。早上八时出发去火车站。虽有九时十五分那班火车，但说我有行李不让上，一直等到十时三十分才乘上——是各站都停的慢车，到十二时三十分才到达苏州。坐汽车到新亚吃了午饭后于二时许归宅。三时去看末次氏，因他外出而未遇。回来后看《苏州新报》。正如陈杭所说，报上刊有关于小生的报道，好像是章秘书所写。晚饭时，与省政府教育顾问林氏对话。听他说约在昭和八年在东京的东方文化学院呆过一年。哥哥来信，内容是告诉我搬到了一处有院子的新居。我为他感到十分高兴。重沢、吉川来信了。

十月十七日　早餐后去末次氏处。一起去重松处共同欣赏我拿去的昆曲唱片。顺便把他的留声机借回家，打开袋子，取出好久没听的唱片来听，可惜的是机械性能欠佳。夜里搞些剪报。

十月十八日　好不容易消灭了臭虫。赴领事馆进行自上海回来后的礼节性拜访，再次提起了资金和老师的事。领事馆把省政府科员的妹妹张莹华女士介绍给了我，为此找到养育巷十三号，张家有老母，操北方口音。张女士毕业于女子学校，在南京曾当过幼稚园和小学教师。请她从明天下午开始来教我。

上午十时过后回宅，天下着微微细雨。整理。午睡后，山际氏前来告诉我说三楼有挂轴和书籍而前往。有《吴县志》等书以及众多的挂轴。一一鉴别后没发现有价值的东西。晚上末次氏前来，一直交谈到近十一时半。雨从下午开始就淅淅沥沥地下起来了。

十月十九日 雨还在下。再上三楼看挂轴，发现有郭麐（译注：清书画家郭频伽）的对联，很好。把十几幅挂轴拿回房间继续鉴别。下午一时张女士前来，一直教到三时，问我学费每月二十元法币怎样。末次氏嫌贵。三时半外出，给我找了个在西服店工作的黑老头当老师，说好每天晚上教一个半小时，月薪为十元法币。

下午雨止，傍晚时分放晴。夜空清晰，星月皎洁、明亮。昨晚开始听到了蟋蟀的鸣叫声。

狩野、原田来信。收到佐藤氏所给的一百二十元，付掉四十元房租。

写给高仓克己的信

十六日从上海回来拜读了您九日所写、十五日寄到的来信。谢谢信中所附来的小稔的照片，拍得挺不错的。知道你们已搬迁到了新居，把屋后全部装修成庭园，不管怎么说，这也是了不起的杰作。住有庭园的新居心情一定很舒畅吧！想必已从仓田先生处打听到我的情况了吧。与他分手至今我身体一直很好。从昨天开始下雨，气温一下子下降了许多。现在已能听到蟋蟀声了。月亮射出冷淡的光泽，好像变得如同家乡的秋天的气氛一般。从今天起开始学习苏州话，分别是下午两个小时和晚上一个半小时，请的是一男一女两个老师。还是浊音比较难，声调也很吃力，吃晚饭时，把舌头都咬了。我越来越忙了。我所住的这个家，从三楼堆放着的东西来看，是寓吴朱氏之家而不是潘氏的。老爷好像是名叫朱稚臣的一名土豪。内有很多挂轴，我想抽出十几幅来装饰我的房间，其中有两三幅稍好的。一直没有去买书，因为没有什么好书。看样子小亨身体很好。天气即将转冷，务请注意他的肚子。也许是换了床、撒了药的缘故，已无臭虫来咬我了。虽然放心了，但好像还有些感到不足之处。我虽不是阿Q，听听掐死跳蚤时所发出的哔哔剥剥的响声其实倒也是一种大快人心的事。前些日子，当地的报纸在第二栏分三小段介绍了我的情况，真是没办法。余言容我后叙。

十月二十日　晨，晴空万里。在房内挂了挂轴，中午时分天又像要下雨了。三点过后，去大丸购买牛皮纸，用它包装寄到北平去的小包。夜里朱爷回来与末次氏交谈。听他说过队长想要有关章氏坟墓的调查汇报。此事连夜用航空信拜托仓田氏（二十一日一早就去寄）。

十月二十一日　晨，阴天且寒冷。去邮局寄信和小包裹，理发，去领事馆。下午三点半左右去玄妙观，花了一角钱就买了十一册校样唱本。夜，稍感疲劳，早早入睡。

十月二十二日　早上和末次氏一起去玄妙观后面买了冬装（十二元法币）、内衣（三点八元法币），又在缝纫社定做了裤子。在吴苑粥店（译注：在太监弄兰花街东口）吃了午饭，仅花零点九七元法币。午睡充分。

晚饭后，末次氏和北原氏前来，三人一起去大光明电影院看了《风流冤魂》。收到铃木和浅田的来信。上午坂崎氏曾来看我，正好我外出不在家。

十月二十三日　雨，夜里就听到了雨声。早上虽止但到九点半左右又下起来了。在雨停的那段时间，抽空去观前花一元法币定做了名片。去看望坂崎氏，但他因今天是清国神仁大祭而没上班。归途中顺便去看了养育巷的菜市场。从花街巷进，出憩桥巷，在护龙街口的书店偶尔看到了一本铅字本《北堂书钞》夹在书里。叫老板卖给我而回答说不卖，自己要用的。你说他怪不怪。

不知是否受了凉了，肠胃感到不适，就早早地睡了。

写给吉川幸次郎的信

　　谢谢您前几天给我的来信。既要翻译又要校正的，实在忙得够呛吧！请各位也不要勉为其难。托您的福，我身体一直很好。想必仓田氏已把所有的一切均汇报完了吧！前些天，冒着大水在上海只会见了陈乃乾氏，而您特意给我介绍的另几位先生只有等下次的机会再去拜访了。我想下次一定由我事先与陈先生和中国书店联系好，万无一失地和他们见面。决不是想人为地避开他们。我特别地想得到郑振铎先生的有关俗文学资料。只是去一趟上海要花好多钱使我有些担忧，这是因为目前的物价昂贵所致。

前封信中给您谈起过章太炎墓地一事，听说苏州的辻部队长设法想把此墓整修一番。我昨天已用航空信拜请仓田氏写一份有关章氏事迹的调查书。请先生您也从中多加关照并垂示方略。我现在每天花四个小时向男女二位老师学习苏州话。其清音和浊音是第一次碰到故感到十分困难。这里又没有一本像样的书可用来参考。但今天却看到了一本铅字本书钞，店主情愿把它作为书签夹在书里就是不卖，真是岂有此理！

祝您健康！

十月二十四日　晴。早晨还腹痛。与末次氏一起登北寺塔远眺，在吴苑粥店喝了粥。朱爷送来了棉裤。服用两三元乳酶生，腹痛好转。

十月二十五日　晴朗。上午十点半左右，清田氏带来一位做西装的裁缝，价钱贵得出奇。下午三点过后外出，付掉四元棉裤费。

买唱本十余册，加上《张氏音括》才二角钱，这是在玄妙观左侧排在最前的一个摊位上买的。在观内兜了一圈后回家。换一百日元兑得一百二十七元法币——前天起与上海一样，美元、日钞急落直下，竟相差近十元法币；听喜田川氏说前天他在上海才兑得一百二十五元法币。是否会稍许回涨些呢？晚上给哥哥写了张明信片，散步。末次氏下月二日乘船离开苏州。

写给高仓克己的信

苏州的天气今天好不容易见到了太阳，气温也稍有回升。气象预报说昨天最高温度是摄氏十七点九度，最低温度是摄氏十二点四度。其他人都穿了驼毛衣裤了，而我还是照旧。也许是这个原因，这两三天腹部受了凉，急急忙忙服用了乳酶生，做了条棉裤穿上才算没事。今天已经在吃鸡素烧了。末次氏将在正月二日去汉口，多少令人感到冷静和寂寞。但有两位老师陪伴着我，晚上倒也不觉得无聊。好多事情现在我一个人也能干了。但是在我还没有很好地掌握口型发音时，女老师不断提醒我：苏州话发音的特点是轻！而轻轻的发音又不易掌握，真使我为难了。浊音和复杂的母音拼读的发音最难。实在不好意思，能否给我寄来汇文堂出版、阪本氏所著的《苏州语研究》和在研究所的《韵镜》这两本书来。另外，在您方便时，再给我寄来青木先生的《明清戏曲史》好吗，拜托了。因为在末次先生那儿的书，是我已经作为礼品和纪念品送给他了的。谨此搁笔。

十月二十六日 晴。腹部的不舒服几乎完全治愈。下午三时，与末次氏一同散步，在观前街路东地摊花二点一元法币购得九张旧唱片，其中还有一张昆曲。到大丸定制大衣。管公寓的老婆婆托我到上海去时顺便给她兑换八十日元和十五日元。收到仓田氏来信。

十月二十七日 略阴但较暖和。早上去散步，漫不经心地买了一本曲谱钞本，三元法币。下午三点再出去，到附近的书店托他们留意书钞的合订本。花六角钱买了一只砚台。

十月二十八日 天气与昨天同。今天无事，开始阅读王力所著《中国语文概论》。这种初学者的入门书到处唾手可得。

十月二十九日 早晨少云，温暖适人的好天气。与末次氏在阊门内兜兜。先是走路，从护龙街走进范庄前。不知为何，范公祠现已改成了一所私立小学（译注：私立崇范小学），里面还竖有万历碑。信步又走到楚相春申君庙，接着又游览了在文衙弄五号的文徵明（译注：应为文徵明曾孙文震孟）的艺圃——虽已荒芜但还保持着原貌，倒也不错。看到鸡被狗追着飞到水池的情景，我不由得联想到了濑石的草枕。真是不可思议。转而走到西中市，观看泰伯庙，到前新街凭吊据说是唐伯虎旧寓的准提庵。再走出阊门，在东洋堂吃午饭。饭后去参拜西园。天又下起雨来，夜里去书场听书。今天收到朝永和哥哥的来信。

十月三十日 雨止但极冷。中午十一时去坂崎处却因其去上海出差而扑了个空。归途中在养育巷买了些点心，很合口味。

和末次氏一起吃螃蟹，再到已约好的笠松处吃鸡素烧。其后去大光明。

十月三十一日 天气晴朗。上午十时半，小竹氏打来电话，说昨天已到苏州。十一时半我前往新苏饭店拜访，顺便到松鹤楼吃午饭。回来再腾出张女士教授苏州话的时间。陪小竹氏去了章氏墓和曲园。下午三时半，再陪他去省政府拜访章氏，拿到了两颗红豆。一打听小竹氏所想见的人，却都在上海。再送他回新苏饭店。

与末次氏和北原氏三人在松鹤楼吃晚饭以送别末次氏去汉口。菜单是醉蟹、炒蟹粉、乳腐肉、三丝汤和鲜塘蕈，价三元九角。

入夜，听朱爷讲有关点心的话题，今天可真是忙得马不停蹄。

按朱爷的话来讲——

酒：元烧（苏州地方酒）　观前同泰源　八九角

绍兴酒城中酒家　一元一二角

花雕酒城中酒家　一元七八角

茶　观前汪瑞裕

点心、面　松鹤楼、吴苑粥店、茶社

烂糊白菜肉丝

馒头

蒸笼、小笼馒头

肉　七分

虾蟹　一角五分

水饺、锅贴

玫瑰　玄妙观内、五芳斋

薄荷　六芳斋、七芳斋

排骨、肉骨　每块五分

汤包　一客十只

烧卖　一客十只

馄饨

茶食（糕饼店）　稻香村杏仁糖

糖果（青盐店）　悦采芳胡桃肉、松子肉

月饼：肉月饼、火腿月饼、椒盐月饼　稻香村

蜜糕（米粉）

桃片

豆末酥

麻酥糖

一品香（阊门外）

笔墨　陆益元堂（观前西）

鞋　瑞华（观前西，朝南）

蒲鞋面、华达呢料　四点五元法币

兔子式　绒、棉鞋　三点八元法币

十一月一日　晴朗。早晨，去新苏饭店十五号拜访小竹氏，再与他同去拜访赵诒琛氏，介绍小竹氏并讲明来访目的。已是七十一岁的老翁看来很喜欢工作。据他介绍，胡玉缙氏（绥之）在三年前就离开了北平，现住光福镇虎山弄二号，已达八十一岁高龄；曹叔彦住在阊门西街，亦已有七十多岁。其并赐给我戊寅丛编中的《颜氏家训义记》和《孙渊如文补遗》（译注：孙渊如即清经学家孙星衍）二册书籍。

上午十点过后告辞，送小竹氏去车站。如果末次氏也乘该趟列车前往该有多方便啊！列车稍稍晚点进站。

下午洗澡。今天开始换个大床睡。

十一月二日　早上天气很好，暖风拂面，转阴天。从上午十点至下午一点，因闲院宫殿下来访而实行交通管制。上午九点多，去观前（西）瑞华鞋店购买棉鞋。花三元八角买了一双绒面高帮鞋。下午在玄妙观旁散步。今天虽无甚收获，但看来书店老板已认得出我是谁了。小川来信，告诉我老先生生病之事。

十一月三日 小雨。托喜多川氏给老婆婆兑换八十日元。山茶花开,这儿也叫蛇花。

十一月四日 晴好无云,温暖无比。傍晚去玄妙观后街(译注:指牛角浜),深感如囊中无钱就什么也买不了。终于因他们的劝说和热心介绍花了三元六角买了《花影集》、《古史辨》、《义妖传》等书。《花影集》缺最末一二页,恐怕不是原刻。喜多川氏兑回一百零三元四角。

十一月五日 阴天。正好想把几天以来所学到的语言学做一番整理时,接到渡边氏从火车站打来的电话。急忙赶往迎接,并带他们一家五口游览了虎丘、寒山寺、西园和留园。虎丘和西园已秋色深深,在微雨微晖中走在去寒山寺的路上倒也别有情趣。下午二时左右才赶到松鹤楼用午餐。送至车站后再到大丸付掉大衣货款,并试穿了样衣。

十一月六日 天气晴好。去了领事馆,但听说领事因病在家办公。从平野氏处打听到地址后就自己找到租界(译注:指青旸地日租界)去。瞎摸着从养育巷一直南下,到了盘门再走上大马路,接着再走了不少路,谁知一直走到了东面的城角处,急忙掉头,乘黄包车兜了一大圈来到领事馆,漫谈了一个多小时,办完事情急急忙忙地赶回家,已下午一点多,张女士已来多时,马上请她教课。三点多去吴苑粥店以锅贴充饥。收到哥哥来信,说为了要吃(我带去的)点心的缘故,无法马上给我写回信。收到昨天在虎丘拍的照片。我的个人照还比较上相。今天走得太累了,感到疲乏,于晚九时半上床睡觉休息。

十一月七日 自昨晚始,气温回升很快,但天是阴沉沉的。正午前天开始放晴,气温更高,直至晚上都没变。

昨天在盘门内遇见了阿二,真感到奇怪,他告诉我为长子的死而前来奔丧的。给了他一元钱,但爷叔的颓丧的脸依然是麻木不仁,毫无感情。

法币继续坚挺,昨天每百日元兑换一百二十六元法币,今天继续贬值二元,不但没有回升的希望,而且还担心进一步贬值。今天到了该洗澡的时候了,可是阿二还不能回家。在这种暖洋洋的天气里,身上都在发痒。一个星期内,至少有一天的天气像夏天那么热该有多好啊!

十一月八日 夜里看到了今年初次的雾。在家读《古史辨》顾氏自序。十一时左右由雾转为微雨(这儿叫毛毛雨)。入夜雨渐大但气温不减。

今天听朱爷讲物品等——

把衣服的袖口叫作衣裳管(文言称袖子管)。

腰围叫腰身。

襟是上衣、袍子前面的部分。

把棉花放进去叫做"翻"。

一人的衣料：男为一丈三尺半，褂子六尺；女子九尺。

衣面叫面子，衣里叫夹里。

称袍子为襧。

和尚在受戒时要在头顶上灸三个一排共四排的洞，这叫烫香洞，其痕迹亦叫香洞。而道士是戴扁平的帽子，骂人时叫他们为"扁头"；骂和尚为"贼秃"。

出丧称作"出棺材"，死后第七天叫"头七"，以下"二七"……以此类推，七七叫"断七"（文言称终七）。做佛事，供品，几乎与内地的相同，入殓差不多均在第二天进行。而在夏天特意在当天临时入殓盖棺，这叫作"小殓"，第二天钉上棺材钉才叫作"大殓"。出殓的费用花上几十元钱就够了。给小孩穿的木屐叫作木脚板。订婚时给女家的聘金，由于现在不用发饰，据说只要花一百二十元到二百元不等。这些钱分两次送，即订亲时送一半，到对大盘（即告生辰八字）时再送另一半。但听说农村还用"压发"和"荷花钗"等发饰，胸前要挂"链条"，腹部要见"肚兜"。

十一月九日 昨天夜里的雨一直在下着，到拂晓才下得小了些，但起了风。这使我不禁想起内地栗子一颗一颗地往下掉的时节。我开始制订旅游的计划，暂且先准备开春时去汉口，五月去北平，九月去上海，十二月去广东方向。

下午雨止，傍晚时分天开始放晴。气温寒冷，穿上棉鞋时，被街上孩子们嘲笑说穿得太早了。

写给高仓克己的信

　　谢谢您寄来的明信片。来信一般六天，快的话五天就能收到了。听说各位都很健康，这比什么都好。我的身体也很好，这可能是自末次氏出发以后每天都不间断地散步的结果。腹部情况与去年从北平回来时没有多大的变化。有关乐府的材料至今还没有到手，这是因为这些书还不是随便就能买到的缘故。按理说这个月是可以稍许买到些的。现在我真想要一架照相机，末次氏也这么劝我，因为，我真是一门心思地在找，甚至想在下个月或春节期间去上海找找。如果要知道书名的书的话，请来信告诉我。从照片上看，我比原先胖些了吧。打听了末次氏在汉口的地址，但没有回音，这是因为前后要等一个月左右的时间——说不定末次氏其中还要回来一次呢。这几天想再给您们寄些点心、糖果去，但苦于不知什么是最好的。我现在是埋头于语言的学习，虽然能与老师谈上一些，但马上自己都知道发音极差，还不能说已到了真的能与人交谈的水平。由于二月末佐藤氏要从北平到这儿来，我想三月份从汉口那边到岳州一带走走，其后再回到苏州，十二月左右再去广东、厦门方面去看看，到后年的五月北上北平，一直住到八月左右再回到上海，搜集到材料后再回苏州。以上是我草拟的计划。看来不在上海多住些时日是不行的。按以上计划，后年的暑假我正好在北平，九月份再和佐藤氏一起南下，到江南各处走走，月底就能回国了，以上计划不知意下如何？预计南北两处的花费在五百日元以内就够了。今天又冷了起来，直到昨天还用不着穿西装，可今天是非穿不行。老师到了，容明天续写。

十一月十日 晴朗，风寒。清晨出门散步，只听见叫花子直冲着我叫："大多慈心好少爷！好少爷！"其他就听不懂了。回家后整理《四部丛书》，发现除了《楚辞》首一册和《孙渊和诗文集》末一册外，其他均在。我想能否让他转让给我。

傍晚，收到汇文堂寄来的书。

下午开始阴，入夜后天气寒冷。

写给高仓克己的信

刚才收到了寄自汇文堂的书，太谢谢了，但书中缺少一本坂本氏所著的《关于苏州方言》一书，不知是何原因。如果不是已经脱销的话，还拜托您给我补寄。过几天我会给您寄去郭麐的对联，品相尚可。房东家有一套重印本的《四部丛书》，我又起了无论如何请他转卖给我的念头。过几天找个话头与他交涉交涉。这套书只缺两册，其他还都是崭新簇簇的呢。如果能便宜到一百日元左右卖给我的话就好了。

这儿与内地一样，菊花盛开，但没有看到悬崖式的。听说春天时这儿的兰花和牡丹花也很兴盛。这位爷叔看来像个花匠，给我的住房里也端来了两盆黄色大朵的菊花盆景，只是没有一点儿香味而让人感到遗憾。内地都已穿上大衣了吧，中国不会老是那么地冷。今年我是过得十分惬意，这儿的气温还像十月份那样，犹如阳历的日子，阴历的气候一般。看到我的照片了吧，是否比以前胖些了？请向各位问好。

十一月十一日　阴，午后转晴，有些回暖。听张女士讲课，金属类以杭州张小泉最为有名，景德路和护龙街的剪刀铺都挂张小泉的招牌。要说野味，数常熟的马咏斋最有名且是百年老店，这儿也是到处是马咏斋的招牌，以此来招徕顾客。

十一月十二日　阴。早上出去散步，在国学书店花八角钱购得《国学季刊》第一卷和《乐府古辞考》，昨天同样花八角钱买了《天宝图》。囊中几乎空空如也。下午坂崎陪一位姓李的青年一起来，看来他很热心。把喜多川介绍给管家婆婆，请他从明天开始到这儿来。与林一起散步，回来后再一起漫谈。仓田一直没给我回信，给他写了封航空信，明天早上一一早就寄出。

写给高仓淳之助的信

前些日子收到过您的来函，非常感谢。想必先生您已缓解疲

日本领事馆旧影

劳了吧！区区还是老样子，身体很好。自末次先生本月一日出发以后，我这里也静下心来，现在专门从事舌头的运动。先前（十月二十一日）用航空信拜托您写有关余杭章氏略传一事不知目前进展如何。或者我担心信在途中出了事。因此用此函再次拜托您了。请把余杭章氏的略传、著作和思想用打字机打在研究所的专用纸上，以研究所的报告形式（如有困难，则写上有您头衔的报告形式）寄来行吗？坟墓业已打扫干净，为搞得更加像样，因此，再次拜托以上事项。我从章秘书处得到了两颗红豆，实在令我高兴，这是前些日子与小竹武夫一起去时得到的。那时，还一起去了赵诒琛老先生处。听他说胡玉缙老先生目前住在光福，曹叔彦老人住在阊门西街，身体也还十分健壮。渡边先生几天前带家属前来游玩了，但只是看了城外的几处地方当天就回去了。听说他不久就要回国了。一直没有找到什么好的书，今天来信非别，只为章氏一事。请代向研究所的各位问好。

十一月十三日　阴天。晚上，北原前来闲聊，并在我处过夜，而且睡得比较香。

十一月十四日　阴天，微雾。十时左右送北原后直接去了领事馆，正好佐藤不在。下午二时左右，石井中尉来电，急忙赶去看章氏的坟墓——已经打扫得干干净净，清洁漂亮。遇到日莲宗僧胜见，招呼我一起用茶，喝到下午五时左右才回家。大同学院的松浦来访，他告诉我说，吉川要他转告，已收到王欣夫的信件。因自己没及时给吉川写信，听后感到十分惶恐。森也寄来了明信片，虽然信中讲到安藤，但他本人不在。自昨晚开始，由于睡眠不足而感到头痛，虽然如此，还是赶紧给吉川老师写了信。

记下昨晚朱爷所讲的事。有一种叫作绉纱的非常结实的绸缎，现在只用于做稍微老式的或只是老人穿的袄或裤子，每尺七角左右。有两家比较好的老绸缎店，那就是观西施相公弄口的"同仁和"和宫巷拐角处的"乾泰祥"两家。据朱爷讲一般的绸叫"博士呢"，较上等的叫"锦地绉"。另外，皮袍子用羊皮做居多数，一只羊的皮叫皮统子，一件皮衣用量约要一只半羊的羊皮。

穿衣的顺序是先穿衬裤、短衫，其次穿棉毛衫裤，再穿夹裤、夹袄或者是棉裤、棉袄，最后再穿上裲。

这天写给吉川幸次郎的信

刚才拜读了您的来信，由衷地感谢您在信中的多处关照。很早就听说您把我的报告转给了高松宫殿下过目，真是不胜感激，至于章太炎假墓地（译注：这是作者误听传闻，其实是真墓。后来到上世纪五十年代，有关部门根据章太炎遗愿迁葬于杭州西湖边，现苏州锦帆路章太炎故居内的坟墓犹在，为衣冠冢）一事。当时我和仓田先生一起与当地负责人会面，刚提出我们的看法时，负责人就回答我们说，像这么有名望的人的墓落得这么荒凉境地，实在是不好意思，正想加以整修一番；其后又通过他人向我提出能否写一篇介绍章先生的简历。正是出于此因，当时急急忙忙给仓田先生写了封航空信，不知他写得怎样了；前天又写了一信去催，不知这封信会有什么结果。今天打电话来叫我去看墓地。已是整修一新，今非昔比了，而且又打扫得干干净净。总之，明知是假墓也修葺得这样也就无可厚非了。这件事就请您放心吧。

非常感谢您对研究所资料费用途的关心。无奈目前对当地还不太熟悉。想必在上海，特别是郑先生那儿有数目可观的资料。但苦于路费问题，非得等到下个月或正月才能去。最初打算我一个人干而做了许多准备，但上个月遇到了王、郑两位，终于托他们帮我一起干而取消了单干的念头。只是这次要事先请陈乃乾和中国书店联系妥帖后再去，这样就万无一失了。如果在郑先生那里有什么急于了解、调查的以作为参考的话，请来信教示。我想先拜托陈先生代办。记得在西谛书目中有崇祯六年出版的共二十册的《柳枝集》和《酹江集》。东亚同文书院的各位也没有去与上海的这些人打交道，使我多少感到遗憾。他们未必就是关紧大门不让人进、不好商量的人。如果商谈顺利，再等我打好会讲苏州话的基础，我想亲自到上海去看看，至少在明后年回国前在上海住上三个月左右，到处跑跑、兜兜，收集些资料。目前，好不容易才能够把苏州话的发音用笔写下来了，不胜羞愧。至今还未能见到王欣夫，另外，您所寄放的书籍还放在渡边家，我想马上请他通过中国书店给您邮去。拖延至今，甚抱歉意。上海这个地方叫我怎么说呢，真是个奇怪的场所，交通是那么地不便，看来是黑暗的租界所造成的吧！

陈乃乾先生住天潼路慎馀里26号（请把此也转告给仓田先生），王欣夫在梵王渡的圣约翰大学，王大隆在振华女子学校，国学小书堆屈伯刚则把书籍寄存在当地大井巷的赵诒琛老先生家里而住在上海。在苏州的日子平平淡淡，根本没有什么事情值得向您汇报。书籍一事想必您已从仓田先生那儿了解到，情况令人失望。弹词之类的书倒是多少有些，但价格令人咋舌；但我还是想收集些。古版小说等至今还一次都没见过。这里除通俗读本以外几乎令我绝望。前些日子所见到的《初学集初版》（四部丛书底本）完全是个例外而已。听说铅字本书钞只有二十四卷，现在正在装订之中。据说以前是齐全的，也许其后又可能出版一些，到时会再给研究所寄去的。

请代向各位问好！

十一月十五日 早上，给吉川、渡边、市川寄信。看管旅社的婆婆来向我借十日元和一美元。向她打听在电台工作的安藤的消息但不得而知。

下午，请林带我去教育厅见彭型百（世芳），但他日语甚差。接着再拜访朱造五和潘厅长。潘确实是位博学多才的人，他的苏州话讲得实在高尚而又优雅。到苏州以来首次感到心情是这么地舒畅。他告诉我道和俱乐部现已变成茶会,徐镜清已于六月去世,三十名左右的会友也因事变而四散,仅有少数几位还留在那里;又告诉我顾公可现已逃往上海。听他说南京还有昆曲的舞台,令我振奋。潘所雇用的笛子吹奏者姓蔡,每小时一元。据潘说苏州的笛子比北方的笛子粗,因此音色浑厚;"生"有冠生、巾生和其他六生,"旦"也有六旦——听来相当有趣。

相约星期六下午四时再会而告辞,回到林的房间,下午三时半左右去游玩了拙政园和其西侧的一园,有很多品种优良的菊花。四点过后,再和林一起乘坐轿车回家。

夜里至观前街散步,后早早入睡。

十一月十六日　早上,阴。给石井中尉写信,托北原带去。上午十时左右有微微细雨,直到傍晚时分才开始下大起来。傍晚,收到仓田和佐藤的来信,说是没有收到航空信。佐藤到汉口江南一带去旅行了。给傅先生写感谢信,明天一早给仓田氏寄航空信。

十一月十七日　早上给领事馆打电话,回答说要到中午十一时才上班。届时,前往领取了研究费,共写了六张证书。

让女佣去台湾银行(译注:1938年日商在观前街开设的半官方银行)兑取现金后马上给管家婆婆六十元,另用五十日元兑换了六十二元五角法币。与林和山泽一起去瑞华花三元钱定做了棉鞋。其后到大丸散步。哥哥来信告诉我家已安置妥帖，大家也都很好。

这天写给高仓克己的信

拜阅了您十二日所写的来信，我知道了许多原先杳无音讯的京都的消息，真是说不出地高兴。现在我好不容易能够讲些苏州话了，接着便要展开工作了。《词林摘艳》一书如果您能等到正月的话，我自信能在上海以十五美元的价格买到手。（由于领事缺勤）时至今日我因还没有领到钱而犯愁，明天还要去跑一趟。《疆村丛书》十元台币就可买到了。您在家乡学习很多，倒使我十分羡慕。我现在还不能好好静下心来看书，而且一旦用京音读的话，马上就会使当天所学的语言受到恶劣的影响。苏州冷是冷，但比起家乡来却要好得多。阴天的寒冷可谓彻骨。目前在室内还没有生炉子取暖的必要。现在正彻夜欣赏您特意寄来的唱片。

看到信中所说大家都很好，我也很高兴。我身体特别地好，这点连我自己都觉得不可思议，不知究竟其原因何在。祝各位好。

十一月十八日 天气晴暖。上午去拜访在停车场那儿的旅游局，打听船期和一些其他的事，但不得要领。归途中去大丸百货制作冬装，图案不太理想，价格是二十八点二日元。抽签中了二等奖，得到的奖品是一幅油画。

星期六下午三时去民政厅，花了四元钱，请来青阁（译注：时在护龙街嘉余坊口的书庄）给我装订书钞。

听潘厅长的美妙动听的声音，潘小姐和俞氏唱得都很悦耳。听听用粗笛伴奏的、清浊分明和有入声的昆曲真是妙不可言。潘的演技与狩野老师的演技有着相似之处。由杨蟾桂老人的介绍，得到了一本《梦花馆词》。真是听得入了神，忘却了时间的流逝，直到下午五点十五分才歇下来。天黑了，连车都雇不到，直到临顿路才碰上一辆空车坐回来。

哥哥给我寄来了《文艺春秋》。在皎洁的月光下散散步，林氏前来闲聊。

十一月十九日 上午九时半左右和林一起去护龙街逛古董店，我们只看不买，因为林也是个外行，而花了三元钱买了盆上回看到的兰花。

下午去阊门路觅书而不可得，走到庙后边一户老人家，花了八元钱买下了《辞海》。散步于观前街时被东吴书局的人叫进去了一会儿。花十五元钱定制了一双皮鞋。

感冒鼻塞，咽喉也有些痛，因此早早地睡了。

十一月二十日 整个上午制订旅游日程表，估计旅游大约要花两个月时间。但从芜湖到南京通火车，真是帮了大忙。在旅游局听说也能到信阳和汉水去，因此一并把它纳入日程。

"十月中，吃饭梳头工"（译注：形容日短），这是从张女士那儿听来的一条吴谚。

十一月二十一日　难得睡了个懒觉，上午九点多起床用早餐时，市川领事来电话说小野胜年来了。急忙用毕早餐赶往领事馆去见面。安排他住在我的隔壁。在松鹤楼用午餐，三元八角钱还吃到了脊脑汤（译注：时为松鹤楼名菜之一）。在观前街散步时买了半斤酒、四两茶。在小巷里只花了三元五角便买了《吕氏春秋》，另外两本书只要两角五分。在大丸百货店一元钱买了一个脸盆，还在稻香村买了一元两角钱点心。

夜里去了景德书场，回来后就睡了。

这天写给高仓克己的信

　　谢谢您给我邮来了《文艺春秋》一书，这在三四天前就收到了。只是因为制订旅游日程以及一些其他事情，致使回信拖迟至今。今天，小野胜年从北平来到苏州，又要白白地浪费掉两三天时间了。尤其是决定了二十三日要去天平山。反正人已来了，索性就陪他一起去灵岩山吧！您所要的译本的原本，目前唯有《稻草人》而已，等找到两三本后一并给您寄去如何？好不容易以八元法币买到了《辞海》。另外，大概已作为新获得的善本而装饰在研究所的明刊《吕氏春秋》（四部丛刊原本）一书，今天我也以三点五美元买到了！另有两三本歌曲本，便宜得犹如捡到的一般。

　　这个月由于买了冬装和棉鞋，钱几乎用光，但为了明年的旅游想买架照相机而稍有积蓄。真不知这笔钱能否坚持到发挥其作用的时候。买冬装时抽签得了个二等奖，拿了幅油画回来。大丸百货店的服务确实是不错。油画上标有十三元五角法币的标价，在国内大概也要五六元吧。天气比较温暖，像梅雨季节那样一连下了两天的雨。国内天气怎样？这儿还能吃到螃蟹。请大家多加保重。

十一月二十二日　雨天。下午三点半想去拜访潘厅长，途中下起了大雨，知道无望，边躲雨边逛观前街、文学山房（译注：在原护龙街大井巷口）等处而归。

十一月二十三日　雨还像昨天那样地下个不停。但我还是硬拖着小野先生从早上开始就去兜了虎丘、寒山寺、西园和留园，只是没去天平山。

感冒还没有痊愈。寄来了学报。

十一月二十四日　从上午九点半左右开始，带了小野从狮子林开始，到省政府、北寺塔兜了一圈后回来。向张女士请了假。午饭后又去了双塔、沧浪亭、吴县中学（译注：在通和坊西端）和汪园（译注：今环秀山庄）。狮子林等地已是秋色深深，枫叶愈红，风情几多。虽然小野说双塔历史颇古，但有万历重修碑。嘉靖年间的石碑倒卧于地，仅存部分，还有一些柱脚石。中学里有宋碑。沧浪亭的入口已改变了位置，要从美专一侧进去，野趣颇多，不由令我想到如能和哥哥一起来该有多好。

汪园是没有被西本愿寺买去的一个花园，它小巧而雅致，常青藤攀绕得体，点景石和古树给人以一种庄重感，实不失为一个好去处。

十一月二十五日 本应早起去灵岩山的，由于天阴加之大风阴冷，早晨六点起床后又躺下了。结果出乎意料天气倒转晴了。上午九点半出去，看了怡园后乘十点三刻的汽车去灵岩山。怡园也是个相当好的园林，池水也特别清澈。

中午十一点半多点到达灵岩山山脚下，两人冒着大风拾级而上。到山顶并没有多长的路，乘轿子上山足以显示出中国人脚力不济。在半山腰就可望见太湖，犹如变了色的海洋一般。随着登高，看得就越宽广。正好比从比叡山上看琵琶湖（译注：日本京都西北的大湖）那样仅能看到其一小部分。向四面眺望，景致也十分优美，黑黝黝的土地和弯弯的河流历历在目，显示出物产的丰富。我对山顶上的建筑物丝毫不感兴趣，那座塔难道也配得上称它为塔吗？琴台也是徒有虚名而已。如果请考证者来考证的话那不是白费钱吗？但从美的角度来看确是个好地方。为专门寻找韩世忠墓碑而从一侧径直向西走去。冷风直吹，道路难行，困难重重，结果还是没有找到。走到山脚向行走的当地人打听才知道它被七月的大风所吹倒碎成六片。真是块大石碑，光是厚度就有三尺左右。归途中看见汽车从身边开过，顿觉机遇到来。走到木渎正好赶上返程汽车，于下午三点半回到苏州。北原给我以一元一角的价钱在庙后的书店买到一张赵子昂元妙观（译注：即玄妙观）碑拓本。与拓本匠讲好明天去双塔拓拓本事宜后于下午五点半回家。入夜,风越刮越烈,气温甚冷。

十一月二十六日 早上七点起床,风强劲,温度下降,虽是晴天但毫无温暖之感。九点左右,拓本匠到后一起去双塔寺,指定所要拓的石碑,进行实测。十点半去看安徽会馆(译注:在南显子巷)后回来。午饭后去看无梁殿,再去看瑞光塔的废塔。在无梁殿一侧空地的塔里看到了干枯的白骨,一点也没有惧怕的感觉。归途中,他不去鹤园而告辞,两人不欢而散。在新亚饭店吃晚饭,喝得醉醺醺的,到晚十点左右才回家。

这天写给高仓克己的信

谢谢您通过汇文堂给我寄来了《苏州语研究》一书。从前天开始,苏州就不停地刮起了寒冷彻骨的狂风,听说南京甚至下起了大雪,这里也出现了冰冻。国内天气如何?本来要去天平山的计划因雨而取消。借小野来游玩的机会,昨天去玩了木渎附近的灵岩山。初次眺望了太湖,其景犹如从比叡山上远望琵琶湖一般,只是颜色偏灰,看到因风而掀起的波浪,太湖仿佛就在眼前一般。此情此景,人们颇为担心,但什么事也没有发生。回来时漫步走到木渎,再乘车于下午三点半左右回到苏州。在小野的引领下,几乎看遍了苏州的园林,相当有情趣,特别是深秋的沧浪亭等处。情不自禁地想到,如果我能带哥哥到这儿来看看该有多好啊!仅剩的数片秋叶更增添了这种情思。实在不好意思,现又有一件事情想拜托老兄,如果在邮寄方面不太麻烦的话,能否把妈妈那件较轻的棉袍给我寄来?这儿实在是冷得无奈,今天把火盆都搬进房间里来了。因为马上要出去,急急忙忙写到此搁笔。

十一月二十七日 晴天,风也停了,但由于昨晚所喝的酒作祟,睡了一整天。小野乘下午一点的火车去了杭州。文学山房给我送来了《小腆纪年》。

十一月二十八日 早上和文学山房的掌柜一起去了邮局。今天完全恢复了平时的精神,为监督拓本匠的工作而去了双塔。回来后照例上课,傍晚外出散步顺便把鞋取回——谁知做小了穿不进,要叫他重做。买了两个苹果和林同吃。今天他对我特别关心,在我的被子里放了个汤婆子(译注:用铜做成的水壶,呈扁平状,灌以开水后作御寒用)。傍晚时分起天又转阴,干冷。

十一月二十九日 晴空万里。早上和拓本匠一起去双塔,并另外请他拓一张上次忘了请他拓的一根较为完整的石柱——仅此项工作就要花三天的时间。管家老婆婆还我十日元和二十美元,并兑换三十日元为三十七点一元法币。她还欠我四日元和三十五美元。去看潘厅长,因其出席会议而扑了个空。晚上写好了旅游请求书。收到了哥哥和铃木的来信。

双塔旧影

十一月三十日 汤婆子到早上还是暖烘烘的。中午十一点左右，拿着誊写好的旅游请求书去领事馆，一直坐到领事外出之前才回来。下午散散步，洗了个澡，求哥哥给我寄棉袍。天虽晴但寒气逼人。拓本送来了，付了四元六角。感冒还没全好，因此很早就睡了。

十二月一日 天晴，外面一片霜白。早上去邮局购买了二十张明信片和十枚邮票，共一元整。通告说自今日起不再使用全票。为此下午到领事馆去，顺便问了问加薪的事，说是这个月的工资已领结束了。此事真不能与北平同日而语了。哥哥来信，告诉我一切均好。有关加薪一事写信给佐藤向他了解一二。今天风和日丽，直到夜里也不觉冷。这样我才真正体会到"正月前的寒冷要冻死人"这句话的道理。今天开始用脚炉（译注：用铜做成的圆形器物，中间加以木屑、砻糠等易燃之物，覆以刚烧过的尚有余热的柴灰，取暖用），犹如雪中送炭。打开昨天送来的拓本，看到要他补拓的那张，正好是断层的上部。这根石柱的拓本看来是用三张纸拓成的，图案一般。

十二月二日 早上去了台湾银行，归途中遇见石井中尉。回来后与管家婆婆结账。木炭三袋计十元八角，脚炉一只两元八角，汤婆子两元一角，洗裤子一条三角，木炭一袋三元六角，蜂窝煤五角。傍晚去民政厅，人不在。散步回来，买《文学论集》一册两角。给吉川老师写信。

十二月三日　上午出去散步，兑换三十日元，为三十七元零五分。买得《苏州府志》一册十二元。下午理发，买稿纸四十钱、信封三十四钱。在松石斋购得《中原音韵》一部三元六角、《古音丛目》四元两角。开始阅读《苏州府志》。

　　十二月四日　下午散步，修鞋。好久搞不懂的"重申酒"，读音为洒（译注：洒应作筛）酒，当地意同倒酒，但据张女士说倒酒的说法较为普遍。

　　想买毛线而去问朱爷。他告诉我苏州所卖的均是二等品，上海法租界兴圣街（小世界，即城隍庙附近）一带都是批发店，到那儿去买较好。这里把毛线叫头绳，有四股绒和六股绒两种。

　　十二月五日　天转暖，整天看书，末次氏傍晚时分来苏。

　　十二月六日　下午末次氏来访，向他打听汉口的情况。他给了我两本汉口语书本和一本洋书。

　　十二月七日　傍晚末次氏来，共进晚餐，去汉口时再有事拜托。早早入睡。

十二月八日　把《苏州志略》交给了平野。潘厅长派人送来了邀请书，请我出席明晚昆曲界的一次集会。日比野来信。

苏州志略

吴的名称由来已久。仅其悠久的历史就被传说的浓雾所笼罩，好像自古以来根本就不期待有一种固定不变的名称。吴城的起源也是一样，通常的说法是：殷朝末年，周文王的伯父泰伯和仲雍兄弟二人看到自己的弟弟季历有一位能力非凡的儿子文王，因此主动让贤，告别当时以长安为首都的周族，千里迢迢来到江南，征服了当地的蛮民，定居在苏州和无锡境内的梅里。当时恰是殷末的无秩序时代，他们害怕来自中原的寇掠而在周围筑起了城寨，让居民在城寨内耕作。由于仲雍又名吴仲的原因，大家就开始把这里叫作吴了。那大约还是在三千二百年前左右的事了。其子孙虽是周族人氏，却历代又都是吴国的帝王。当时吴国与中原仅有长江一江之隔，但两地的交通却相当不便。约六百年后，齐桓公称霸时，其势力逐渐强大，向中原派遣了使节。再过了七十年，到了阖闾的祖父寿梦这一代则即位称王，插足中原，还常常入侵以湖北省为中心的先进国楚国，与之交战。其孙子阖闾（也写作阖庐）聘楚国亡臣伍子胥为宰相时才开始制订建城的计划，在现在的苏州建城并迁都，因背向姑苏山而取名姑苏城。但还有另外一说，即城墙依姑苏山（七子山）而筑，或是阖闾的下一代迁都而建的。这就是苏州的根基。当时城墙周长四十七里，共设水陆城门各八个：西有阊门和胥门，南有盘门和蛇门（今已无），东有娄门和匠门（现今的葑门和娄门之间），北有齐门和平门。再在各城门外设置若干城台。据说阖闾死后被埋葬于城西北的虎丘山。阖闾之子夫差俘虏了越王勾践后，掉以轻心，整天与越王进献的美姬西施寻欢作乐，进而在灵岩山等地建造台堂馆所，最终被勾践报了会稽之耻。这是大约发生在二千四百一十年前左右的事了。其后，吴失去了国君，因战火而荒，归属于越国。一百四十年后，楚灭越，吴受楚的统治。楚考烈王时（约二千二百年前），宰相春申君向其乞讨吴遗迹为居城，后又被封为吴国并建都。因此秦始皇一统天下后，发布郡县制，于秦始皇二十五年，设会稽郡、吴县为其首府。这也就是至今为止的吴县的根基。前汉告终，后汉顺帝永建四年，会稽郡一分为二。浙江以西部分被称作吴郡。后汉末期三国的吴祖、会稽太守孙策在吴驻扎军队，在其近邻建筑营地。其弟孙权在建安十四年迁移到丹徒之前也在此出谋划策过。孙策及其父孙坚、母吴夫人的墓现还在盘门外租界里。孙权从丹徒大举迁移到建业（现南京），奠定了三分天下的伟业。即使如此，他还在吴留下其亲属，建北寺等，有很多值得回顾之处（现存东桥——俗称木桥——也是当时的建筑）。自此起，吴就好长时间没有作为首都过了。吴灭亡后，自魏开始，经晋宋齐梁陈（均建都于建业），直到隋开皇九年（一千三百五十年前）平定了江南的陈国时，才废吴郡之称，取姑苏山之名而改称苏州，管辖吴、昆山、常熟、乌程和长城五县。苏州的名字自此开始。从开皇九年至唐武德九年的三十七年间，城一时被移至西面的横山脚下，黄山之东处。事实上并不是太险要之处。这座城从六朝末到唐初经常受到土匪的侵占和暴掠。唐朝统一天下后，把吴县东部分开，另设长洲县。现今的吴县就是把原吴县、长洲县以及清朝新增设的元和县合并而成的。从六朝开始到唐朝的吴县，有着丰富的农、水产，积蓄起来了财富及其四通八达的交通，作为经济都市发展起来。随着佛教的兴盛，寺院也相当多。据唐诗说，当时，以通往虎丘一带名胜的阊门为中心，已形成繁华的商业街，吸引了众多的游客。吴王时代的旧址已几经战火的洗劫，连其形态也模糊不清了。唐末再次发生的骚乱，使吴又归吴越王钱镠所有；到了宋朝，又归两浙路、浙西路管辖。徽宗政和三年（八百二十六年前），升苏州为平江府。随着南宋的衰败和金兵的南侵，吴再次陷落，遭到了空前的抢劫房掠。元朝改名为平江路，并设置了总管府。元末至正十六年（五百八十三年前），高邮起兵的伪王张士诚南下占领苏州，修筑宫殿，称"隆平府"；但一年后败北，再次恢复平江路之称。张士诚宫殿的遗迹现被称为王废基。宋元时期所形成的繁华景象在这一年里被消耗殆尽，即使到百年后的明正统天顺年间也没有得到完全的恢复。在明朝——清朝也同样，苏州府吴县，是江苏布政使司的所在地。民国时期，废府，合三县为吴县。咸丰十年，遭太平天国三次进攻，全城战火一片，逐渐修复直至现今。城门在唐朝还有八个，其后便渐少。在清朝，西有阊门和胥门，南有盘门，东有葑门和娄门，北有齐门共六座。近期在西面和北面各开设了金门和平门，共有八座。自六朝至唐末，再到清朝，吴的繁荣可称天下之冠。拥有三吴沃野的苏州，运河绕过城西直通其西北的无锡，南通杭州。在还没有上海的当时，其还曾是江海航行的要塞。自古以来到我国来进行贸易者之中，吴出身者居多。据明治二十八年（1895）签订的《中日马关条约》，日本在盘门外获取了租界。

这天写给日比野丈夫的信

感谢您的来信。您从蒙疆（译注：1933年到1945年间，日本操纵成立傀儡政权蒙疆国，在今内蒙古中部。下同）给我寄来的东西也确已收悉。来自蒙疆一带的寒流也同时在我见到小野先生时袭来。但现在已十分暖和，犹同国内十月末的气温，特别是这几天夜里，已可不用火盆取暖。看了您的与我十分相似的旅游计划，简直令人吃惊。我和佐藤二人已共同制订好了于明年初春到中国中部去旅游的日程，您的计划能否稍加更改而与我们同行呢？佐藤的目的在于想亲眼看一下特别是南方过春节时值得一看的情景，因此想在苏州以及南京住上两个星期左右。您只要推迟出发的日期就能和他一起前来了。大约从二月二十日出发去汉口，顺便也到岳州、信阳、汉川等地走走，回来时再去九江、南昌、安庆、芜湖，其后再乘火车。以上旅程到三月底止。好在末次氏在汉口,他说到时会给我们提供种种方便,因此可省下在汉口附近的费用而作它用。具体情况您去问佐藤先生就行了。这几天末次氏正好在苏州,我会请他关照的。听说满铁的人都非常欢迎我们前往。明年十二月去不去广东?如能多给我一些假期,说不定也许我能与您同行呢!苏州的事情您只要去问小野先生就好了,因他最清楚。这儿的酒不太醇厚,但价却也便宜,最贵的一斤才二十八仙而已,请不必为此担心。我这儿经济状况不容乐观。容以后再写信告禀。

十二月九日 稍稍有风,但天晴,温暖。整个上午整理整理报纸,欣赏欣赏拓本。双塔寺石柱的拓本中,有些字竟连东生都读不出来,记得这些字在宝铁斋金石文跋尾中曾看到过。下午六时,和末次氏一起去出席潘厅长的招待宴请。市川也来了,还见到了潘太太。所遇到的吴礼初一定是个有学问的才子。

十二月十日 风虽冷但天晴。早上和林一起去散步。午饭后,末次氏请客去虎丘,其门前有一块隆庆的碑文:

直隶苏州府为禁约事照得虎丘山寺,往昔游人喧杂,流荡淫佚,今虽禁止,恐后复开,合立石以垂永久:今后除士大夫览胜寻幽、超然境情之外者,住持僧即行延入外,其有荡子、挟妓携童、妇女冶容艳妆、来游此山者,许诸人挚(拿)送到官。审示、妇发财物即行经赏。若住持及总保甲人等纵容不举,及早后将此石毁坏者,本府一体追究,故示。隆庆二年十月□日　该管役正周同人吴氏温雅勒石。

从白居易诗中就可看出虎丘在唐朝就已成为一个游乐场,其后越趋兴旺。

下午三点半左右才回来。虎丘后山的景色与国内农村景致毫无二致。

听张女士说,灵岩山那块有些像人的石块俗称"痴汉等老婆"。

这天写给高仓克己的信

上次给您的信中讲苏州冷啊冷的,其后一段日子倒又转暖了,天气也十分晴朗,暖洋洋的,犹如小阳春。脚穿一双薄袜也不觉得冷了。这种好天已有一个星期了吧!我记忆能力不尽人意。文章的作者和一些人的姓名以前还是记得很清楚的,如今已忘掉了一大半,也只能随它去了,不然又有什么办法呢?末次氏五日突然来苏,大约要住两个星期。他被聘为汉口政府建设厅的顾问,眼下还住在他哥哥那儿,如给他写信,地址是:汉口特二区五族街东和剧场内。听他说本月中旬可以分配到一套住房了。昨晚,我们两人受民政厅潘厅长的招待,和往常一样他请吃饭并听昆曲。他们一家和吴梅的外甥及其他一些人都参加了。吴君唱了一首韩氏改编的《扫花》，由于是即兴演出，大家都感十分愉悦。这里虽享不到眼福，但耳福还是有的。仅仅放松了一个星期的语言的学习，成绩就一落千丈。过一会儿要和他们一起去虎丘看乾隆敕碑，其实我感到并不是什么珍品。我从二月底到三月末要到汉口和江南一带去旅游。听说北平的佐藤和日比野两位要来苏州，届时一同结伴前往，看来将成为一次非常热闹的旅游。如果那时您也能前来的话，请早些通知我，就能同游江南了。请大家多加保重。我已习惯住苏州了。

十二月十一日 天气比昨天还好。下午，去邮局给小野寄拓本等。双塔寺的碑和石柱在《吴县志》里均有，我认为其内容与嘉靖或宋有关。据说还有隆庆的断碑，我想大概就是两塔之间那块已经斑驳的断石。

听到街上小贩的叫卖声："长生果哪！""啥格稀奇勿煞！"并把手伸出，自夸地让人看所卖的东西。他究竟在说什么呢？并没有什么了不起的东西啊。

向朱爷打听前天从潘先生那儿听来的一句吴谚："乡下人吃青橄榄，三间草屋净扒坍。"净是全部的意思，扒坍好像是排除的意思（译注：吴语，应为倒下的意思）。还说这句话只有上了年纪的人才知道。果然，张女士就不知道。

十二月十二日 阴天，夜十点过后开始下雨。早上，拟发表章太炎墓的草稿。下午在大丸百货店买一件衬衫，价一元八角。夜里，请朱爷给我讲解历书。

日辻部队长修复章太炎墓

日辻部队长莅官以来，吾苏城复兴状况颇为注视，公事之余，每访部属，细心观察，故于上下民情无不通晓。日前闻国学大师章太炎墓荒废无度，蓬蒿丈余，岁经三载而无人修护，哀痛之至，亲往吊之，三孙之象，吴令置守。章氏实为一代大儒、民党元领，学行之盛，远闻东邻。今颓毁如此，无乃先贤为后愚废。遂督人员，芟除艾积，重封其墓，略就规矩。记者昨悉及此，特行往访。

据部长部属石井中尉谈，章太炎先生实系世界著名大儒，素所佩服。少时师前清名儒俞樾，研精国学，属正统古文派。壮年激于民族思想，鼓吹革命，屡次被逮。前清末避难于东京，深结于孙中山，自此为民党元老，见重一世。民国初袁氏称帝，章氏又被幽禁。得释出后，遂不论政治，专攻朴学，关于训诂音韵，学术上之贡献尤多。晚年卜居苏城锦帆路，创章氏国学讲习会，致力于讲授，其徒皆为学界重要分子。性嗜著书，有《章氏丛书正续》，其中如《訄书》等篇，稍为过正，但皆壮年所为。前年夏身亡，当礼以国葬，而未果，深可惜也。闻诸公子至孝，拟将来厚葬，无奈荒芜至此，知章氏身事者，无不为之黯然泪下。我辻部队长仁慈为心，世所共知，尤对文化，最切关心，顷悉章氏坟墓，无人清扫，遂命部属，略加修葺，以待将来盛葬。所愿中国古文人士，对于如此东方文化界功臣，常持敬爱之念，其坟墓遗迹，细心保护，无以死而废则幸甚矣。

十二月十三日　早上七点醒来，已是不知昨日雨声的好天了，但明天有些像要下雪的样子。

九点半出去给佐藤寄明信片，会末次氏，再去书店浏览。见来青阁里有《凌刻史汉评林》一书。不知《徐乃昌之印》是好是坏，总之十元钱是便宜的。一本《六也曲谱初集》，五角。

定做一顶蚊帐二十三元，先付五元定金。管家婆婆终于给我买来了毛线，但一磅才五元六角，给她六元，再托她买半磅。

夜里，末次氏前来，共进晚餐。洗澡。

哥哥来信，天进宇野也给我来了信。

十二月十四日　早上去取鞋，但给钉上了铁钉，明天叫他取下。兑换三十日元和二十美元，得六十一元七角五分。付鞋款二元。

下午，与末次氏同逛玄妙观横巷。《小诗研究》一角，《寄小读者》、《女神》、《水经注异闻录》、《汉代学术史略》共一元，《稻草人》二角五分，《文学革命到革命文学》、《尘影》、《痴人日记》、《汉诗研究》、《白雪遗音续选》共一元一角。在松鹤楼吃晚饭，砂锅瓯一只六元，其他两元两角。砂锅瓯是把鸭、鸡、火腿和白菜等放到一只大沙锅里再熬上近两个小时后才能做好的一道菜。鸭子味特别鲜。北原来信，马上给他回信。

十二月十五日　誊清要发表的稿子，傍晚把它交给石井。晚上招待北原。小野来信。张女士讲话句末确实讲了"不得了"。这是和北京的"了不得"具有同样意思的语句。

十二月十六日　又是一个晴天，其温度好比国内十月左右的气温。下午在大丸百货店添买半磅毛线，付两元三角，再买手册本十三钱，点心五十钱。北原请我们吃火锅，这是明天秋彦和末次氏要离苏的欢送宴。回家后学语言。仓田用航空信给我寄来了章氏传。

章炳麟传

　　章炳麟，字枚叔，浙江余杭人氏。诞生于清同治七年。仰慕昆山顾炎武的气节，改名为绛。另号太炎。十一二岁时，外祖父朱有泉授其《读经》，偶尔也阅读蒋氏所著《东华录》，萌生种族革命的思想。十四五岁时，循旧俗作贡院文章，十六岁时因病而没参加县试的应考，最终无应举之志。十九、二十岁时，阅明季稗史，且时值清（朝）政不纲，革命思想始旺。二十五岁入杭州诂经精舍。其时号称朴学第一的德清的俞樾为其师。他对老师的治经治学法印象最深。光绪二十三四年间，常在上海《时务报》上发表文章。光绪二十五年，凡与《时务报》有关者尽遭追捕。为避难而往台湾，住馆林鸿处。其间，也在《台北新报》上刊文。继后至东京小石川的梁启超寓所居住。梁启超在横滨发行《清议报》，经梁介绍，初次会面孙逸仙。两三个月后回上海。三十四岁时，为避追捕高峰而到苏州东吴大学执教。但因讲述革命而被江苏巡抚派人到校查问。其时章正在杭州休假，闻讯后，于翌年再次前往东京，住进牛込（新小川町二丁目八番地）的旅馆，任广智书局修纂事务。时而住孙逸仙横滨寓所，与东京同志相往来。召开亡国纪念会并写就《中夏亡国二百四十年纪念书》告留学生。同年又归国。在上海与蔡元培、邓实、黄节等人共创《国粹学报》并执教爱国学社，以谋食宿，另以卖文自给。又常在爱国学社的言论机器《苏报》上鼓吹革命，高兴地看到邹容《革命军》一文易激起民心，为此作序而刊登。同时作《驳康有为论革命书》一文刊登。在不到一个月的短时间里竟卖出数千册，因议论过激而触犯清朝，被两江总督告到工部局（译注：设在租界的行政机关）。于是与邹容共同被关进租界的监狱。邹容死于狱中。而章氏则在狱中专攻佛书。三十九岁时，三年刑满释放出狱。孙逸仙从东京派人前来迎接。赴东京后与汪精卫、胡汉民等共同主笔《民报》，与梁启超的《新民丛报》展开笔战，一主革命，一主立宪。因与孙等的同盟会的宗旨稍有不合，于是另创光复会。在东京期间，于牛込区的寓所内，向东游诸生讲授《段氏说文解字注》和《郝氏尔雅义疏》等。环坐在一小椅上，从上午八时开讲，中途不休息地讲到正午时分。《新方言》和《小敩答问》二书写就于此时，《文始》一稿亦自此始。宣统三年，闻武昌暴发革命起义后即回国,并于开国建设的大计方政中纠错多处。民国元年,被袁世凯迎往北平,并被授予东三省筹边使。然而则是徒有虚名而已,并不拨给计划所需财政,又闻前农林总长宋教仁被暗杀,于是弃职回上海并与汤国梨结婚。聚集民党故旧商议讨袁大事。其师屡败,死亡、流窜者相继。为振共和党势力,再度被请至北平,终被幽禁于龙泉寺。焦怒之极而绝食数日。王揖唐受袁之命前往劝说:"先生自愿饿死,使袁既无杀先生之恶名,又除心腹之害,先生被袁所骗而死不正中他下怀吗?这要比他亲自设计害你何其容易。"遂听从其劝。入京之初,应邀讲授国学,既精辟又富创见,听讲者颇多。其著作《菿汉微言》就是在幽禁中由其弟子所记笔记而就。民国五年,袁世凯死,黎元洪执政时才开幽禁而回上海。黎元洪书"东南朴学"四字赠章氏。定居上海后,日益扼腕操心国事。及至民国六年,孙逸仙在广东建立军政府时,成孙之秘书,起草宣言,晓喻正邪,继而前往昆明,劝说唐继尧就职副元帅、出师北伐。后改军政府制,直至孙逸仙离开广东时才又返回上海。问学咨政者不绝,于民国十二年创刊《革命杂志》。民国二十一年,被其弟子迎去北平游玩,是年夏南归,秋移居苏州。最初被邀请到图书馆讲学,吴中子弟翕然从之,成立国学会。继而在锦帆路建家,再改讲学旨趣,称章氏国学讲习会。又创《制言》半月刊。章氏于民国二十五年六月十二日仙逝,享年六十九岁。

著述

既刊

章氏丛书　民国八年浙江图书馆刊本　民国

章氏丛书续编　民国二十二年北平刊书

广论语骈枝一卷

体撰录一卷

太史公古文尚书说一卷

古文尚书拾遗二卷

春秋左氏疑义答问五卷

新出三体石经考一卷

菿汉昌言六卷

訄书　光绪二十五年序刊本　排印本

章太炎文钞五卷　民国三年上海中华图书馆石印本

章太炎白话文　民国十年泰东图书局排印本

春秋左氏读五卷　砌本

清建国别记　民国十三年排印本

重订三字经　民国二十二年苏州国学会排印本
　　　　　　　民国二十三年双流黄氏刊本

自述学术次第　民国二十五年苏州制言社排印本

未刊

七略别录佚文徵一卷并序　光绪二十七年撰

驳箴膏肓评一册

膏兰室札记四卷　光绪十七八年撰

猝病新论四卷　民国十二三年撰

自订年谱一册　自同治七年至民国十一年

十二月十七日　依旧是小阳春般的天气。早上，末次氏来，一起去北原家，十时前三人共同出发。听说列车因事故而要晚到两三个小时，因此和山岸画家以及北原三人去齐门兜兜，感到别有一番情趣。它与西南的所有城门相比，尤显优雅的田园景色。但齐门本身被炸弹毁坏殆尽。刚进城门处就有一家屠宰场，在其后面晾晒着外皮。因在那儿可以看到沐浴着小阳春和煦阳光的北寺塔，山岸画家赶紧画了素描。火车于下午三时十分进站，三十分开出。送走儿子的父亲看起来显露出十分寂寞的神情。长尾来信。

是日写给仓田淳之助的信

　　收到了您寄来的航空信。拜托您那么一件费心又劳苦的事，诚感惶恐。赶紧把它送到了队长手里。正好在前天，由区区起稿的、将在报上发表的稿件送给了石井中尉。等坟墓的照片洗印出来后会给您寄一张去的。您看到焕然一新的变化会大吃一惊。末次氏五日到苏州，今天才离开，听说在汉口被聘为湖北省建设厅的副顾问。明年春天到他那儿去时可以托他的福了。目录的印刷现进展

齐门旧影

如何？我想一定十分繁忙吧！您那儿冷不冷？听说今年暖气没及时开放！苏州上月末寒冷得令人出乎意料。其后返暖，每天都是春意融融的好天气，即使是今天，晚上不穿外套也可外出。现已把熄灭了的火盆放置在室内的一角，看来已是没有使用的必要了。但老人们再三警告我说过两三天后还会转冷。物价跳跃式地上涨。苏州话也没有长足的进步。我自思量着如果到二月份出去旅行之前还不把苏州话大概地掌握的话，将会忘却大半，因此，打算从现在起要努力学习了。我现在还搞不清苏州话里的去声是不是有三种发音。您处有无这方面的文献？实在是不好意思，您能否再向藤枝先生打听一下他有无佛语的上海语辞典的标题及其刊年等一事，并告之我哥哥则幸甚。在苏州一直没有发现想要找的书本。前些天，只买回来杨慎的《古音丛目》一书而已，大概是万历年间的刻本。另外还买了一本汪静之所编的《白雪遗音续选》。据说它是《白雪遗音选》原本中被遗漏掉的部分。四千部正在印刷之中，讲的是1930年和1931年的事，其中有相当有趣的内容。过些日子要把光绪木活北堂书钞的零本给哥哥寄去，也许您已知道了吧。

　　上海的书价也贵了。因为听说物价上涨得太厉害了。上海自从去过那次以来再也没有去过。想在明年一月末去一趟。苏州城内的一些有名的地方，前些日子在小野胜年来苏时几乎给我看了个遍。今天抽空去齐门看了看，那儿是水路交通的要塞，犹如农村般的风景，自然宜人。是否给您写过上个月二十五日去灵岩山的内容？那是和小野同往的。身穿中国服，一手拿着香，另一手撑着拐杖，冒着劲风拾级而上的。我为能一览太湖美景而感到十分得意。大丸百货店里有一位相当可心的售货员；但请您不必为此而担心，因为我们互相了解彼此。

请您多加保重。今年丧中失礼，到了正月就可娱乐了，请别见怪。

十二月十八日 早上去取鞋，顺便买回《中国民间传说集》、《中国民间文学概说》和《曹植与洛神传说》三本书，价一元一角。下午拜访辻部队长，拜托他留意刘氏的书。亲手把仓田所写章氏传记交给石井。

十二月十九日 辻部队长来电，叫我明天上午九时去一趟，夜里又来电告诉我：书在三天前已在北平卖完，现别无它法。吉川老师来信，马上向朱爷请教信中所提问题便写回信。寒冷有增无减。

这天写给吉川幸次郎的信

拜复。刚刚拜读完您十四日所写的来信。非常羡慕您的研究有了神速的进展。不知这样写是否失礼？事实上置身于干任何一件事而又不具备良好条件的乡下，且又单身一人手足无措的我，看到您的事业取得长足的进展，确实不由得不羡慕。晴好的天气至今已持续了有半个多月了。如果是光每天晒晒太阳诚然是件美差。但时而也不知是从哪儿涌出来的一股要把事办好的想法，使我抬起了头来，准备吃苦，完成工作。感谢先生您在各方面所给予我的教诲。曹叔彦我实在无颜见他了。根本没有想到他老人家还健在。我想不论何时，只要在您方便的时候把赵老先生介绍给我就行了。或者等到二月初佐藤先生到苏州来时一起拜访也行。特别是因为他高龄，还是早些去拜访为好。《西谛目录》一书大约是前年的自刊本，记得好像是在什么杂志上刊登过似的。请允许我通过上海的中国书店给您邮去以略表薄意。

您所委托青木先生调查俞粟庐和殳九组（译注：俞是清末民初一代昆曲宗师；殳是俞的学生，名票友）传记一事，我明天去民政厅向潘厅长打听，请您稍候些时日，但能否详尽地打听到我还没有太大的信心。前些天碰到了吴梅氏的一个外甥，他也是唱戏的。

您所要了解的一些辞句，我向正好到我这儿来的一位先生请教了。大体上与您所了解的一样。有些不太确切的内容，明天再向其他先生请教。现暂且记述如下。

"夜快"：（天）夜快哉、天黑快哉、断黑快哉（又称暗快哉）、太阳落山快哉，都是"傍晚"或"黄昏"的意思。一般都那么说。老师说这儿一般不说"晚快"，"暗快哉"这一说法倒是有的。

"厌气"可以译成"无聊"，平时也叫作"吭心相"，如"我等得俫厌气得来"。

"藤穿"、"穿"即"编"意。

"藤穿家生"即"藤制的家具"。用藤把竹、木编起来的说法也是一样的。

"木老老"可能就是"麻辣辣"。麻即麻痹,有一种感得到血管跳动而刺痛的感觉,有一种犹如屁股坐在有弹簧的坐垫上的压迫感。脚发麻,按上去有一种"麻辣辣"的感觉。这种解释是否对,我还要再去问其他人(译注:此处有误。"木老老"有"很多很多"的意思)。

"斫草",确为"除草"之意。"斫"即是"割"和"刈"的意思。如"斫稻"、"斫麦"即是"割稻"、"割麦"。

"答白"不能正确地断言其究竟为何意。上海话里有"搭棚"或"打棚"一说,意思是"理睬"甚至是(不)介意、(不)管和"戏弄、调戏、嘲弄"(在阪本的《苏州语研究》里是作为苏州语引用的,看来并不一定通行),"反而显出一种难以情表的脸色表示与己无关的意思"。

"铜盆帽"、"铜盆"即铜的"面盆",也就是北方的"脸盆"。一般叫礼帽或呢帽。其名的由来并不是中央凹下去,而是凸出来。这种解释不知您认为如何?

"猢猴扮地戏"。这儿一般把"猿"(译注:应为"猴")叫作"活狲",即使是现在也说"活狲出把戏",也叫"耍猴戏"。在正月里,用四根柱子搭起来的小戏台的下面,耍猴者"冬冬狂冬冬狂"地敲起锣、打起鼓时,猴子就随着锣声鼓点在戏台上装模作样地演起戏来了。我想这样解释是对的,老师说"地戏"不知是指的什么。

"凡拉蒙"是德国Schering-Karlbaum制的镇痛剂Veramon。在上海有其总代理店,听说很管用。

"香烟咀(嘴)"又叫"香烟咬咀",即是您所说的烟嘴。

"封门"。在"大年夜"办理完所有事宜,于临睡前在大门上贴上春联,再闩上门闩叫"封门"。在第二天,那年初一早上放"开门炮仗(音丈)",这不举行特别的仪式。为什么呢?说是越早放越好。

这几天日子过得浑浑噩噩的,不知道每天在做些什么。说出来也真是汗颜。时至今日还没着手宝卷(译注:一种韵文和散文相间杂的说唱文学,由唐代的变文和宋代和尚的说经发展而成,早期作品的题材多为宣扬因果报应的佛教故事,明代以后多用民间故事和现实生活做题材,也称"宣卷")创作,也说不出什么申辩的道理。我想小野先生将差不多和这封信同时到达京都。有关章氏墓一事,前几天把稿件交给了队长,昨天又把仓田先生寄来的章氏传交了过去。不过队长还要稍加调查,没什么偏差的话,打算进行慰灵祭位活动,听说此事还将在《朝日新闻》上发表。记得对他讲过给我留意刘氏玉海堂书中的一部,理应于明天队长陪我一起去看的,但听说此书在三天前已在北平卖完。队长说难道大学都没有买吗?总之,我是没眼福了。

我想收集一些昆曲的唱片。但费用昂贵而只得作罢。因为一张唱片价要四元到五元钱。完全是出乎意料之外。

前不久大约是三日给您的信中所提增加研究费一事，无论如何请您多加关照。这里领事已赞成加给我，如有研究所发个文来则更加妥帖。向您提出这么个卑微的要求，不胜惶恐。

只要是您认为的苏州方言，尽管来信询问。南方人的小说和随笔论文格外地多。现在要把这些全买回来看反倒进步不了，请来信告诉我您所需书的目录，以便我为您购买。要我讲理想的话，就是在我回国前，至少要搞出一本苏州语的词汇集回去。但靠我单枪匹马地去做这么件大事，恐怕成功的希望是比较渺茫的。

急急忙忙地给您写了这封回信，失礼之处万望鉴谅。

务请多加保重贵体。

十二月二十日 依然晴朗，寒冷如同昨日。

七角钱买得《十经斋文集》石印一本。小野来信。

下午拜访潘厅长，请他查寻俞粟庐和殳九组的传记资料。他亦爽快地答应亲自写给我。殳是俞锡侯的同辈。今天从檀板开始听，杨氏给了我《勤生堂诗存》一册。

十二月二十一日 在护龙街购得《吴郡金石目》、《湘子全传》和《马如飞开篇》等书，价二元五角。兑换十日元得十二元七角法币。

下午在玄妙观旁以一角一分买得《郭沫若离沪之前》和《中古文学

概论》二册,《歌谣与妇女》、《粤讴》、《广韵研究》以及《冰心南归》等书共二元八角。夜晚,看门老头前来闲聊,说虞头山上有祖师庙,三月初三这日尤为热闹。

这天写给吉川幸次郎的信

看上去好像要变天,但依然是晴好如旧。前天信中所告"封门"的内容,今天又得到了另一种说法,看来这种说法比较可信,故急忙再给您汇报如下。"封门"又称"撑门炭"。大年夜诸事完毕之后,挑选细长木炭,再用红纸卷好,两根为一对,从大门开始一对一对地放到所有门的内侧一角。即每关上一扇门就在其内侧放上一对木炭,直到在所有的门的内侧放完为止。"木老老"一词比较难懂,恐怕很难讲清楚。"晚快"一词也是如此。"活狲出把戏"是谁都知道的,上次所写确切无误。另有关俞和殳的传记资料好像已无可寻找,但听说潘厅长将亲自(当然让其部下)写给我。其他人的一般的传记资料也是少得可怜的。也有人说如果殳氏活着的话,也才四十来岁,一定会和我们一起排练的。潘先生非常热心地教我,连潘太太也不断地"学呀学呀"地鼓励我。这倒使我十分尴尬。我想,如果有哪一位内行的人在场看到我笨拙的样子,肯定会感到十分可笑的。我是从檀板的打法开始学起的。经常有来自北京和上海的书商来到这里的不起眼的书店,以锐利的目光搜寻各种图书,然后把其中半数以上的好书囊括而去,对我而言,真可以用"呒不办法"四字来形容。

今年因有丧事而少有问候,请代我向研究所和研究室的各位问好。在风和日丽之时,白天不用生火取暖,开着门也无凉意,这就是南方的缘故吧。急笔补上以上内容。

十二月二十二日　去大丸百货商店买灯泡,因种类多而买了不少。每只灯泡五十五钱,洋袜每双五元五角,衬衫一元八角,手帕八十钱。到观前街一看,灯泡竟高达每只一元,差价之大,令我咋舌。购买以上货物,已用尽所带钱款。

小野寄来了照片。下午购得《曲品》一册,一角五分;《归震川年谱》二角五分;茶叶一元六角。天阴。

十二月二十三日　阴转晴,但干冷。上午去医院看望下午即将出院的山泽。张女士给我织好了对襟毛衣,连年终奖共给她二十三元。晚上与林先生漫谈。

十二月二十四日　星期天,又是个好天。今天有空,自由自在。佐藤来信。

十二月二十五日　天晴。给日比野寄信。给佣人七日元又二美元。

十二月二十六日　晴朗。从昨天开始霜比前些天浓些了，且路上出现了薄冰。早上九时许去北原处，十时左右再到宝带桥去游览。坐车到葑门后再水路前往。能在艳阳天般的晴好时间，优哉游哉于水乡，心情真是说不出地舒畅。沿着运河经飞机场不久就到了去上海的运河三岔口。再往前不远就是澹台湖以及架在其上的宝带桥了。宝带桥显得十分寒酸且比照片看来要矮得多。在五十三个桥孔中，那边有五个已经坏了（第四十六到第五十个桥孔），所以看那边还留有最后的三个。在中央有三个较大的桥孔，靠岸边的那个桥孔稍小。再过去则有一座石幢，还有一座与此相同的石幢斜倒在水中。从湖面上吹过来的风是凉飕飕的。船上有一对捕鱼夫妇，他们在起劲地捞着蚌和贝，把一张大网和耙子一起沉下河底，再把连泥一起拉上来的网里的东西倒在船上。女的就在认真地挑选着。河泥真是脏得要命。在宝带桥上看渔夫捕鱼，他们用两艘船把鱼往网里赶，然后不慌不忙地起网，竟被他们在第三次起网时网起了一条大鲫鱼。归途中经过租界，参观了华中蚕丝厂（译注：现苏州第一丝厂）后从盘门坐车回来。在大光明戏院欣赏了歌曲。佐久讲那位哥伦比亚的女歌星唱得很好。夜里，与山城和平野三人一起聊到了深夜十二时半。

十二月二十七日　去领事馆打听旅行许可证是否批了下来，但没有结果。在养育巷买杂志两本才两角钱。昨天车费四角，面包三角六分。兑换一日元得一元两角三分法币。

十二月二十八日　万里无云的好天。吉川给我寄来了航空信,哥哥寄来了平信和《文艺春秋》杂志。给平冈写了信。

十二月二十九日　上午在山泽房间里听了一会儿已久违了的唱片。再去大丸百货店寻觅唱片。下午去玄妙观散步,三角钱购得冰心《超人》和刘大白《旧诗新话》两书。又在大丸百货店买了二十钱信纸和十二钱红铅笔。吉川又寄来了航空信,说是没收到我三日写的信。经常发生这种有重要内容的信件到不了收信人手中的事,真叫人拿它毫无办法。

这天写给吉川幸次郎的信

拜读了您二十六日写的航空信。您所打听的词语,有些连我也很难明白,即使是请教了他人,有些词语的回答也不是十分有把握的,大体回复如下:

镬子,实物是口大锅,用途是锅釜兼用。大体上均为两尺以上的直径。其译音连丰氏也尽可能地避开不用,也不知与北平的锅有何区别。但这是家家户户都必备的炊事用具,常用于煮沸开水。问旅馆服务员日本的釜在当地应该叫什么时,回答还是说镬子。

撩动,还是译作翻弄为好。苏州把"掬"叫作"撩"。

砻糠,即"稻壳"或"稻皮"。在苏州把它当燃料。

竹篮,即"竹筐"或"竹篓"。

糖茶,即"糖汤"。"砂糖汤"是在正月里代替茶来喝的。放入壳花就叫"壳花汤"。"泡"的说法较广,只要是注入开水全可说"泡"。如去买开水则可说"去泡开水"。放进茶叶的话,可说"泡茶"。

白而肥,"肥"是"有肉头"的意思。人则可说"壮"。

炒米,即"炒的大米"。这在日本的农村也有。是用糙米炒就,也就是放在日本的"玄米茶"里的那种。就那么吃,或者放在茶里,再或者是用开水泡开吃均可,这和我国的吃法是一样的。另外在前面所说的"砂糖汤",这也许是我家那么做:在每年的头三天时间里,由本命年的男子一早起来做了供神佛,再分给全家老少喝。这要站在"大福茶"或叫"福茶"的前面喝掉。苏州的做法与以上有些不同,好像是用来招待客人喝的。顺便提一下,这附近的人常常用一个"拣"字,即"挑选"之意。

蛋片或叫鸡蛋片。这是把鸡蛋和面粉糅合好后再压成薄片烤成一片一片的,咬起来会发出咯吱咯吱的声音,真是又香又脆。

"难得"一词也是这儿的常用语。

零用钱、"零用铜钱",即"零花钱"或小孩偷偷地攒下来的钱。

压岁钱,把它译成"年取金"或"上了年岁的钱"则多少有些语病。其实这是小孩在年底向老人祝贺时拿到的钱。常常是在大年夜用红纸把钱包好,压在枕头下睡觉而得名。这在《清俗纪闻》、《清嘉录》和《傅先生作文》中常有提起。

糕饼钱,这不限于仅仅在正月末给的零用钱,听说这也是一种仪式。正月里称"拜年钱",这儿或者把它称为"点心钱"如何?

烧麦，这儿大家均称烧卖。但烧卖只在夏天才有，冬天另有一物叫"汤包"。虽有烤了麦吃这种吃法，但终究不能说它是一种点心吧！但在影山所著《现代上海语》第一百二十二页上把烧麦写成烧卖。上海话把麦发入声而苏州话则把它发成短短的去声。好在如今也有这么发音的人在。

花纸儿，我想这是把"花纸头"或"画画张"发音成北京语再写出来的。这是把各种各样的画用石版或木版套色印刷的一种"画纸"，小孩们挤在一起进行评价，然后各取所爱付钱买走。回家后把它贴在墙壁或家具上面，倒也是挺漂亮的。一张两钱或四钱不等，贵的高达十钱的也有。虽说是正月里的东西，但街上常年都有，这恐怕是在正月里出得更多的原因吧。

给我到手，这是把当地的"拨我到手"的"拨"直译成"给"了的原因吧！"拨"在北方相当于"给"、"叫"之意。这样说多少可给人一种亲切的感觉。

班鼓，我想可以把它译作"小太鼓"。在观前街的太鼓三味线店的大门上挂着"班鼓"两个大字的招牌。也叫作"脆鼓"。大的叫堂鼓，敲之发出很响的咚咚声。还有一种扁平而直径不足一尺的鼓，把它挂在脖子上边拍边走，发出中国人叫作"啪啪啪啪"的声音，而我们听来却像"哒哒哒哒"之声。檀板也叫作拍板，把它架在架子上敲的，形状有些像叉在手上的用线牵着的两块竹板的打击器。

刀锯叉瓢，这也是四种用具，分别指小刀、锯、叉子和调羹。

瓢在安徽一带不叫调羹而叫瓢的。

犯贱("贱"发"就"音),"欲罢不能"之意,"不管怎么努力,其结果总是那样"、"没办法"等意。比如"辰光犯贱"、"铜价犯贱",即"不管怎么着急地赶来,还是没用,到现在才赶到"、"实在不能再便宜了,这已是到了成本价了"(译注:应为"范畴"之意,指受某物、事的"限制、局限",如"铜钿范畴",意为受钱的限制而不能完成某件事情)。上次给您用明信片订正的"封门"一信,不知收到了没有。那是在大年夜办完所有事情以后,在睡前选好细长的木炭,并用红纸卷好,从大门开始依次关上各门,再在各门的内侧竖放一对木炭,这就叫封门。

问问这儿,打听打听那儿,转下来,一天不知不觉也就过去了,回家后没想到却又收到了您寄来的航空信。实在是不好意思,让您担心了。说实在的,自从到苏州以来的三个月,月月都是赤字,所带来的钱到这个月也已垫空。幸好小野从北平来信告诉我,像我们这种工作的人月薪可增加三四十日元的喜讯。与领事反映了此事,没想到他一口允诺。但我想此事还是由研究所出文给我们四人一起加薪较为妥当。因此早早地给北平写信商谈此事,三日也给您写了信。如果从北平给研究所写信提起此事的话,务请您多加关照。因前天没有收到您的来信,故刚给平国先生也寄去了一封内容与此信几乎相同的信,拜托他予以关照。这儿物价百分之一百、百分之两百地上涨,因而有有关规定。我节俭地去过日子,能够给我加百分之五十也就心满意足了。无论如何请先生多加费心。如可能的话，最好能从我来苏州的第一个月开始加起。这也许是得寸进尺的要求，不胜惶恐不安，请您多加宽恕。

十二月三十日　用航空信寄出回信，给朱爷十元钱。

十二月三十一日　气温稍有转暖，因明天是元旦，佣人们向主人脱帽、屈膝，并高声致以"老爷，恭喜恭喜，发财发财"的贺词。

这天写给吉川幸次郎的信

　　昨天收到了我的航空信了吧！向您提出了那么棘手的要求一定使您为难了吧！但还是请您多加费心。刚才看到《清嘉录》一书中有关正月的部分描写。在其卷一新年中写到了昨天给您信中回答的"画张"和上一封信中回答的"×撮把戏"的说法。另外"封门爆仗"一词在"开门爆仗"词条中也有描写。所谓"画张"即"画画张"，亦即是"花纸头"。特意向店里的伙计打听时，说是乡下人把印有画的广告纸也叫"花纸头"。因"纸头"为"纸"之意，因此，把它译成北京语时要译作"花纸儿"的。"封门"的解说我以为还是在第二封明信片上的说法为好，不知您意下如何。不知哪种说法带有普遍性，这还有待我进一步的调查才能确定。用木炭的这种说法在《欢喜团》（卷一第八页）也有所述。另外有关"封门"，在《清嘉录》第十二卷里有"掌门炭"的报导。"掌"如今又可写成"撑"字。究竟是不是每一个人都把这叫作"封门",倒也难以下此定论。以上仅是小小的补充说明,只是把所看到的写上一笔而已。今天已是今年的最后一天了,但气温却是暖洋洋的,微风吹拂在肌肤上真有一种舒畅的感觉。想必京都也是这样,先生您每天都好吧!

祝您健康!

昭和十五年
（1940）

一月一日　因家有丧事，所以根本没有感到今天又跨入了新的一年。对佣人们的"恭喜、恭喜"声也无言以对，特别是邓爷向我脱帽三跪，我真是没有办法怎样去回礼了。年末，我毫无所感；年初，我毫无感觉。我到苏州的三个月来，连对这儿的水土气息都失去了感觉。这一点，足以使我自己都感到惊讶不已。

天气如同昨日，温暖如旧。微风吹来，心情十分舒畅。完全如春天般的天气，甚至连朝霞都能看到了。下午，从观前街散步至玄妙观，从来没有看到过如此拥挤、热闹的场面。也许今天不是一般的节假日吧！

今天我是早早地躺下休息了，但同旅馆的那伙人却在无节制地喝酒，喧嚣声不断。

一月二日　慢慢地在转成阴天，但总的来讲天气与昨天大同小异。也不知何故，书也看不下去。日比野寄来了明信片，也不知写了些什么，恐怕这是他醉后的涂鸦。还是等他的下一封信吧！

一月三日　早上，从观前街散步到三清殿，回来后见有我的包裹单，径直去邮局提取。原来是棉袍和一壶香。付手续费五十钱。香散发出阵阵令人怀念的香气。下午跟张女士学习。给佐藤写明信片。夜里则与林先生漫谈。天气阴转晴，暖和。

一月四日　比昨天更加温暖。复习了一天，肩膀都酸了。这是几个月来少有的用功的一天。去声还只有两处念得比较像样。

一月五日　继续复习，其后，悠闲自在地泡在澡盆里洗澡，肩膀酸胀感全无。气温比昨天又有上升，脱去了西装背心还有些闷热。晚霞悬空，星辰朦胧。犹如四月份的气候。我随意躺在床边。香还是那么地馨香。

一月六日　去领事馆询问研究费和旅行许可事宜，但还无着落。下午北原来访，他请我用餐，主要是来告诉我研究所寄给他奖金一事。哥哥、藤枝和吉川来了信，重泽寄来了贺年卡片。风稍许。

一月七日　阴天，微风，后止。与北原一起去看钟楼。钟楼头十三号内有一尊佛像，钟为同治年所铸。城内外的景致十分宜人。

在前面的庙里有万历壬子、长洲县儒学重建文星阁记（万历壬子四十年冬十月元吉，孤竹韩原善撰，携季魏仕杰、茂苑张凤翼篆额），另还有一块崇祯癸酉（即崇祯六年，公元1633年）重建的碑。一旁有彭氏祠堂（广东），在背后隔着河的田里有重修乐圃书院碑记，由乾隆三年曹秀光撰书。在新学前碑群有块宋碑，打算将它拓成拓片。下午委托文学山房给家里寄去两包书。

寄来了汇款单，哥哥来信，东京也寄来了贺年卡片。

一月八日　早上浓雾，自下午起出了太阳。去邮局领钱（六十九元一角九分），和北原一起去买包但无所需的那一种。归途中于松石斋（译注：专售古籍的书店，在今邮电大楼对面）以四元六角购得《闵刻列子》、六元五角购得《三唐人集》，其他四本一元九角，共十三元整。下午去府前街书店发现道光本《汉学师承记》一书，但其中缺少一册，伙计说因主人不在不能卖。佐藤来信，给哥哥和研究所写信。

这天写给高仓克己的信

　　我要么不动笔，动笔的话就能不停地写下去。刚才拜读了您三十一日的来信，并收到了汇款，真使我松了一口气。看到我的窘相您要发笑了吧！邮差往往在傍晚六点才把信送到这儿来。小亨

高仓正三苏州日记

像个蓑公的模样，实在使我十分想念。但无论如何也想象不出他跑步啊吃饭时的形象。他这种古装打扮十分讨人喜欢，比穿人造棉衣服的打扮来得好看。信中所说顺便时请把《中国文学》寄去，这是根本说不上的事。我也正因为猎取不到有情趣的小说而犯愁。今天忘了把冰心的《寄小读者》和《南归》等几本书一起寄给您，等在上海再找到一些她的著作后一并寄回吧。仓石先生也托我找些冰心和周作人的著作，但一直没有发现，真是不好意思，请哥哥把我的苦衷向他转告一下。语法书也是同样无法找觅。旧小说是根本不要奢望了。光绪年以来的半新不旧的章回小说或许能收集到一些。近期来，我在考虑是否把一种以上海为中心的小说群作为研究对象而加以研究。但还没有正式动手进行，书本太脏也是其原因之一。今天（其实是明天请文学山房）给您寄去的书中有以下这些目录：有些破了的拓本一幅、《吕氏春秋》四册、《书钞》两册、《诗经古谱》一册、《古史辨》一册、《文学论集》、《旧诗新话》、《中古文学概论》上、《汉诗研究》（这本书包进去了没有？）、《曹植与洛神传说》、《音乐的文学史》（这本书没多大意思）、《超人》和《稻草人》等。这已是满满的两包了。今天到东面的街角去走了走，看到有两三块石碑横卧在地面上，仅看了其中仰面朝上的一块，真使我大吃一惊！上面竟一平排地刻着宋朝时的不少做过官的人名！今后要找机会找人给我把它拓下来。拜托您一件事：是否能给我查一下目录上《史记》的凌稚隆评林本一书究竟万历几年的是它的原刊？好像记得有一种三色版的（请看一下闵版书籍）。我在考虑是否花十元钱把它和《汉书》一起买下来。我已完全习惯住在苏州了，心情也十分安逸。如今是集中精力在学语言，而且又没有使我必须另眼相看的竞争者，但我决不掉以轻心。近来我总是情不自禁地感到不久就有一个人来与我做伴。要考虑到四声的不同发音，说实在的，独自一人常常搞不清，好像以前也跟您讲过，要学会去声真是相当地困难，上声也是够麻烦的。前些天末次先生来信告诉我从这儿到汉口竟花了十二天的时间，真是吃惊不小。

  我非常当心地保管着加藤先生存放在这儿的书籍。从明天起又可逛书市去了，真是一种欣慰——但这次可要节省地花了。七日夜。

  我以为从昨天开始要变天了，没想到今天早上却是弥天大雾，这里常有这种浓雾的天气。现在要去邮局了，请各位多加保重。说不定真的要进入寒冬季节了。

一月九日 阴天，刮风，天冷。寄出一封给佐藤的回信。来青阁里有《浦起龙谈杜心解稿本》一书，开价四十元。林在上海给我看照相机，光圈为二点八的相机标价为六百至七百元，我只能却步，望洋兴叹了。

一月十日 玉贯、重泽和小川给我寄来了贺年卡片，当天给玉贯写了回信。

一月十一日　林先生陪我出去活动活动。有些像要感冒了,看不进书。

一月十二日　接连三天看样子要下雨的天气,到了下午竟转晴了,彩霞满天,到了傍晚却又下起了雨来。平冈来信,马上给他写了回信。明天早上要给乃乾和中国书店寄信。

一月十三日　感冒了,嗓子尚可但鼻塞头疼。给日比野和佐藤寄了航空信。本来打算去省政府,但又没有把握能见上他们而作罢。吉川老师来信。

这天写给日比野丈夫的信

　　北平的气候一定很寒冷吧!而苏州在最近两三天才开始转冷。看来像要下雨下雪什么的,但终究没有下成。虽说冷,但还没冷到结冰的程度。前些日子因听佐藤说起而拜托您打听我们要求增加研究费用一事是否没有得到彻底的解决?我到苏州三个月以来,每月都亏空五十元钱。当然,这也许与我去了一次上海不无关系。但不管怎么说,每月如此明确地发生赤字下去是不行的。我在十二月初给佐藤的信中曾讲过虽不知在京的三位的想法如何,如果与我同感,既然新闻工作者都增加了工资,那么我们可以把它作为很好的机会也要求给我们增加费用。关于此事，我曾与佐藤商量过，与其让研究所叫我们提出要求，还不如我们四人联名给研究所提交申请报告为好。因此希望加强我们之间的联系。但他只给了我一封说拜托过老兄的回信以外再没其他音讯。我从这个月开始，经济上已到了无计可施的窘境，我已通过平冈去打听有关的消息。四个人一起提出申请的话，也许会有个什么说法。光是给您一个人加薪是不公平的，于理也是说不过去的。本来理应四人同等待遇，请您也用航空信寄出一份陈情书。因为同时也给佐藤寄出了信，请您马上与他取得联系。希望你们商量后进行汇报。当然如果不是怎么费事而大家决定了的话，也请告诉我一下。区区实在是无路可走，但不管怎么也总得想个办法出来。要叫我离开这个煞费苦心而来到并住熟了的南方这块土地倒也叫人有些舍不得。顺便告诉您平冈的想法是：研究所在听了我们四人的陈述后再提出要求这不免又要花上一些时辰了，因此他想提出一个把研究所已经停发给助手的工资转拨给我们这样的倡议。但作为前提条件，一定要我们四人都写一份发生赤字的情况汇报。务请各位多加协助。

请代向大岛先生问好！

我这儿如今是每月有五十元的赤字。更何况物价不断上涨，不给我加薪七八十元将入不敷出。书也好，什么也好，生活费成倍地上涨，因此，容我不客气地写了以上这些。

一月十四日 给吉川老师写航空信。下午给佐藤写了明信片。夜里，去苏州大戏院看王美玉（译注：当年最出名的滩簧女演员）的演出。王美玉只有声音倒是很悦耳。收到吉川老师七日寄给我的平信。信中劝我翻译一些叶绍钧的著作。天阴，寒冷有增无减。

这天写给吉川幸次郎的信

前天晚上收到了平冈先生的航空信，昨晚又收到了先生您的来信。真是不好意思，为了我们的一些小事而给您带来了不少麻烦，费心关照，实在是羞愧之极。平冈先生说，至今没收到来自北平的报告，叫我再与他们联系联系。为此我感到十分遗憾。因为我在十二月初就此事已与佐藤先生联络过。而佐藤先生则告诉我此事由日比野来负责主办。昨天我又给他们两人用航空信去讯问了。北平的这几位真是不讲道理，如在旬内再不给您寄出报告的话，就不必再为我们费心而随它去吧。我想这也是不得已而为之的事。请容我再另想它法。您在信中提及生活费等事，昨天已给平冈先生写了汇报，但是寄的平信，担心他是否能收到，请允许我重新给您写上一遍。从昨天的表来看，被服费的超支部分和中国服除外，已开销了一百十元左右，仔细算来，中国服和西装费用还要支付一大笔钱，看来仅在被服费一项上还有增加若干费用的必要。以下作为物价涨幅的资料而罗列几条，以供参考。一、书籍类：自去年夏天开始，上海发行的新书涨价五成，其影响非常大。旧书以其为基准，大幅地提高了原价。最近有些书又在其基础上增价两成，总之书价至少增价四五百元。二、听说米和饮食费是去年的一倍多。再便宜的菜馆和面馆，前后通算一下至少增价四成。我的住宿费就增加两成，达十元以上，仅此对其他也带来不小的影响。三、被服费、菜米这项的涨幅最大，将近是原来的一倍。木棉的夹袄七八日元，丝绸的要三十日元，鞋一双是三日元，冬鞋三点八日元，皮鞋十七日元（旧鞋为七八日元），而一件西装竟要一百日元以上。好在杂货只涨了三四成。毛巾涨五成。木炭每篓（约日本的半草包）是三到三点五日元，这是约原先的三倍。我这儿是不用煤的。好像上海的涨幅比苏州更惊人。我已在给平冈先生的信中讲过。每天就在不知不觉中十日元十日元地消失。十英寸的唱片每张达四点八元法币约合四日元一张，现在或许又涨价了一些。但发生赤字的重要原因确实是因为去了一次上海所致。现在只能打消再去上海的念头了，说不定还是某个期间索性移居上海为好——当然，在那一两个月里我将过得非常地穷困，但我打算把这段时间安排在我回国的前夕。另外，我想从四月份起无论如何要给我增加研究杂费项的翻译费。如果取消上海之行，则应有些剩余。虽我可以说已习惯于凑合着度日子，但作为外来人的单身生活，根本就没有可融通的余地，完全失去了自信。一月份没买只要花四十日元就能买到的书而使我一直后悔至今。但再后悔也已买不到了。另附一表请您过目并加关照。如果北平依然杳无音讯,或者虽有书信陈述,但乱七八糟地过多地提出一些令你们头痛的事情的话,那么就把此事抛开,置之不理算了。如果从研究所增拨给我们也因有前因后果种种微妙的事情发生的话,在这种左道旁门时,则请释锦念。仅此回复。

诸经费明细表(暂且以每100日元按125元法币计算较为方便,但前些日子每100日元只有123~124元法币)

单位:法币(元)

项目　现在所用额　将来希望增加额

一、住宿费　　50.00　　10.00增加

二、两位老师　25.00　　15.00用于有较大难度的开讲课

三、第一、二项的小费及洗濯费　　5.00

四、交通费　　10.00

五、饮食交际费　　15.00

六、被服、杂品　　30.00+10.00

七、上海出差费　　25.00(指每两个月去一次,每次五天)

八、同上图书资料费　　15.00　　20.00

九、研究杂费　　5.00　　10.00翻译费(拓本、翻译等)

十、图书费　　40.00　　10.00

合计　　220.00+10.00　　65.00

以上第五项约可减额5.00法币。

一月十五日　下午下起了雨。给重泽和吉川老师写回信。翻译叶绍钧著作一事打算从四月份开始。因二月份佐藤要来,自己又要整理发音等资料,故不能专门放心地从事。

这天写给吉川幸次郎的信

昨天刚用航空信给您寄出回信,没想到当天傍晚就收到您七日所写的来信。承蒙您多方深情关照,区区没齿难忘。正如我在昨天的信中所述,我已用航空信与北平进行了联络,如果他们在近十天之内还没有寄呈任何报告之类的话,也许是事出有因,我就死了出差上海这条心,也决不分散其他各项经费,集中于一个目标使用,不管怎么也要搞出个名堂来。不然别无它法。如果北平方面毫无动静,则请您先不管此事算了。因为此事的先决条件是四人要有共同的要求。

您所给予我关怀的翻译一事,我准备于月末去一趟上海(这次可以用前不久才领到的年终奖的钱去)收集一些书籍,一旦到手,无论如何要请您把此翻译的任务交给我来完成。从四月份左右开始着手翻是否太晚了一些呢?(因二三月份有些往来的应酬以及要外出旅行之类的事)。

您所要打听的"猪猡"一词是猪的总称。这里也叫作"猪猡猡",骂人时可译成傻瓜、笨蛋、痴呆等无能的意思。听说该词在上海用得较多。这里把终日无所作为、能吃能睡的人叫"猪太婆",据说竟是一种爱称的说法! 别的还有什么意思,我就不知道了。

一月十六日　毛毛雨从早上开始就时下时停。感冒稍有好转,乘车去理发。车费一角,理发四角。回来后打电话给领事馆询问旅行许可证是否已批准。回答说还没有,因此请他们帮我催催。下午,天色稍转明亮,但雨还是时停时下的。沼田趾高气扬,夸夸其谈。

一月十七日　阴天,寒冷愈加。下午去拜访章赋浏和潘厅长,潘因出席会议而不在,但潘太太俞氏在,向她打听了一个多小时所关心的事情。天冷得我直发颤,回家后一个小时后还没有暖过身来。

一月十八日　从昨天开始,天更加阴沉,气温急剧下降,上午作为运动,走到玄妙观,倒给我花一元钱买到了叶绍钧的《未厌集》和梁氏的《元明散曲史》。从下午一直看到晚上,这两本书都相当有意思。叶绍钧的笔法写得这样,可谓已达到炉火纯青的地步了,有些像布尔热(译者注:法国作家)式的运笔用词。渡边先生回家后因神经痛而已躺下,来信说不来我处同住了。叫他二月份左右再来,回答说也许不到二月就可前来。只要有钱寄来,一定要去看望他,哪怕是一趟也好,不然于情于理也说不过去。写回信。北平方面一直没有任何信息。

一月十九日　有些风,天阴,有些像要下雪的样子。再稍微看了些叶绍钧的小说。佐藤给我来了回信,左看右看总觉得其内容像日比野写给森的信。信中说有些事可以慢慢联系商量,不用那么急着去争取,光在口头上闹得厉害,沉不住气。

看《人滴》一书,仅仅看一篇就够了,看来我已深受中国书籍的影响。领事馆方面也无任何通知,真叫我有些坐立不安。近来事务工作毫无进展。

一月二十日　雪,上午还不怎么样,下午竟下起了鹅毛大雪,到了傍晚积雪已达两三寸。晚二十一时许稍停,难得见到的有趣雪景使我一时忘却了寒冷。陈乃乾来函,主要告诉我他已从天潼路迁居到了法租界白泉部路渔阳里26号。

一月二十一日　早上还在飘着星星点点的小雪,下午出去散步时以一元四角购得《訄书》和《新方言》两书以及花两元七角购得《饮冰室文集》和《林和靖集》两书。仓田寄来明信片。

一月二十二日　去领事馆领取研究费。由于旅行许可书还没明确的答复,因此,上海之行只好推迟到星期六了。自早上开始就是一片要下雪的天空,毫无晴意,而入夜倒渐渐地看到月光,抬头一望,只见悬空半轮明月。今天给仓田、小川和哥哥寄出了明信片。

这天写给仓田淳之助的信的内容是:

谢谢您的来信,知道您那儿寒冷非凡。我这里从十天前开始就是接连不断的阴冷天气,就在大家不断地说"冷啊冷啊"的时候,从昨天下午起竟下起了鹅毛大雪,到今天早晨积雪已达五六寸厚,现在在融化。人们都说还是少见的大雪而兴高采烈地欣赏雪景,真不知道身着单薄衣衫的这些人哪儿来的这般热情。但这些中国人都像是生了男孩似的高兴地高喊着"腊雪、腊雪",一打听,原来是下这样大的雪可以冻死害虫的原因。不知什么时候已到了喝"腊八粥"的时节。街上已开始能够看到手持粉红色的类似饭店用于送饭送菜用的手提多层竹篮的阿妈们走过。竹篮里面放有过年用的物品,正中间放着玩具如桃子等东西,阿妈们又像念着咒时而还回过头看一看后边。听说一般是送鸡或成对的火腿和鱼。立春时理应有祭春牛的仪式。到立春时,佐藤先生将要到苏州来,听说日比野在二月底也要来苏州研究。三种去声的想法在其后曾停过一段时间,就像您所说的那样,等全部周到地考虑好后再发音总还是不能发得很准确,我想再集中一段时间定下心来好好调查研究一番。请转告藤枝先生,谢谢他给我寄来了辞典的标题,以此来找在租界的西洋书店。我将在最近这几天中去一趟上海,另外听说渡边先生因神经痛而在卧床休息。祝您食欲好,吃饭香。

这天写给高仓克己的信

已有一段时日懒于执笔给您写信了,想来大家身体都好吧!寄给您的书不知收到了没有?听说家乡很冷,你们过得怎样?苏州近十天的阴冷的天气,大家都在喊"好冷啊,好冷啊"的时候,从昨天早上开始霏霏地下起了小雪,到了中午就像个下雪的样子了,今天早晨开门一看,积雪竟有五寸厚了;早上还在飘着雪花,下午开始停了下来,但还是阴天。这是一场少见的大雪,雪景是格外地别致、优雅。前些天有些感冒,但不知什么时候又好了,恢复了原先的健康。由于寒冷,这几天比较老实,没去东跑西走。增加研究费一事我想总得有个说法,吉川先生和平冈为此没为我们少费心思。吉川先生来信对我说是否帮创元社搞些文字翻译,特别是指名翻些叶绍钧的著作。我想今后翻翻看。因为书中有相当多的苏州方言(比《稻草人》多得多),我想这是件很有趣的事。听说渡边先生因神经痛而卧床休息。旅行许可证和这个月的研究费至今还没到手,因此去上海一事现在还难以定下来。但到月底一定会有个回音,我想利用这个空隙短时间地跑一趟上海,一俟办完事情即便回来。近来只买了汲古阁《三唐人集》、《闵刻列子》等以及光绪二十八年刊《饮冰室文集》、《訄书》(共和二七四六秋八月再版日本版)等书。今天草草至此搁笔,余言容后再叙。祝多加保重。

一月二十三日　去台湾银行取钱，途中，去民会诊疗所接种牛痘并要了种痘的证明书。归途时，在重松商店（译注：日商开的文具纸张店，在宫巷）买了一刀纸，价格是三点二日元。下午在大丸百货店购买手套一双四点二日元，衬裤两条三点八日元，裤衩一条三日元，袜子两双两点四元，鞋垫一双零点二二日元，再还掉前天借的书店的钱。所借书店的钱仅限于《卖子娘》（当时他们催促我赶紧买下）一书的欠款。定做的鞋还没做好。今天共花了十六点八二日元。

吉川老师寄来了航空信，说是好不容易才收到了日比野的书信。为了加强联系，给日比野写信，准备明天用航空信寄出去；同时，给上海的中国书店和渡边先生写了明信片，也准备明天寄出。

这天写给日比野丈夫的信

　　已进入了"大寒"，苏州这里下了厚达六七寸的雪，三天后的今天才好不容易放晴了。雪已融化了近半，感到更冷了。

　　北平情况如何？四天前收悉了佐藤的回信，大体上知道了一些北平的情况。今天又从寄自京都的来信中知道，您写给主任的信已寄达，主任又给所长写了希望给我们增加费用的陈情书。其内容具体写了增加的理由及增幅。再想确认所长与外务省交涉的结果。我想您会从森先生那里拿到写给您的信。给我的来信说我们四人联名不联名均可，但我认为还是联名的好，请你们与在北平的三位在协商的基础上写好一份陈情信，留下我署名的余地给我寄来，或者请佐藤先生带来也可。如果佐藤先生业已出发了的话，我就在苏州署名，只要给我留下一块用以签名的空白处就行了。其理由主要是随着去年以来的大幅度的物价的上扬，生活费以及研究费（包括图书资料费、讲师费、资料搜集费等）也随之上涨，以及现在的势如破竹的涨幅（我认为列出具体的涨幅比较好。苏州的生活费上涨两倍还多，图书费涨50%）。如列入现在的赤字也许更好。我所在的苏州每个月赤字额达三十至五十日元。图书资料费的不足更为显著。在以前给吉川先生的信中提到过希望增加35%～40%，按此增幅，我这里勉强能凑合着过下去。根据北平的情况，你们可再提高些幅度，但最低限度为35%。这是我个人的看法，仅供你们参考。形式上是四人联名，是否全都愿意签名，则请各自自由决定。如果寄给我，我会署名并用航空挂号寄给研究所去的。我想这样做就行了，但不知各位意见如何。

前些日子佐藤先生来信问我陈情的形式以及一些其他还不太明确的事情。其实这完全是私人的内部的东西，以公出面的书信或报告还一封都没有寄出过。

如果对以上事项还不得要领的话，你们只要把最近北平和苏州的急速的物价上涨情况以及对将来的物价的预测作一番陈述不就可以了吗？有关一些其他事项则悉听尊便了，以上多多拜托了。

关于去旅游一事，我想请你们通知我什么时候到苏州来。我估计是二十三日到二十五日起航的船期，只要你们提前两三天到苏州就行了。请一并告诉我你们在北平待到几日为止。我的旅游许可证还没批下来，现正在催促之中。

一月二十四日　从昨天开始，天空又灰蒙蒙的，像要下雪的样子，但今天却是个出人意料的好天。正想动手给陈乃乾写信的时候，沼田来了，听他讲了有关拍照的注意事项，时间就那么过去了。下午，到大丸百货店买了三本有关拍照的书，共两点四日元，回到家就看了起来。

一月二十五日　又是一个晴天。上午给陈乃乾写了信并用快件寄出，下午竟看完了三本拍照的书！

哥哥和日比野寄来了明信片。知道兄长们都很健康。傍晚说有我的来自领事馆的电话，无奈，正在洗澡之中不能接，但可以想象是我旅游许可证已核批下来之事。如是这样，推迟去上海一事已无必要。总之明天去看了再说。

一月二十六日　阴天。由于昨天晒了被子，因此昨天晚上睡得很暖和。正因为如此，起来后就感到特别的冷。整个上午都刮着强劲的大风，走在路上，眼睛几乎痛得受不了。去领事馆，确证了我昨日的猜想。批文完全同意我的旅游要求，还批五百日元作为差旅费。首先感谢馆员们这段时间以来对我的关心。回家后给张女士二十元，朱爷十二元。

另买化妆袋六十五钱,鞋和拷包二十九元(各为十三元和十二点八日元)。还向林借的两百三十日元。

一月二十七日 少云,阴而晴。上午九点半离开住处去领事馆领取五百日元旅费,到台湾银行去兑现后即去火车站。车内相当拥挤。到上海后先去看渡边先生,看来他的脚痛得很厉害。去新上海饭店投宿没想到竟客满,转而投宿于北四川路的新亚细亚饭店。过河时,被钱贩子花言巧语地不知怎么一下,用一百十二元六角法币换去了我九十八日元,我真是干了一件傻事,被他骗了。

去了中国书店,但陈乃乾没来,过了不久倒是渡边来了,一起见了蟫隐庐的罗氏。在渡边回去之后我正打算离开时,陈乃乾赶来了。稍微寒暄几句,约好明天下午四时再见而告别。看来没希望见到郑振铎了。

归途中去看了照相机,看来不成问题,买一个半新不旧的才四百五十五元。今天办事不太顺,是个不吉利的日子。在先施公司买三条裤衩两点八元,两件衬衫和两条衬裤共六点四元。在沙利文吃晚饭花去两点两元,点心一元五角。回到下榻处后洗澡,房租是八点二五日元。

一月二十八日 早餐后出饭店,于上午十时左右乘车去渡边家,漫谈一会儿后,又于十一时左右过河去兜凯里书店,没想到因星期天而休店。天下起了小雨,乘车去中国书店,购买了《毛诗正韵》、《康南海传》、《闲风集》、《书古文训》和《吴越文化论丛》等书共十五元九角整。请袁陪我一起去开明，购买了十四元两角的东西，里面有些东西是为仓石先生买的。在商务印书馆购得《小说汇刊》和《隔膜》两书共一元三角五分。回到中国书店等陈乃乾，但一直等到下午五点还没见到陈乃乾和渡边。回来时在沙利文用晚餐，花去两元一角，点心两元四角。回到渡边家时，听说他和牧田两人在"花月"等我，急忙赶去，一起喝了些酒。好久没尝到日本酒的味儿了，真是酒味十足、醇厚。回来后与渡边一起竟漫谈到深夜两点。上海比苏州暖和，即使是下雨也不觉得冷。

一月二十九日 小雨。上午九时许吃罢早餐正想去牧田处时看到了市村，向他借了小轿车去了特务机关。其后又乘了他的车去汉口驻沪办事处见天野，拜托他购买船票以及开具证明书并相约十天后再度取得联系。过河以一百日元兑得一百二十五元八角法币。在西洋书店以一元两角购得《上海常用语汇》两册。在凯里书店以两元五角购得《苏州》一书。《浙江游记》一书是四元五角。餐费两元一角。在先施公司购茶叶五元六角，裤衩三条两元八角。从来青阁兜到四马路，以一元四角购得《萧军第三代》两册，在杂志公司又以五角五分购得《叶绍钧代表作选》一书。在商务印书馆打听有没有"同音字表"，回答说还没印刷发行。冒雨匆匆往回赶。到渡边家告别一声后径直赶往火车站，乘四点十分的火车回苏州。途中，在还没到昆山之时，天就下起了雨夹雪。到苏州时已完全下着雪了。佐藤给我寄来了航空信和小包一件。

写给高仓克己的信

　　昨天收阅了您写于十六日的来信,得知小孩受了风寒,真是可怜。苏州这几天下的雪还没融化,我不由得联想到了京都的寒冷。今天来到上海,听渡边自己说脚好像已经不太痛了,但从走路的样子来看还是不太自如。在上海,我想住的旅馆客满因而下榻到了新亚西亚这座较为上等的饭店,一晚房费虽要八日元,但相当舒适。现虽已领到了五百元差旅费,但一到上海,就使我悲观起来。首先是虽已拜托了陈乃乾给我联系见见郑振铎的面,但郑却避而不见。其次是买不到一架称心的照相机,不是白跑了一趟上海了吗?如果买不到相机,索性死了这条心,干脆就把些钱移作买书算了,这叫作不得已而为之,聊以自慰罢了。看来还得要到下月二十五日左右才能出发去汉口。

　　暖气开得很足,使我感到倦意阵阵袭来。由于精疲力尽,今天这一觉一定能睡得很香。今天就草涂于此。

　　一月二十七日夜于北四川路新亚西亚。

　　追述:昨天东奔西跑了一整天,又有些不尽人意的事,故有些心烦意乱,但因能买到些书,情绪有所好转。晚饭是渡边先生请我吃的。今天又买到些书,下午回苏州。

　　二十九日补写。

一月三十日　雪在不停地下着。给日比野写了封航空信,要他告诉我他的籍贯、年龄和寄照片给我。去大丸百货店照相机柜,还是标价为三百六十日元。买了一件棉衣,价五点六日元。吉川寄来了航空信。入夜,整理自前天以来的钱的用途及日记。末次氏来了电报。

这天写给日比野丈夫的信

　　二十六日拜读了您写于二十二日的来信,不知您是否已收到我二十三日寄给您的航空信。或者您已经提交了陈情报告书。大约于二日就能见到佐藤先生了,到时再慢慢向他打听吧。我去了上海三天,于昨天回到苏州。听说要去汉口的船一定要在十天前定下来。这实在是不便,但又没有办法。实在是不好意思,如果您能在二十日前后到苏州那是最好不过的了。因为我将在十日左右还要再次与上海取得联系,如果您能告诉我到苏州或到上海的确切日期,那么我就拜托上海方面预订您到达后的首班航船。总之,在乘船前,您要在苏州、上海一带浪费些时日是件遗憾的事,但这也是不得已的事。另外还听说在芜湖转车又要花两三天时间。如果您公务繁忙的话,直接去芜湖则可节省一些日子。但与您的联系却又不得不在南京进行。如果您打算乘坐二十日从上海起航的船的话,请您赶快告诉我您的籍贯和年龄,因乘船申请表和证书均需填上这两项。另外,请随身带上证书用的小照片二至四张。

苏州电报局旧影

昆山旧影

上海暖和而苏州寒冷不堪。今天的雪下得特别大,听说还要下两三天。外边湿漉漉的、泥泞不堪。苏州谓"干净冬至邋遢年"。冬至这天如果是晴好天气的话,则一年到头雨纷纷(译注:此处有误。"邋遢年"是指春节期间要下雨)的意思。以上三项拜托了。

一月三十一日　小雨,晨雨止。上午九点过后领事馆来电话,告诉我有一名叫小林的外务特约人员在领事馆等我,因此急匆匆地赶去。原来是个留学生。简单交谈一番后,带他去参观日本人学校。在领事招待后,乘轿车带他遍游名胜。下午五点过后,在大华书店(译注:在景德路)以两元五角购得《遏云阁曲谱》一册和《四种曲》四册而归。收到渡边的电报,叫我火速前往,因此决定乘明天上午八点十分的火车去。给小费计四元五角,小车费五角,馒头一元零九分。

二月一日　雨。早晨五点刚过就起床,略做些准备,乘八点十分的火车去上海。原来是嘉业堂的事。开个碰头会,见到了很多的干部和天野,乘下午四点十分的火车回苏州。途中在昆山那里又开始下起了雪,到了苏州已是大雪纷飞。与大口、安藤、栗村等人会餐于新亚饭店。晚九点半左右回旅馆。佐藤已在房间等我,两人躺在床上谈话到深夜。

这天写给吉川幸次郎的信

　　前几天确已收到了您的航空信,只是因为刚从上海回来,即刻写信给渡边先生委托他找一位漫画家。昆曲的唱片只有高亭的还没买到，说是此唱片还搁置在仓库里，真令人费解。待我在春节前后再度到上海，给您多跑几家店找找。等我买到那张唱片后再写信告诉您给我寄款的数额，恐怕一共要不了两百日元。

因现在还没有完全收集到叶绍钧的作品而感到十分惭愧。他的作品相当难翻译，感到十分棘手。今天见到了佐藤先生。北平的事情已相当明了，今天这封信拖的时间比较长了，信中还附了一封给所长的陈情书，所要求的增额与北平的几位相等，务请您谅解。给您增添了不少的麻烦实在是相当地过意不去。另外还请您把我写给所长的信转交给他，不胜感激。

渡边先生要求我加入调查嘉业堂一事，我已听说是狩野先生推荐的。现已接受了这种联系。今天发电报给所长询问这到底是怎么回事，回答是已向满铁（译注：此处的满铁似是满州铁路株式会社下属的某一个专门情报机构）提出我方参加调查的要求，这真让不知道前因后果的我感到十分为难。而满铁好像又通过狩野先生要研究所给予谅解，这里面究竟有什么名堂呢？从昨天开始下雨变成了下雪，真是一个大雪年，气温相当寒冷。昨天晚上与精力充沛的佐藤边听着呼啸的风声边深入地交谈到深夜。

我们的事情无论如何请多加关照。

祝您健康。

据佐藤先生的看法，认为一日三餐均吃米饭有些不可思议，我深感北方就是和南方不一样。

二月二日　天气依然下着雪,到中午时分才开始停住。下午从领事馆出来时与北原同路去了大丸百货商店和松鹤楼。用航空信给吉川寄出内附给所长的陈述报告书。

二月三日　晴空万里。上午带小林去了沧浪亭和府学二处。下午请林带小林去省政府,听说却把他带到了狮子林。给渡边写了封婉言拒绝的信(译注:指作者不想参加调查嘉业堂的事),并用快件寄出。在大丸百货买年糕一点零五日元,毛巾一打六点六日元,夜里漫谈。

二月四日　阴天。上午十一时许外出去看"迎春"活动。在松鹤楼用了午餐,餐费为两元四角。期间看到迎春的队伍,就一直跟在后边看,直看到娄门的韩蕲王庙处。牵引着的春牛脖子上只套着红红绿绿的圈圈。所祭的供品都是用纸糊的,连芒神也是纸制的。这些东西是抬着走回来的,郭知事也以大仪相迎。

这天写给高仓克己的信
　　我于二十九日傍晚从上海回到苏州后已安定了下来。三十一日,来了一位来自外务省的留学生,带他整整走了一天。回到家里,渡边发来电报叫我前往,于是一日那天当天往返上海。回到旅馆,见佐藤已到了苏州。不是雨就是雪的天气好不容易放晴了昨天一天,今天又转阴了。前些天的积雪刚被三十一日和一日下的大雨化掉,想不到又下了雪,且又积了四五寸厚。今年必将是丰收年景无疑。渡边的脚有所好转,听说不久将去南浔调查嘉业堂的事,好像他要带我一起前往。我正在犹豫之中。

听佐藤说一日三餐均吃米饭是件铺张的事,还讲了好多趣话,令我捧腹大笑。去上海的疲劳业已恢复,只是脚上出了些湿疹。知道我两年前胃口的佐藤看到我目前那么旺盛的食欲,不禁大吃一惊。但佐藤也承认苏州的米饭不经吃,常常容易饿肚。

大家身体都很好吧?寒冷异常的天气对你们无多大妨碍吧?我现在穿了两件冬装在给你们写信,在这么宽敞的房间里,放了燃木炭的火盆也没起多大的作用。

还没有收到您寄来的《文艺春秋》一书,近来邮差送信不怎么按时。今天就写到这里。

明天是立春,今天这里举行了迎春活动。

二月五日、六日 又是一个阴沉沉的天。为买东西而到处走走,还是在大丸百货店买了两斤木棉四点四日元,衬衫一件四日元以及好多书。

二月七日 去了领事馆,回来时收到了渡边寄来的快件。下午去了玄妙观附近和大丸百货商店,确实是一片大年夜的气氛。夜里十点多去玄妙观看热闹，人山人海，一片嘈杂喧闹。在一排排的佛像、菩萨前烧香、拜佛、叩头。缭绕在大殿里的香和蜡烛的气味呛人，睁不开眼。今天天气十分晴朗。

这天写给高仓克己的信

今天是大年夜，昨天街上还有许多积雪，即使是这样，商品的买卖呈现出一派热闹非凡的景象。今天倒是一个少有的好天，马上就要上街去。我十分火急地请您替我去一趟大学，把大学的优惠券和大学身份证给我寄来。也可请求别人代为办理。因为这里乘火车，学生票可以便宜四成。

近两三天来，我把打算买照相机的钱用以买书了。如上次所说的《史汉评林》、《明刻唐伯虎集》、《玉海堂本李太白集》、《江苏金石志》、全套《中华图书之戏考》三十二本以及部分弹词。

由于每天和佐藤一起到处走走，又不读书学习，现在又比原先胖了。除了头脑记性差以外，四肢发达，十分健壮。今天就写到此，以上拜托之事务请关照。付了十二元买了徐乃昌藏的《金文拓片集》，还不能确定是真是假，说不定或许是假的。过些日子给您寄去。

二月八日 又是一个晴空万里的好天。早上去玄妙观逛逛。所见之物、杂耍等与昨天的大同小异，没有什么特别了不起的文娱活动，但观前街人头济济，黑压压的一片。爆竹声从昨晚开始就接连不断。我要开始整理发音的资料了。

二月九日 晴朗,风少许。继续昨天的整理。委托天野联系船。下午,步行去了旧皇宫(万寿宫)、双塔,再从新学前走到相门,充分享受了郊外的优美风景,和佐藤两人高兴地直呼:"快哉!快哉!"自钟楼经狮子林桥到瞿园(译注:今网师园)——这里小巧玲珑,整理得又得体,给人以一种美的享受,而且青苔又相当宜人。穿过田间小道到沧浪亭,登上亭子的二楼,眺望四周,景致平平,毫无逸趣。晚六时许雇车去新亚饭店用晚餐,回来后又同林等人漫谈。

二月十日 天晴,气温略有回升。整个上午继续整理发音资料。下午本来打算去宝带桥,听说那儿有危险分子而终止。改变了计划,陪佐藤遍游了马医科的曲园、仓米巷的半园、伍子胥庙、胥门、无梁殿、瑞光寺塔、盘门和三孙墓。在曲园见到了俞樾弟弟的姨太太,听她说每年从北平回来一次。今天气温真好,徒步行走既不感到冷也不出汗。瑞光寺庭园内的樟树给寺庙带来了一片绿意。

二月十一日 昨天晚上开始下雨,下午去吴苑听书。

这天写给吉川幸次郎的信

收到并拜读了您二日写给我的来信,听说您感冒了,不知现在恢复得怎样。工作要适可而止，不要太勉强。关于我们的事，受到了您单方面的全力关照，真令我们不胜惶恐。事情的成功与否不仅仅是以我们的意志而左右，容以后再慢慢地来想办法吧！北平的日比野迟早要到苏州来，到时我们三人共同协商之后再向您汇报，到时还会请您为我们的事而操心的。听说广东还有一名在中国的特别研究员，他与北平的联络极少，为此，日比野将进行特殊的考虑。苏州天气格外地寒冷，残雪有相当长的一段时间化不开，但从昨天开始又有些回暖。今天虽在下着小雨，但还是暖洋洋的，室内的梅花竞相开放，闻到好久没闻到过的阵阵花香。这几天陪着佐藤先生在城内到处走走，登上了东面的城墙，眺望了江南一片春意盎然的景色。还是城外的景致令人心旷神怡。有关参加满铁嘉业堂调查班一事，您一定为我担心了。而我因手头的一些琐事直到大前天才发电报给您。没想到前天就收到了您的回电。目前还没得到何时出发的通知，想来就在这两三天之内吧！日比野将在二十一日左右到苏州，故预订了二十二日以后去汉口的船票。我想，有关南浔的情况他们会向您做出汇报的。

　　苏州在春节没有举行什么盛大的庆祝活动。但在立春的前一天，有县老爷迎春的活动。大年夜和年初一，在玄妙观和其他庙里却都有人头济济的烧香的场面。从今天到明天各商店接路头菩萨（译注：即财神爷）的活动将会搞得热热闹闹的吧！今年好像允许燃放烟花爆竹，真是放得热火朝天，乒乓噼啪之声不绝于耳。

街道上卖艺人相当活跃，脚穿花鞋的妇女围成一群一群的，不时地发出欢呼叫好声。目前我正在整理有关发音的资料，感到十分麻烦、复杂而简直有些束手无策。批准我旅游的差旅费，有些已被我提前消费掉了。在年底想买些东西而跑了三天，但没有任何一件有价值的东西可买。只是全套三十二册的《中华图书之戏考》是难得有的，不是哪儿都能买到的。现在又要和佐藤一起上街蹓跶去了，如有时间，还想带他去听弹词。今天就写到这里。

务请多加保重。

二月十二日　气温真又下降。去领事馆取钱，在台湾银行发了电报，取了应属于末次氏的一百三十日元，把它交给了大丸百货店。下午，把一件西装从大丸百货店拿回旅馆，其他一些事情用航空信打听。

二月十三日　昨夜风雨交加，在睡梦中被惊醒数次。渡边寄来了延期去南浔调查的通知，对此，我惘然不知所措。给吉川寄去航空信。

二月十四日　天气好转，早上去理了发。下午，带领佐藤去图书馆（译注：指可园的省立图书馆），藏书颇丰。腹部的不适今天已完全消失。从明天起想去常州和杭州旅游，因为我们想把这次旅游搞得随和而称心，故没有做任何的计划。

二月十五日　早上，旅店服务员以日本时间前来把我叫起。上午八点过后，应林的好意与他同乘去无锡方向的火车。但火车推迟三十分钟左右才启动。十点半左右到达常州火车站。在车站前打听了去领事馆派出机构的走法并于十一点到达。手忙脚乱地下午一点半以后才去警署。派了个日语导游带我们去了庄公三贤祠、文天祥忠义祠和图书馆等处，看了看，却是什么也没有，但让我感到常州是个小而整洁的城市。前往天宁寺参拜，吃了素面和四道素菜就往回赶。寺庙的那种静谧、优雅确实是不错，令人难忘。所吃的花生都是三颗或四颗籽的大花生，真有些难以相信——如果不是自己亲口吃到的话。

乘坐下午四点半的快车离开常州，于六点五十五分到达苏州站。除了是个晴天和天宁寺以外，其他一无所获，这也是行前无准备所致。即使是这样，对一无所有的图书馆真是无话可说。佐藤先生自昨夜起旧病稍有发作，今天又稍微影响到了肌肉。担心他是否去得了汉口。

二月十六日　给宽寄去了一个小包裹。下午没去成杭州，改去吴苑，又在大丸百货店兜了一圈后回来。

二月十七日　早晨五点半起床，乘七点开出的火车去杭州。刚出吴江就看到有一座几乎与宝带桥相同的桥，经打听才知道它叫吴江长桥。桥中间有座四角亭，造得比宝带桥上的那座好。吴江盛泽等地被湖水所包围，真可称得上是个水乡。于中午十二点五十六分抵达杭州，乘上小车住进沧洲旅馆五十号。旅馆落落大方且明亮，与此相反，食物却是十分难吃。去了领事馆和图书馆，却都无人。信步而行于湖滨路，来到钱王祠，买了拓本后归下榻处。西湖之美是不能用照片表现的。但杭州的街头不是那么热闹。房租很便宜，两人才三元。

这天写给高仓克己的信

前天去了常州，今天又来到了杭州。在常州，只对天宁寺留有好感，在那里除吃了素净面以外其他一无所获。西湖景色美不胜收，给人以一种仿佛已经离开了所在之地，身处优雅而明快的图片之中的感觉。其既有一种琵琶湖的乡村气息，又有一种人工的精雕细琢之感。其他东西在这里什么也没有。所吃的饭不香，所见到的人素质也不高，与苏州真有天壤之别。明后天就准备打道回苏。月亮照在西湖上也不见明亮，万籁俱寂。也许是市场交易的淡季，偌大的旅馆六元一间的客房，现在我们两人合住才三元钱——有些洋洋自得。还是苏州，虽嘈杂却热闹非凡。明天去图书馆和游览文澜阁，今天就此搁笔，请各位多多保重。写于杭州湖滨路沧洲旅馆五十号。

二月十八日 早上八点多起床，早餐吃的是汤包。在走廊上，边眺望欣赏西湖美景边吃汤包，写明信片。用毕早餐，去博物馆和图书馆。

博物馆内标本极其丰富。我特别对全部出土于当地古荡的新石器时代的化石、石器和（黑色）陶器感兴趣。图书馆令人扫兴。文澜阁里四壁空空，仅仅只有一块石碑而已。在孤山散步，去岳坟。岳坟是颇具规模的名胜，铁人铸得栩栩如生。苏小小墓、秋瑾墓以及林和靖墓都是清一色的圆柱形混凝土浇筑，相当俗气。此时开始下起雨来，再绕道到孤山后山的放鹤亭和林墓等处。梅树均为幼枝，花开三成左右。

走到三元坊吃午饭，下午在书店一直泡到傍晚，到天香楼用晚餐。有一道名叫熘金鱼的菜，在无骨头的地方虽无味，但很可口，汤也很鲜美。粥也煮得恰到好处。总之，今天的饭菜是相当地不错。晚上，林先生也来了，住在我隔壁的客房里。雨还在下。

二月十九日 早上七点半起床，雨止但多云。林先生把信转交给我，结完账后，把行李寄存在旅行社，去吴山城隍庙。远眺钱塘江，对岸萧山那边有朝霞，但只能隐隐约约看到起伏的山脉。回来后在街上优哉游哉地蹓跶。杭州的城隍庙比苏州的既气派又壮观。在庙中，三五成群的妇女，坐满一桌就边念阿弥陀佛，边从随身带来的竹篮子（长方形的竹篮，一尺五六寸×四五寸）里拿出香和供品，小口小口地啜饮着茶水念着佛。也不知念的什么经。下午一点多去火车站，但听说要晚点两个小时。又和林先生结伴上街。结果火车到四点二十分才发车，又在嘉兴转车，直到晚七点半才到苏州。到松鹤楼吃晚饭，换一换三天以来的口味。天野来了电报，哥哥寄来了信和明信片。

113

二月二十日　阴。吉川给我寄来了《正义译本》(译注：即后文提到的《尚书正义译》)和《剧语审译》两本书,在大丸百货店剪了一段毛巾料。

这天写给高仓克己的信

　　昨天很晚才从杭州回到了苏州,到了我常去的松鹤楼菜馆换了换三天来的口味。还是苏州菜好吃,合乎口味。在杭州登了山,眺望了钱塘江和对岸的山。想到那儿去又不能去,越想感触越深。不知是什么原因,山上总觉得阴森森的使人惧怕。于是早早地回来了。在杭州每天都能听到轰炸声和隆隆炮声;街道宽阔且干净,但是没有生气。回到苏州的旅馆,收到了您七日和九日写的来信。今天又收到了您十一日写的信。同时确实收到了寄来的减价优惠证明书。气温稍有回升,明天日比野要到苏州来了吧!听佐藤自己讲没有信心去汉口,决定放弃了。我脚上的湿疹好了许多,但还没有痊愈。至今还没能决定去汉口的船期,真是使我十分为难。不管怎样,我想最晚在月底也要成行。渡边看来是没问题。调查嘉业堂的事看来好像还要拖上一段时间。看来买不成照相机了,索性做了件西装放了起来。容我以后再写,今天草草到此。

二月二十一日　给哥哥寄去小包裹一个,寄费两元。傍晚两人去车站迎接日比野却接了个空。天上没有一丝云彩,看着沿城墙落下去的夕阳真是漂亮。

这天写给吉川幸次郎的信

　　前天收到了您给我邮来的《尚书正义译》和《剧语审译》两本书。非常感谢您还给我写了原稿作者的注记,真是感激您的一片好意。看了该书后真使我出了几斗的冷汗。就像是面对想看又不敢看的面目狰狞的怪兽一般,只敢偷偷地窥视了一下而已。

　　我和佐藤两人是十九日夜里从杭州回到苏州的。在杭州两人提心吊胆地兜了一些地方。即使这样小心,还是登上了吴山的城隍庙,在有雾气的阴天里远眺了钱塘江和一江之隔的对岸景色,稍微得到了些安慰。杭州相当地萧条冷落,只有一片煤烟色的灰色记忆。去汉口的船至今未定,根本不知道确切的日子。由于佐藤先生身体状况不适而中止了汉口之行,我正在担心应该在今天或明天到来的日比野等两人——两个年轻人外出那么远的地方,不管怎样,保住活命回来是最重要的。从昨天起,气温明显回升,已有很长一段时间没有看到冰了。理应闻到梅花暗香的放鹤亭四周,只有粗细仅一两寸的嫩树苗,太令人扫兴了。我期待着光福的梅林,说不定还真能去一次呢。向您写信问候越来越随心所欲了,务请保重贵体。

二月二十二日　晴空万里。去大丸百货店买睡衣。取回照片,俨然一副教授的面孔。

下午三时许，天野发来电报通知我订的是二十八日的船。日比野依旧没来。夜里，日比野来电说明天夜里七点到苏州。

二月二十三日　夜里去迎接日比野，三人在功德林吃饭。

这天写给高仓克己的信

　　写起来的话，又有好多事情可写。但今天是向您报告出发去汉口的事。好不容易于昨天才接到了去汉口船期的通知，乘的是本月二十八日从上海出航的泰兴轮。二等舱已卖完，只得乘头等舱，好是好，但又要增加支出的费用了。几日才能到达汉口，这要看届时的情况而定了。最快一个星期，最长半个月。先作十天左右的打算吧！因此我想要到四月十日左右才能回到苏州，反正我随时都可告诉您的。不知何故，日比野比原先计算晚来苏州三天，听说定于今晚到。明天将带北平的两位去上海看看，另想请特务牧田利用星期六和星期天的休息时间带我们逛上海。二十五日回苏州，二十八日早上出发，傍晚乘船。终于没有买成照相机，想做件西装放起来再说。我已把差旅费用去了不少，如能领了三月份的研究费再去该有多好啊！我会事事小心，活着回来的，请你们不必担心。

　　已是接连几天晴好的天气了，虽还有些冷瑟瑟，但已无生火取暖的必要了。祝大家健康。

上海南京路旧影

二月二十四日　三人赶乘头班车去上海。在联络处开取证明再去买船票。我可买优惠票而日比野买了全票。下午，三人一起拜访了同文书院和自然科学研究所。入夜，去南京路永安娱乐场游玩。住北四川路兴亚楼，房租五元。

二月二十五日　我买的优惠价船票，才四十八元，所幸搭乘的是直达汉口的客轮，途中不用换乘。午饭由小竹先生招待。去特务机关拜访牧田。于下午四点十分回苏州。以两百日元兑换到两百五十五元法币。

二月二十六日　去领事馆取钱和证明书。支付给张女士两个月的工钱四十元。在大丸百货店购买一段西装衣料八十日元，再请他们给我留意约三十元的夏装衣料。
　　北原请我们吃晚饭，回来后做准备，给仓石老师寄书和信，深夜两点才上床休息。

二月二十七日　把行装塞进帆布背包和手提包，上午九点半出发。在台湾银行取了钱后乘中午十一点的快车去上海。车内挤满了人。到渡边家寄放了行李后去领事馆，再从满铁到大同联盟。听说佐藤今天已经出发回京。在归途中遇到日比野，他在陪内山等人散步。我买了杂志和卷尺。用毕晚餐去渡边家。途中下起了大雨，我淋得像只落汤鸡似的。交谈到很晚，只好住在他家，到凌晨两点才睡下。

这天写给高仓克己的信

　　二十七日深夜，其实已是二十八日零时刚过不久。明天早晨八时驶向汉口的客轮将出航。我仅以一个背包和一个手提包的简单行装出发。今天的雨下得比往常大，现在就在渡边先生的家里和先生、日比野三人在"谈山海经"。还没有收到您邮寄来的本应收到的杂志，恐怕还在途中转悠。随信附上一张在春节期间拍的用于证书的照片。是否有些装模作样？好像要娶渡边女儿为妻的那种见面照。

　　二月份老是外出，没有很好地学习，再这样下去就要忘掉了。据说船直达汉口，途中不用换乘，额手庆幸。和日比野两人进行一次弥次喜多式的旅行，不知能走到何处为止，确是一种乐趣。但听说去岳州和信阳是毫无疑问的。

　　今天给仓石先生邮去了七本书和一封信，请在您方便的时候顺便确认一下。我即将成行了。写于上海。

二月二十八日　　天下着蒙蒙细雨。早上六点起床，六点二十分乘出租车出发。七点不到便到达了商船码头。八点，汽艇解缆，缓缓驶向饭田栈桥，在此换乘大信号轮。这是一艘排水量为1300吨的小船，是大阪商船的旧船。九点前再转乘，十点整出航。风雪从右面斜吹过来，船稍有些晃动。十一点半左右驶进长江。波浪不大。看不到远处的吴淞炮台。船靠左岸行驶，隐隐约约能看到模糊的右岸。

船于晚六点十分停泊在江阴下流。此篇写于吃晚饭时。

二月二十九日 风雪依旧。晚六点半左右船发动一下但又停船，好不容易于晚十点半才起航。零时许，船经过江阴时，有人乘小船而下。江阴的山由于下雪，只看到一个大概的形状。船继续逆流而行，于早晨五点半时停泊于镇江的下游处。

三月一日 早晨六点半左右起锚，并于十时许进入镇江。在焦山前有像二见浦（译注：日本小鸟名）那样的小鸟一对。还看到了金山和甘露寺的塔。山的起伏及其他景色犹如濑户内海一般。不仅如此，两岸的间隔也极其相似。只是水很混浊，流速也较快。渐渐地，眼睛被日光照耀下的雪光刺得发痛。十一点离开了简陋的停船码头，下午三点半左右停泊在南京的江面上。看到了一座码头、如狮子的山和部分好像是砖砌的城墙。

浦口的景色极其一般，山既矮又难看，与一般的江南的山有很大的不同。

这天写给高仓克己的信

我于二十七日离开苏州，二十八日早上七点左右急急促促地赶到码头。八点过后汽艇解缆,于十点从饭田栈桥处出航,绕过吴淞江面冒着风雪驶向长江。隐隐约约能见到两岸的景色。船在江阴停泊一夜。二十九日上午因风雪而停驶。于中午十一时许起航并通过江阴。今天,船于八点半到达晴朗的镇江。十点续行,马上就要到南京了。由于夜里停航休息,看来途中要多花些日子了,估计于六日抵达汉口。镇江两岸山脉起伏连绵,有些像从濑户内海(译注:日本地名)看出去的景色。清清楚楚地看到了甘露寺的塔和焦山,从汉口回来时想到镇江下船玩玩。两岸皑皑白雪在难得露面的阳光的照射下,反射出刺眼的亮光,让人睁不开眼。自昨天以来,江面显然显得狭窄了许多,但不知具体有多宽。

在船上闲得无事干,闷得心慌。《苏州语发音字汇》一书已由坂本先生发表(于《中国研究》),其修正部分尤为精辟。现在在看在船上买的三月号的《文艺春秋》。佐藤中止了这次旅游,但我相信和日比野两人也可以玩得相当有趣。买不起照相机真是件憾事,这次就好好地饱饱眼福吧!雪中的江阴和焦山岛景色如诗如画,值得再来一次。

我身体很好,祝大家健康。

三月二日　天气阴而寒冷。六点半起锚。长江弯曲处甚多,两岸开凿得相当地拙劣。山也很矮,和昨天江北的山以及南京深远处的山峦极为相似,而且是连绵不断的陡峭的山脉。十一点多,船过乌江和一处像采石场的地方。一点半到达芜湖。大雨滂沱,看不见街市。夜里,见到南昌市市长万先生和特务班长中川。听中川说,他毕业于东京文理大学国文系。

三月三日　早上七时许,离芜湖继续航行。两岸比较宽广。这天下了一整天的雨。

三月四日　在我还睡觉时船已起航了,并于早上七点半抵达安庆。和在芜湖一样,接受种痘的检查。城镇小而整洁。在安庆东面有一座非常美观的九层(一说是七层)宝塔。从船上遥望安庆,能见到寺庙的屋顶遍布全市。八点半又出发,两岸的山麓开始平缓,起伏不大。低矮的岸壁时断时连,伸向远方。

中午十二点不到,船来到了江面宽广如湖那样的地方。左侧有一条河与之合流,在其一角有一座五层宝塔,塔下断崖处的土层呈红色,这里是叫"小赤壁"的地方。可以看到江水的流向,右面是山和连绵不断的郁郁葱葱的山丘。江水与河水一样,发出噼喳啪喳的声响流向东方。

饭后,凑成一组打扑克牌。从下午两点半左右开始,经常可以看见右前方有突出的悬崖。三时许,看到了右岸的小姑山。峭立的小姑山的后边是连片的沃土。稀稀拉拉地有十五六棵树,山背处有一座庙和两三户人家。与此相对的左岸是望不到头的山崖,是至今为止最为壮观的景色。

两点半左右过马当镇。其封锁线是用腐朽了的船骸构成的。船在三点半左右通过小姑山,对岸全是接连不断的耸立着的山崖。不久又通过了与陶渊明和王勃趣话有关的彭泽。这些山峦恐怕比有关它们的传说更为有趣和险要。江中有许多小洲、小山也是其特征之一。

五点半,在船的左侧看到了鄱阳湖口,而船向右绕了进来。在湖口的那边有层层叠叠的山峰,在稍有折射的夕阳下的山景呈现出别具一格的绚丽。正面是淡蓝色的高山,在其前面还有浅洲,船在其左面逆流前进,此时,已进入江西境内。预计明天早晨可到达九江,现还差一个小时的航程。江水平静无浪,颜色还是浑浊的,如在背阴处,甚至可以看到犹如镜面那样的光泽。在今天的航行中,好像马当镇到彭泽之间是危险区域,所幸没有发生任何不测之事。时间在打牌时无声无息地溜走。晚六点停船,夜里时而听到下雨声。

三月五日　早上七点半停泊于九江,十点半,自由地上岸走走。和仓林俩一起走到特务机关,见到各种各样的人。午餐后,索要了一份九江地图,按图索骥,沿着正面能眺望到庐山的道路,踏着泥地一直走到城墙处。城外属部队管辖而不能出城。远眺景致极佳,大路两旁全是破坏殆尽的房屋。沿着塔陵南路返回,参拜能仁寺。根据《双轮桥(架在大雄宝殿前小池上的桥)记》,能仁寺毁于战火,光绪元年重建重修,今又荒废,更无情趣。有一座七层宝塔,因值班人不在而不能登塔;形状难看且又是新造,毫无历史价值。

沿着一条笔直的路走到大堤。在堤上以及两侧的湖边,垂柳吐露出嫩黄色的新芽，充满了诗情画意，使我感觉到这一带好像只是多了一座山的明亮的杭州一般。绕着湖走走，渡过河，在旧火车站观赏沿着长江江岸下落的斜日。浔阳江头压倒了遥远的低矮的群山，枯水期的江岸显得尤为高大，轮廓分明地划分出水天之界，实为壮观。此时此地看到的晚霞是自乘船以来的第二次。但今天的真让人叫绝。这一带是激战地，沿着江岸回来时，看到从一艘运输新兵的大船上走下一队全是一粒星的青年军队。于五点十五分回到船上。

三月六日 六点半出航，自武穴开始的江岸的景色、山丘、山色以及树木和短苔那样的青草几乎与濑户内海完全一样，其间还有星星点点的村落，顿时旅游风情大增。这一带全是峻峭的山岳。在山的后面深处是瑞昌。上午十点过后船通过田家镇，地势十分险要。下午两点多通过石灰窑，两岸的奇岩怪石逐渐减少。五点十分通过鄂城，在该城的下游处有一座五层宝塔；二十五分时，对岸也有一座很高大的七层宝塔。听说这里叫作黄州。

在武穴看到了大雁西飞。在下午五点半左右，于右岸又见到了一群西飞的大雁。

晚六时停船，夜里和辎重大佐（译注：即上校）等人漫谈。听说武汉大学的设备和图书馆等均属保管之中。天晴。

三月七日 自昨晚以来气温稍有回升。今天早上晴天转多云。船于早上七点起锚，于十点十五分时过阳罗。但在此之前的九点左右在一个较大的江中岛那儿作了一个直角形的转弯。

据说船能在明日零点半时到达汉口。

从昨天开始，也许是由于时令的关系，我不由得想起一海之隔的内地。放眼眺望，云霞朦胧，山丘上群生着几十棵一丛、几十棵一丛的枝头叉开的树丛。日比野被中国画般的风景所深深吸引。今天船所经之处大体上都是延绵不断的低矮的山丘。两岸边可看到星星点点的村落，一片田园风景。

下午一点到达汉口岸的十六号码头，在争先恐后、嘈杂纷乱之中过了一个小时。两点才上了岸，末次氏前来迎接我们。踏上江边大道，在江汉路处拐了个弯，带我们到扬子江宾馆。不知房费为多少钱一天。看来宾馆用的是原封不动的旧扬子江饭店。走出宾馆，马上转弯，去领事馆会见文书科长和领事；拜托他们给我写一份去岳州和信阳的文书。领事馆是原国家都市银行的旧址。看来，这儿在致力于保存所有建筑物的旧貌。但这种被原封不动地保留下来的建筑给人一种别扭的感觉。一直朝前走到五族街再向右拐便到了末次氏家闲聊，还见到了小林中尉和村上。五点半回来吃晚饭。饭后马上再返回来向末次氏的老师了解汉口音的发音。其四声的发音犹如北平那样有四种，但如果把从入声转入的去声群作为特别的调子加以考虑的话，则有五种发音了。但其上声的发音如同苏州音；去声是把阴平的尾声发得轻而向上翘，总的来说是一种既短又轻的极有特征的发音。其阴平听起来要比北平的发音偏高且尖，与苏州的阴平相近但无压抑感；阳平的发音则差不多。在用入声发"没得"的音时，好像"moto"，有一种顿促感，毋用说，这纯属一种例外。大体上是发低的阴平。在子音上无浊音。ㄓㄔㄕㄗㄘㄙ的发音无区别，甚至有时连ㄐㄑㄒ的发音也无区别。l和n的发音比苏州话的发音靠得还要近，如"人"的发音听起来像发n音，"年"音则可听作为l音。虽有苏州的音，但稍硬，近似于ㄍ的发音。

在母音上，ㄣ较有特征，发en和un的中间偏un的音，没有ㄥ的发音。ㄩㄢ的发音为ㄩㄣ和ㄝ的拼音。ㄜ音特别像丫的发音。百、薄、得、等不完全是发ㄜ的音。

漫谈到将近深夜十一点才回来。天阴，气温偏暖。

三月八日　阴天。一大早就被一阵像下雨的跑步声所吵醒。早餐后，去领事馆向田中文书课长要了证明书回来，等待末次氏的到来。乘上午十点的渡船摆渡到武昌，然后到蛇山公园和黄鹤楼。楼前有吕洞宾的舍利塔。石镜亭虽小，但给人以一种洁白而整洁的美感。在眺望对面的龟山时，长江也一览无余，相当壮观。黄鹤楼就更不用说了。再往上走就是奥略楼以及于民国二十七年刚修造好的面目一新的张公祠，接着是抱膝亭。隔着右边的坡道便是吕祖阁，内有五百罗汉的道教版，但没有什么价值。从蛇山公园下来，信步走向省政府。下午两点，与涉外科刘科长两人乘小车去参观在郊外的武汉大学。越过粤汉铁路前往片刻，就看到了在正前面的保通寺及其古塔。再往前行便是武汉大学的大规模的建筑，它是一所背靠东湖、以豪华而自居的建筑群。东湖之水清澈见底，碧波粼粼。归途中顺便到保通寺看了看。寺内的荒地上蒲公英和杂草都已开了花，沿途，菜薹（当地名产，极似油菜，花香也相同，茎呈淡紫色，深紫色的叫红菜薹，食其茎。）花正竞相盛开，给人以一种新春的生机。心情舒畅，远远超过在船上看到柳枝发芽时的兴奋。

归途中，在长江边行车十六分钟，下午三点半后回到宾馆，洗澡，用餐。饭后外出散步时，看到了在民族街尽头处的汉水的火灾。听说是因油在燃烧，故火势十分凶猛。走着到末次氏家，与他商量去当地旅行的计划，于晚十点半回宾馆。

这天写给高仓克己的信

时间过得真快，掐指算来，今天已是离开上海后的第九天了。船是于昨天下午一点抵达汉口的。托末次氏的福，我现住在日本人所经营的中国旅馆。由于五日那天，船在九江停泊一天，就急匆匆地在九江兜了一圈。浔阳江头美景妙不可言，特别是自出发以来首次看到的日落，更令人神怡。背靠庐山的湖泊虽小，但有三处之多。在大堤上，粗壮的柳树早已开始吐露出淡黄色的嫩芽，岸边的青草郁郁葱葱。长江沿岸大体也与此相同，一片青翠，映入眼帘。杨柳的嫩芽与星星点点地散在各处的村庄，犹如一幅又一幅赏心悦目的图画。

汉口确是一座颇具规模的大城市，今后要费些时日去走走看看。昨天晚上，我就找了教末次先生汉口语的老师问了许多有关当地发音的情况，甚是有趣。

到底我是十分健康的人，脚上的湿疹在九江处就痊愈了，这帮了我大忙。今天就写到此，不知这封信何时能寄到，我想一定比想象的还要晚。

祝大家健康！

写于汉口江汉路扬子江宾馆一七三室

三月九日 早上八点半起床，早餐后，请田中课长把我介绍给雨宫警视，并请他给我提供星期一游览汉口、星期二去武昌的小车。此后，由外滩走向太古码头，再稍向前走，在左面走下来的地方看到了打醮的活动。三名道士举牌在前，其后是三顶轿子，接着是锣、唢呐和铙钹，最后是官人的像。在娘娘庙的中央有三尊娘娘的像，前面放着供物。门前还另有一顶轿子。其他没什么了不起的活动仪式。

从打醮处走到铁路处，进入大正街，参观汉口神社等处。租界遭到了极大的破坏，不堪入目。在法租界等处兜了一圈后，在玛尔纳街的同春广东馆吃了午饭，真可说是价廉物美。特别是牛肉更是鲜嫩可口。午饭过后便到处走走，买了些俗本刊物，听说花楼街的南边有座古花楼，于是又去看了看再回住所。晚饭后再去末次氏家学习汉口语。

除了前天学习的发音以外，今天又学到了不少。母音ㄨ的发音不完整，近似ㄨ的发音。ㄨㄥ的发音像苏州那样，发ung音而不发"1"音。

ㄤ和ㄇ的发音应有所区别，但混淆在一起，难以判明。"然"发ㄋ（ㄌ）ㄤ的音，"晚"发ㄨㄤ音。"短"发ㄉㄨㄢ音。有发ㄥ的音，如"冷"就读成lēng。船发ㄔㄨㄤ音，"对"发ㄍㄛㄟㄉ音。前天所学的ㄐㄐㄓ等，其发音好像没有区别。居和珠、猪为同音。ㄜ音作为ě音部存在，"这"发ㄕ+ㄜ音。其他近似ㄚ的发音也许与子音的发音有关。

三月十日　这个星期天是陆军纪念日。九点离宾馆，去寻访昨天没有看的天一阁。经过中山路，进入有厕所臭气的厚生里的横巷，再向左侧一拐，天一阁便在眼前。先是东岳庙天一阁，后面是关帝庙。天一阁的下面祭奉着观音娘娘，上面是八角三层的阁，正面悬挂着"天一阁"的匾额。

接着去了地图上标明的万寿宫，但不能进去。天虽阴但很暖和，步行感到有些渗汗。从中山路底乘上渡轮，摆渡到汉阳。兜来兜去，没想到竟兜到了让人通行的铁工厂边上的那条路，一直走到了龟山山麓。索性再走下去，倒看到了晴川阁和禹稷行宫。这里是面临长江、适于眺望的极好景区。晴川阁现已成了汉阳神社，禹王行宫就是伽蓝洞，这是必定无疑的。碑文全是新刻制的。从原路稍许返回，再从大别巷登上龟山。山上有无数碉堡的痕迹，径直向前走，便可一目了然地看到汉阳作为军事要塞的必然性。禹王行宫从屋顶就遭到了破坏，大禹和它的两三个侍像也都东倒西歪地在那里，犹如仁王出色地战死在疆场一般。其左右是祖师殿。

晴川阁旧影

沿着弯弯曲曲的羊肠小道继续往前走，看到川主宫的一口钟（光绪丙戌年制）空荡荡地吊在露天。右下方能见到的铁工厂几乎只剩下一个空壳。从山上往下看，汉阳全市以及从凤凰山的城墙起一直延伸极远的河流犹如手中玩物，可看得一清二楚。日比野手里拿着昨天刚买到的地图，全然不思向前。慢慢地走下来先向左拐，便可看到补乾亭。这亭子是于同治二年模仿道光年间的原样重建的，原来的亭子毁于咸丰的兵燹。碑文中写道，曾几何时，此亭曾建于龟山。逆行不久，有伯牙台一号的古琴台，一如既往，什么都没有，主要的一栋建筑物还是新建的。在进入庙门的右侧有（光绪甲午知事李观涛撰文）杨守敬书写的《重修琴台记》的石刻。最初是光绪丁亥太平孙璧文撰《琴台记》（乙丑八月初）。其次是《汉上琴台之铭》，附伯牙事考（光绪庚寅）以及《重修汉上琴台记》（光绪甲申五月黄彭年撰、越六年杨书）。在转角处有八块道光六年宋湘登草书的大石碑。在不远处的别栋里有祁寯的石刻。取道右行向西去归元寺。云雀在天上唱着歌，一派春天的景象。下午两点多到达归元寺，先是参观，据说罗汉是相当有名的，但没引起我多大的兴趣。让我吃惊的倒是有纳骨堂以及小和尚在那儿"ㄤㄇㄜㄎㄧㄝㄍㄚㄧㄥ"地念着安乐涅槃经。在纳骨堂的右面是怀善堂，在其东南面成直角走下去便可见到古萧公祠（萧公祠街）。这是一条比乡下还乡下的小道。再径直朝前走，经过堤坝再往左拐，便是腰路街和祢衡墓。沿着旁边的财神庙往里走，很快就能看到汉处士般祢先生衡的祠堂和坟墓。墓前有一块题为"汉处士祢衡墓"的石碑，于光绪廿六年重修，底部是用长宽各为一间半（译注：一间半约2.727米）左右的石块砌成；上面有一座摹仿的五轮塔，虽粗俗但也挺有趣。

逆腰路街而上则有洞庭王爷庙，顺着堤走进南正街不远处的左边，有该县的学宫的废址，以及文庙和城隍庙等。这些建筑都遭到了极大的破坏，贫苦百姓在其遗址上纺线。越过破旧不堪的城墙往右走便可看到鲁肃墓。其形状与祢衡墓相同，好像是同期重修的。在龟山山麓附近有同善堂、寂园和尼姑庵，里边的小花园倒是别有一番情趣。

一直走到近晚六点，只能隐隐约约看见汉阳大街时才回来。街市一向很萧条冷落，但郊外十分悠闲宁静。

入夜，再去末次氏家学习发音。ㄣㄥㄇㄤ的发音无明显的区别，入声的"没"发"门"音，"木"、"目"又发成"孟"、"梦"等相似的音。

三月十一日 晴朗。去了领事馆后再去看张公堤。上午九点十分开始登戴家山，在山顶观看张公堤的规模。越是接近山顶，就越能看清为防止汉水的长江潮汛而筑的堤坝的宏伟规模。归途中去了中山公园，在特三蜀珍吃过午饭，一点半才回来。下午，去署长处，请他提供我去武昌用的小车。再去特一延庆里拜访程明超老人，向他打听了杨氏家址、《水经注》和武昌的图书馆等事。告辞后，在法租界的天仙剧场看楚剧，调子呆板，发声俗气，看了感到后悔。

洗澡后心情十分舒畅，晚饭后外出散步。在戴家山看到了群飞的大雁。前天在汉口神社也曾见到过，看来在这一带大雁特别多。

三月十二日　上午八点半在正金前码头渡江，摆渡费为十钱（日元），摆渡码头人流拥挤，暗自庆幸自己提前三十分钟到达码头。等了十五分钟左右领事分署的小车才到，乘它在武昌兜兜。

　　首先遥望凤凰山，接着从胡林翼路蛇山北侧隧道向左上行。在上面可眺望武昌南北的全景。在右手方向是红黑色的长江，正面是长湖和墩子湖的碧水，树木相当多。我想，这儿也是十分适于居住的地方吧。山上有建于民国廿六年的岳武穆遗像亭，内有关于岳飞遗像的碑，上部有万历壬午孟夏、滇太和张翼先所写的遗像的赞词。除文字是白色外，其他全都涂成红色，不清楚到底是否明代的石刻，但其书体确属万历无疑。

　　穿过隧道向东行驶至张之洞庙的抱冰堂。据民国三年抱冰堂祀产记（石刻）所述，抱冰堂是张之洞在这高观山朝阳处以自己的号命名所建，是他的别墅。在后山有十桂堂，最近，该处成了省政府以旧体形式举行盛大祭祀活动的场所，因而全部修葺一新。

　　到省政府去拜访末次氏，另又拜见了中村顾问，与刘先生等人共进午餐。饭后，去找官印局，在其宽广的院子里仅有一株小树孤零零地直立在那里。继而南行，过墩子湖就见到城外的新桥。这是一座完全与众不同的桥，在外边的两侧装饰了方格的图案。桥架在护城河上，在两端的上方各挂着一块额公桥的匾额。一只东西向的鳌的浮雕图案横在桥中央。中间的两个桥墩都呈锐角三角形凸出在那里，多少有些异样。桥的屋顶上有五六块匾额，其中有三块匾额上有同治元年的年号。桥的两侧每隔五寸左右鳞次栉比地排列着直径约为三寸的圆柱。接着再次参观保通寺。在第一殿右侧深处有一块断碑，日比野从此断碑中认出"景泰六年乙亥我王诣寺修宝"等文字，其他许多文字业已漫漶而不能辨认。再向里走，在面对大雄宝殿的右侧有一块洪山寺募缘疏碑，碑的末尾处用篆文写着：疏给于崇祯己巳，碑勒于崇祯辛未年嘉平月。有一座七层宝塔，最上面一层是黑色，其余全都涂成白色。登塔看嵌在窗边的铭文。二楼有明代的铭文，三楼有一块丁未大德十一年九月的石刻铭文。四楼有至大四年的铭文，但漫漶尤甚。顶层七层的入口处倒是一块同治年间的铭文。石头的台阶光滑溜溜的，呈现出饱经风霜的历史，而外部却是面貌一新，肯定经过了多次的维修。在门楼的左侧有一块光绪年间的断碑，据此断碑记载可知此塔重修于康熙年间，从塔的外形看，最多也只不过如此。

下塔后在出口处看到用牛在石臼中舂米的情景。所谓石臼，就是在下面的石盘上凿出九条石沟，再在上面放上一块圆石，就像抽水的水车那样，让牛兜着圆圈拉着舂米。这种牛车共有两架，都拴在粗壮的成叉形的树杈处，在树干处拴上牛绳，而人则坐在两者之间，悠闲自在地舂着米。归途中再次寻访观楚楼而不可得，就去看了（属于贡院的）明远楼，接着去看了墩子湖畔的烈士庙和庙前的贺文忠烈节碑（民国）等，再径直去看了面向蛇山的湖南会馆（学校），其后，乘晚六点的船回来。

三月十三日 去特务机关看书。虽没有什么有价值的书，但有（湖北省教育厅注音符号推行委员会编的）《民众月刊》，内有湖北省各地的方言和民谣，作为其汇刊的《湖北民歌集》一书十分有趣。另外，我对刘半农用绍兴音著作的《瓦釜集》很感兴趣。还有好多初次看到的各种在事变中出版的杂志。

夜里去末次氏家，他给了我一本赵元任著的《最后五分钟》一书。把行装寄存在末次氏家。

三月十四日　今天早上稍微睡了一个懒觉。日比野说，把记事本也一起放在寄存的行李中了，因此他去末次氏家取去了。小林要去武昌，劝我同行，乘上午十点的军船摆渡。去特务分室见高桥班长，请他给我看他所保管的图书。其中以湖北官署和崇文书局发行的书居多，没有一本可值得一看的。请我吃了午饭，刚过中午不久就到了省政府，听说要到明天上午才能知道船期。应小林的要求，再坐车兜风至武汉大学。回来后到斗级营东旅馆，预订好房间后再上街一直走到特务机关附近，还逛了书店。以六十仙购得《湖南童谣集》、《永日集》、《华盖集续》、《致死者》和《历代童谣故事集》等书。这是一家十分悠闲的书店。

住宿处无电灯而点起了煤油灯，这篇日记就是在此灯光下写的。晚饭是在烛光下吃的。今天比昨天热得多了，连西装衬衫都穿不住，散步于街头市巷时也会渗出汗珠来，末次氏讲这犹如五月的艳阳天。此话也不错，因为天空中有一片只有在四月底五月初才能看得到的晚霞。入夜后，武昌就像完全熄了灯的城市，但咖啡厅、咖啡屋遍布全市。

这天写给高仓克己的信

　　到汉口来已有一星期了，和日比野一起受到了各界人士的好意关照，使我们的工作效率大有提高，现基本上已完成了预定计划。明天，这里将举行祭奠孔子的隆重仪式，再要渡河去观看。我现在住在斗级营旅馆，据说杨守敬也曾住过这条街。武昌的现状与九江相同，十分可怜，但它所处的地理环境十分优越，想必用不了多久就会复兴起来的。市里有山有水树木茂盛，实在是处好地方。在汉阳时，去郊外（鹦鹉洲）看了重修于光绪廿六年的祢衡墓和鲁肃墓。我将在两三天之内去岳州，然后再去信阳。今天就到此搁笔。写于武昌东旅馆煤油灯下。

三月十五日　今天与同住的省政府顾问一起去看祭孔子。凌晨三点起床，三点半出发。清晨的气温与昨天相比，真可说是冷得出奇，还刮着风，不穿外套实在是受不了。路上戒备森严，黑乎乎的又没电灯，给人以一种将举行古代酋族祭奠的感觉。仪式按程序一成不变地进行。只有正中的孔子有三种供品，而两边的侍像只有猪、羊的供品。牛已挖去了内脏，割去了脚。牛和羊只在头部和颈部留下了毛，其他地方都刮得精光，而且四脚朝下地匍匐着。仪式结束后再去看那些供品，正好看见那些人忙着把牛、猪、羊切成碎块装进竹笼。一打听才知道是要把这些东西分给各有关人员。孔子庙好像是最近才修复的，墙壁和塑像等都是刚涂不久。康熙年代的石刻横卧在一边。回来后又上街去闲逛,在黄鹤楼下边发现了头陀寺而十分高兴,但这是一座面目全非的小庙而已。在三十七号江岸处有一座观音阁和古头陀寺。

从黄鹤楼那边开始爬蛇山,看到了陈友谅墓。下来后再去省政府,然后在大中华饭店吃午饭。乘下午两点的船回到扬子江宾馆,又立即去了海军特务部,会晤了名叫五十岚的人,就搭乘十八日去岳州便船一事进行了简单的商谈,说是叫我十七日下午三点再去最后落实。现先暂定十八日早上七点出航,叫我于六点半之前一定要赶到设在滨海的海军军需部。其后在末次氏的陪同下去了设在难民区的那家书店。日比野买到四张地图而满心欢喜。我理了发,晚上又去了法租界的淮多利看节目,平淡而无味。于晚十一点回到宾馆倒头便睡。今天阴了一天且又刮风,江上的浪头很高。

三月十六日 日比野因睡了懒觉而没吃上早餐。去特务机关,到三楼拜访了第一课的仓林,请他给我开了去岳州和其他地方旅行的有关介绍信。虽有去汉川的班车,但去也无所事干,因此决定先去岳州和信阳再去汉川。

在法租界吃午饭,价钱并没有想象的那么贵。饭后,又像平常一样四处闲荡,走走。铁路沿线诚然如难民区一般,既脏又乱,破败不堪入目。当然,那里什么也没有。归途中,用五角钱买了一本有地图的《武汉指南》。下午四点半回到宾馆,洗澡。

黄鹤楼旧影

三月十七日 早上去末次氏家，因为他请我喝二十年陈花雕酒。真是难得的好酒，口味相当醇厚。酒后，去海军特务部找五十岚，请他给我开具证明书等证件，再去江岸海军军需部运输股找须藤，打听明天船期。让我在七点出航的两条船中选一条。

绕道民生路到新汉口吃午饭，饭后，到斜对面的大冶煤矿找了北原，再晃晃荡荡走到东剧看戏，看完戏再去法租界，买《俗语辞典》价一元，《法华辞典》价一元。晚饭后，花四元两角买了烙饼等点心作为明天的伙食，再去末次氏家取了帆布背包回来。

夜里准备行囊，早些睡觉。

三月十八日 早上五点起床，五点五十分离开宾馆，到江岸海军军需部后，须藤带我去船码头，乘缨球号。

三月二十日 长江在城陵矶前向右岔开，从城陵矶到岳州之间，在左方呈红色的光秃秃的山顶上有一座七层宝塔孤零零地耸立在那里，显得很瘦小。

此河虽是长江的分流，但水势不减。在右江岸处看到了割了好多芦苇并把它们运走的人。在左前方看到虽比这儿低但显得一片青翠的山峦。现在已是下午两点二十分，不久就可到达洞庭湖。船越往前开水面越宽阔，在右前方隐约可见一个小洲。今天天气真好，可看得很远。

时间已过了二十分钟但还没有到达洞庭湖口，但在右前方可以看见像乌龟一样匍匐在那儿的一座青山。左边犹如铺了青草的一段又一段的江岸，后边是像防风林那样的低而断断续续的丘陵。在其背后的远处是连续不断的绿色群山，山峰突起成各种形状。右岸依然是芦洲。船现在几乎径直向太阳的方向驶去。不多久，又在右前方看到了一座岛屿。马上就要到洞庭湖了，前面又出现了一座小岛，它从右边突出的海角的背影处突然涌现了出来。接着就看到三重、四重的岛和山散开着向船扑面而来。船一点点地向左转舵，绕过四重山后再过一处岛屿，其尽头便是灰暗色的街市，一座黝黑色的尖塔显眼地浮现在眼前。在船左面不远处有一座褪赭色房顶的三层楼。船向左转了个弯，就向开阔的岳州江岸驶去。有一艘军舰停泊在离岸不远的江面上。下午三点，船进入岳州岬，与军舰鸣笛招呼。看来，塔建在岳州的中心部位。

三月二十一日　在岳州南面的尽头处也有岳王宫和吕仙亭，只不过它们是面朝湖面，对着君山。有光绪元年重修吕仙亭记：亭建于宋，专祀仙也，兼祀岳忠武王。壬子冬，重修被粤贼所毁之亭。岳祠位于最深处，庭前有断碑。是亭建于宋初，先名过松，次名过仙，三名吕仙亭。康熙十五年岳州府嘉许岳忠武王庙从七里山迁移于此。

在回街市的半途中朝东转弯向前便是乾明寺街，在乾明寺牌楼上有"敕赐乾明寺"等字，寺的尽头有一栋两进的房子，现驻扎着部队，中间无甚建筑。

进入中山公园,沿着坡度虽小但较长的斜坡下来,就看到了一个规模较大、略微隆起的坟墓,走近一看才知道这就是鲁肃之墓。墓碑上写有:光绪十五年己丑季冬月,吴鲁公肃墓,特授巴陵县知县周至德建。此墓比汉阳的那座要大得多。在墓前有一座建于民国甲戌年的牌楼,上面有一块匾额,书有"大清光绪壬寅　东吴鲁大傅墓　长白英文古辽鲁晋捐建"等字。在坟冢上有一块圆且平的石块,看上去好像一个瞭望台的样子,这恐怕是后人改建而成。

岳阳楼的正面有"岳阳楼"三字,在其背面,即面朝湖的那面有"岳阳门"三字。这是底部,在其上面有一座三层的楼阁,内有吕祖仙师真像,刻于光绪七年。此岳阳楼于民国廿一年季冬由二旅长浔阳的段公衍和侯县长侯厚宗发起募捐启韦加以重修。

在面向湖面的右侧有一座仙梅亭,此亭为乾隆四十一年孟夏知巴陵县事丰城熊懋奖按古仙梅亭原样修复。其记如下:岳阳楼左有个梅亭旧址,相传建楼时掘土得一石,中有文凸起,宛如画家写意折枝古梅。守土者异之,筑亭覆其上,且以仙梅名其亭。重修时削之。村民于□觚下获之,持以献石,虽未完好,而疏影横斜,尚留其半。因钩摹入石,置亭中,以供好事者推拓焉。

在距岳阳楼北面约一町(译注:约合109米)之处的江岸上有一座府城隍庙。

下午四点半再去岳阳楼。楼前有光绪癸卯七月所铸香炉一只,并以此香炉为中心,两边各有一只重千斤的铸于"淳祐伍年拾贰月吉日"的台座，台座上均铸有两位雷神图案。

这天写给高仓克己的信

　　十八日清晨六点半乘坐海军军需部缨球号离开汉口的第三天，即昨天下午两点半左右，开始看到了期待已久的洞庭湖。三点多在岳阳楼外上岸。不来不知道，看了吓一跳，这座城市简直不堪入目，所幸岳阳楼倒是被完整地保存了下来，从那里欣赏夕阳，真是别有一番风味。不是我自我得意，真想带你到这里来看看。听着洞庭湖畔浪击江岸的涛声，我情不自禁地联想起镰仓的海岸。我现在就是在边听涛声边在重重叠叠的岩石下给你写这封信的。明晨出发，绕道蒲圻，于二十三日回汉口。写于二十二日。虽说是洞庭湖，其实是在最边端的岳州湖畔。

　　三月二十二日　早上总算离开了这座既矮又低的小木屋，八点四十分出发到山川介绍我去的蒲圻。昨天如果住在前一站的赵李桥的话，说不定倒可以让我住进驻在那里的兵站。下午一点半到达蒲圻。在约三十分钟的时间里，景色美不可言，即使在国内也是少见的。青山层叠，村落幽邃。绿水绕着山村，穿过树林和田野流向远方。我对高大而深远的群山特别感慨万千。到蒲圻下车后，途中又搭乘卡车，边打听边寻找，好不容易才找到县政筹备处。因该处设在难民区，进出均需通行许可证，十分麻烦。幸亏山川指导官在该处，所以很快给我办妥了住宿和参观等手续。今天,蒲圻的美景令我大饱眼福,我受到了湿度宜人的微雨的欢迎,心情十分愉悦。

下午三点半左右山川带我去难民区参观。一出城的北侧,就有一条美丽的呈碧绿色的名叫陆水的河。据说其旧名叫莼水。河水从城北那座山的两边流到这儿汇合,形成相当的深度,经过北门后再分流,其中一条流经上有一座白色的七层宝塔的山脚,蜿蜒伸向前方,直至消失于眼帘。有水兵在钓鱼。乘船摆渡到对面,立即登上设置在那儿的海军对空瞭望台,用望远镜瞭望了四周,只见城墙格外的低矮,城内小如弹丸,周围的山峦和村庄的景色宛如刻意组装的一般。

晚上召集了一些小孩,向他们学习方言。蒲圻的土语里有发音完整的浊音,这点与岳阳与新堤是有区别的。另还有ㄦ音和suffix的发音,ㄤ音和上海的ㄨㄥ发相同的音。"我"则可听成苏州音的ㄋㄚ音。总之,与汉口音相似之处颇多,特别是入声和ㄨㄢ的发音更具特征。晚十点半左右和那些小孩一起睡觉。床上铺着被褥,睡得很温暖。

三月二十三日 早上八点起床,山川到九点十五分左右到我这里。连吃早饭的时间都没有,拿了盒饭就出发。请他们给我搭乘卡车的乘车券,于十点二十三分出发去武昌。途中下起了雨来,使得原来就非常漂亮的蒲圻变得更加娇艳、动人。承蒙山川的厚意,不虚此行。现在难民区正在接连不断地建造简易木板房,听说用此来收容回归的民众,奖励他们恢复原来的职业。

火车还是老式的四等车,沿着昨天的行进方向在山间行驶,两边没有令人感兴趣的景色。那些交叉而过或者停在车站的货车上杂乱无章地联接着平汉、津浦、海口和沪杭甬等其他所有列车的车名,倒是十分有趣。

火车于十一时到达咸宁,停车三十分钟。在不远处架有铁架的河水与蒲圻铁桥下的河水一样清澈见底,大体上这一带的水是相当干净的。只是今天早上的洗脸水,不知何故,倒有很多的沙沉淀在脸盆里。

随着接近武昌,地势也逐渐平坦起来,车厢两侧的桃花和梨(杏)花盛开。桃树不太粗,与国内的相比,毋宁说是树苗一般。放眼望去全是树,也许就是桃园吧。

下午三点钟抵达武昌,出入时的检查非常严格,真是受不了。乘四点的联运船回住处。天下着时止时下的小雨。痛痛快快地洗了一个好久没洗的澡,又刮了胡子,真是舒服。夜里去了末次氏家,晚十点半睡进了上下都柔软的被窝,美美地、暖暖地睡了一夜。

汉口也是这么地冷。

写给高仓克己的信

在岳州的木板房里冷冰冰地过了两个夜晚,切肤地感到难熬的洞庭之夜的寒冷,但为自己能三上岳阳楼而洋洋自得。昨天早上出发去蒲圻,下午两点刚过就顺利地找到县政筹备处。从相距蒲圻不远处到筹备处一带,有像在照片上所看到的木曾(译注:日本一地名）那样的连绵的群山，碧水粼粼，赏心悦目。蒲圻城外，山清水秀，景色比京都的还美。当然，日比野不是那么认为，但也不得不承认这一带物资丰富，美丽。方言也相当不一样，有浊音，尤音也不例外地发成ㄨㄥ，有些像上海周边的发音。蒙蒙细雨虽给行动带来了一些不便，但今天早上九点半，还是拿了盒饭就出发了。站站都停的火车沿着昨天看到的山路缓缓而驶，于下午三点才到达武昌。这样，平安无事地结束了在长江上游和粤汉线的旅程。五点乘联运船回到汉口，又住到了原来所住的老地方，就像回到了基地一般。在列车到达武昌前不远处，盛开着一大片的桃花。急忙算了一下日期，原来今天已是春分了。明后天，只要天好，就准备去信阳。回来时，如有可能，准备绕道去孝感、应城和安陆等处后回汉口，再上汉川。其后去大冶、九江、安庆、芜湖、合肥、当涂和南京。估计于四月十五日到达南京，然后马上回苏州或者绕道扬州再回苏州。如那样的话，可能要又晚两个星期回到苏州。途中身体一向很好，甚至连粗茶淡饭也吃得很香，人也没瘦，优游岁月，请免挂念。只是脚上和手腕处的湿疹还未痊愈，特别是这次岳州之行，一连六天衬衣和衬裤都没脱下过，因此，好不容易治好的湿疹又复发了。好在还比较轻，只是在天气稍热时感到有些刺痒，在感觉上或在行动上并没有什么异样和不便。旅程中打听不到你们来信的任何消息，真感到十分寂寞，想必各位身体均好吧！下封信将在信阳给你们写了。三月二十三日，写于汉口江汉路扬子江宾馆一七三号。

三月二十四日 今天天气特别地晴朗，绕道外滩去末次氏家，然后一起去逛书市，买了五六本书。午餐是吃烤牛肉，再去法租界喝茶，然后蹓跶着回来。付掉七十钱日元，取回忘在岳州的肥皂和容器。

夜里，买些食品，算账，十点半睡觉。因为明天五点就要起床，五点五十分出发，乘六点二十分的车去信阳。

三月二十五日 早上五点起床，简单地吃过早餐后于五点五十分出发。在顺礼门车站出示了证明书后才给我车票。事后我才知道，从二十三日开始，在平汉线南段全线取消了一般旅客的乘车许可，只有出示证明书才能予以特别乘车。六点二十七分发车，在有顶盖的车的两侧像长凳那样地钉了许多木条，每边各有五六个窗口。人随着相当激烈的震动而不停地摇晃。晨雾十分浓厚，不要说南边的难民区的房屋了，就连近在眼前的电线杆都模糊不清。雾散后又是一个大晴天。停车时间相当长，感到十分无聊。七点半到瀌口站，停车十五分钟。从这一带开始，长江完全离开了人们的视界，原先西行的列车开始北行，于十点到达孝感。正如传闻那样，离开城墙还有相当的距离。这儿停车四十分钟，下一站的花园也停车四十分钟。零点五十分到达王家店，仰望右侧岩石林立的山峦，给人以像一座城堡的感觉。这一带是低矮的丘陵地带。远处有一座三层的宝塔。

两点半，列车从广水站出发，山也很高，在铁路的两旁可以开始看见峭立的岩石。

经过孝子店，于三点半进入武胜关隧道。在隧道口的右侧刻有昭和十四年三月开通的字样。列车在进入隧道前就开始慢速向上爬坡。

列车于三点五十分到达新店站，停车二十分钟。右上方是鸡公山，穿过鸡公山就越来越接近河南省。这里是山岳地带，到处冒着烧野火的烟雾，给人以一种完全不同的感受。

距信阳还有三站路程。树木越来越多而且越来越美。在人家和村庄周围的杂木林姿态十分优美。

五点零五分，列车开过铁桥，对岸就是一望无垠的黄沙滩。左手方向有一处小村落。

五点十五分列车到达信阳站，望到左面正前方的颇为壮观的城墙。

由于北门的大马路禁止通行，便绕道东门去县政府。幸亏羽端在家，彼此寒暄，交谈一阵后，再把我介绍给了司令部的永井中尉。交谈中知道羽端是小田原在的人，永井中矶子人。晚上决定住宿在县政府。永井中尉为我接风，宴请我晚餐。据说从西北游河出土了铜器，后来又从其他人那里听说还出土了土器，说不定可能是陶器，真想前去看看。但由于去那里的交通一星期才两次，要去的话将花费些时日，经商量，只好死了那条心，实在是件憾事。

真是做梦都没想到，在信阳竟受到了日本菜的招待。晚上交谈得很晚，直到近十二点才睡。羽端房内砌有火炉，相当温暖。

三月二十六日　早上八点起床，早餐后，带着北门和东部兵营区通行许可证出去走走。从前天开始天气就逐渐转暖，身穿一件毛衬衫就已受不了了。从县政府沿着城墙向前走。登上城墙朝外眺望，隔着浉河的沙洲有接连不断的村落，村落的后面是连绵的累累岩石的山峦。城内并不怎么广大但是十分的整洁。南北向的道路和一排排的房屋畅通无阻。在小南门的北面和东面有像是寺庙的遗迹。狮子还像新的，在其边上有一口已被半埋在土里的大钟。这口铸有钟铭的大钟是"大明正德十年乙亥四月吉日整饬兵备佥事宁□铸"，底面直径有五六尺之宽。进入里面，有一块道光十年重修南汝光道署的碑文。

从南门大道中山路向北，在大道中部左右开始，有很多牌楼。在第一座牌楼上有万历五年的"□史"二字，边上有"南京山东道监察胡秉性"等字。总的来说，这里的石质为青色的坚硬的水成岩，因此磨损较少。再往北，又有一座万历十五年监察御史的牌楼。上有"右都御史董威文董果立"等字。再向北，还有一座"兄弟翰林万历七年九月"的牌楼。听说北门内有一所申伯祠，找了又找，问了又问，结果还是没找到。在东面的一座小坟前，有一块义杨书院记（弘治十五年）的碑，在其背面有"大明万历□亥重九义阳大□"等字样。再稍微向东，在信阳商会旧址有一块倒在地面的《大明弘治玖年丙辰菊月重修慈化寺殿记》的石碑。

出北门去司令部，正好在前面碰到了从对面而来的永井中尉，顺便乘上了他的车去子贡祠。西行不久，就有牌楼和先贤子贡祠（康熙三十七年）。沿着城墙西行，看到一口大井，在其旁边有一块石碑横卧在那里。在离开其四五间门面处还有一块碑，上写着"乾隆甲戌秋　申阳第一井　钱塘钟琏书"。北面还有一些石碑，如：康熙三十一年己卯重修先贤子贡祠记、嘉庆二十一年重修瑚琏书院碑记、乾隆二十一年重修端水祠记、乾隆二十一年伴书庵碑记（新建祠右伴书庵记）。在其北面稍往东行的道路北边有一处六角堂，里面有三块大碑，右边是"古申伯国嘉靖乙巳岁冬十有二月"。圆柱是明代何大复故乡之物，隔开圆柱的中央处是先贤子贡为宰处。

在六角堂的后背是用稻草铺顶的民居，这些民居好像重叠在六角堂上，显得有些邋遢。回县政府吃过午饭后，请羽端用Supur six牌的照相机给我拍了几张照。出南门过桥去三里店。两边用稻草铺顶的简易木板房建成的商店街一直延伸到桥堍。站在桥上一看，给人以与众不同的感觉。城墙很美，在河两边有四五十名在洗濯的妇女。水清澈见底，连下面的细沙都看得清清楚楚，有小鱼在欢快地游弋，使我想起国内的河流。稍下游处，有一只水牛在拉着独轮车过河。太阳晒得暖洋洋的，脱掉了毛衬衫还感到有些热，到处一派春天的景色。在桥中央碰到了近一个连队的部队。

三里店是个用简易城墙围起来的小村庄，除道路两旁有些人家外，其他地方看来就无人家了。为看小三里店的一座小庙，特请一名保安队员前来带路。这名保安队员是名叫佑野的一等兵，他从桥中央那儿追上了我。今天已多次见到了他，前两次分别是在子贡祠的前面和去看收取棉种的时候。听说给我开具夜间乘车许可证的人也是他。他出身于三重县高农,脸长得十分讨人喜欢。小三里店的庙只写着指南禅院,除此之外,其他几乎一无所有,十分荒凉。寺庙的东南面有一座裸塔和三座用砖作外围的塔。裸塔建于乾隆四十八年,其他三座塔中的两座因完全被砖挡住而看不清,另一座则看来历史较为远久,做工十分精致,为雍正八年所建。这些都是临济宗住持的塔,特别是六角形的砖盖相当珍贵。

返回来再去看城的东南部,在渡河时,日比野看到缠足的妇女卷裤腿时显得特别惊异,一定是他第一次看到这种情景。在天主堂一侧的桥建造得相当出色,但听说桥面两侧都已成了住人的民舍,不禁使我哑然。是否嫌它太宽阔才住上了人的呢?!这里有药王庙、关帝庙和门楼。从南门进城,在东南角有一处设在门楼里的瞭望所,但有些破损。

南门大街实际上是一条商业街,经过这条街去孔庙。孔庙的屋顶都已重新油漆一新,好像只在祭奠时才启用。庙前有个名叫兴亚的广场,以前这儿曾是师范学校,有一条长约两百米的跑道。另有一块乾隆乙未年的诗碑,上有"嘉靖十一年孟夏廿四日奉直大夫守信阳州桂林南峤任良干书并立"等字的三字碑,背面有《新建望伯亭记》(嘉靖戊戌秋九月)。另还有正统十四年夏五月的断碑、御制孔颜赞碑和《嘉庆三年重修文庙碑记》。

饭后在西门大街尽头处发现了岳王庙的遗址,因为有一块嘉靖十七年新建岳武穆王庙碑。回来后痛痛快快地洗了个澡,晚十点半睡觉。因为预定明天五点半要起床,六点出发的。

今天夜里向服务员了解信阳的土语。发音近似于比汉口远得多的北方的口音。上声接近汉口音,去声和平声与北方的相同,入声大致与汉口的相同,好像有一组当地的声调,但不明显。

三月二十七日　今天要登鸡公山。早上睁眼一看已是六点,不由得吓了一大跳,赶紧叫醒日比野,急急忙忙租了包车于六点十五分离开饭店出发。月亮还在闪耀着皎洁的光辉。六点半到达车站,拿了车票赶紧上车。七点十九分开车,在开出城外时,正巧看到了日出。这是到中国后第一次看到日出。在东方很矮的山上,太阳从晨云中探出头来,预示着整个信阳城将心情愉快地迎接新的一天的到来。

列车朝着前天相反的方向行驶。一过柳林即进入山地。于上午八点四十分到达新店站。由宣抚班班员(译注:宣布政府的意旨以安定民心的成员)三上介绍,我们到车站南面的酒保新店会馆吃早饭。老板是个刻板但有人品的经营者。吃了一碗面条、一碗荞麦面和一碗有粘糕片的甜小豆粥,吃得这么多,连自己都吃了一惊,实在是因为太好吃了的缘故。趁三上进行联络的时候,在车站附近散散步,感到这一带非常清洁。空气也与信阳的一样,特别清新。按羽端的话来说,信阳夏天和冬天都相当温暖,十分宜人,气候比有山风的小田原边(译注:日本一地名)还要舒适。在会馆,士兵劝我们轻装登山,因此把外套、上装和西装背心全都塞进背包,让挑夫挑上去。新店完全是这一带小山的交汇处。十点左右把行装交给了两个挑夫挑着开始登山。照士兵的话，约需两小时又十分钟。确实，上山的坡度很陡峭，但好在还有道路可行，还是相当地好走。由于近来已有一段时间没有登山了，为了积蓄力量，调整体力，途中休息了三四次。休息时眺望四周，映入眼帘的全是山岭，时而也能看到些建在山谷里的房屋。新店村位于车站偏南，有三四十栋房屋，其中还有一间很大的建筑。在靠近上山的入口处筑有一座山寨，在眼前的一块巨石上书写着最近（甲戌仲夏）才写的"青分楚豫、气压嵩衡"八个大字。途中喝了一杯威士忌。花了近一个半小时终于到达了设在山顶的警备部队。会晤了石川队长，他是一名后补干部出身的年轻士官，他的发音有些怪。石川热情地请我们饱餐了一顿，甚至还让我们洗了澡。下午整理笔记本。晚饭后，从六点左右开始在山上散步，欣赏到了从鸡公头落下的夕阳。山上风很大。石级均在岩石上凿成，虽浅但不滑。山顶上还有四五块刻于民国廿三年的石碑。在最高处有"报晓峰"三字，写得很蹩脚。在小鸡公头上有三个凸出的山峰，虽不那么高，但形态很优美。而鸡公头这里全是些奇岩怪石，相互重叠，山顶则呈一块平坦的大磨盘状。鸡公头下面有两座小庙，一是土地庙，一是灵化山，听说都是七年前才建成。在临回来的时候，向邮电局局长和治安维持会会长打听了不少事。他们的口音与其说像信阳方言，倒还不如说接近汉口音。山上的中国居民以湖北人居多；外国人人数在事变前则以美、英、德的多少次序排列，据说现在共有一千人左右。山高837米。还听说这里教会区、豫区和鄂区均作为鸡公山特区受省直属领导，教会区还因有开山的权利,享受与租界相同的待遇。三上上等兵毕业于东京美校,铃木一等兵的英语讲得颇有专业水平,曾在静冈县茶商会工作过,两人都是优秀的宣抚班成员。通过树丛看了一会儿繁星闪烁的夜空后回到警备队。应日比野的要求,明天再住一晚,到后天出发。晚十点半就寝。

三月二十八日　期待着能在山顶看到日出,没想到是个大阴天。早上七点多起床后,外边竟下起了雨来,几乎一整天都因雨而不能外出。傍晚在小学校和邮局分别给家里和平冈写了明信片。兜到东南面的山边去看了Bynse的花园,回来时依然是浓雾弥漫,视线极差。

写给高仓克己的信

我于廿五日乘了十个小时之久的由货车改装的平汉线列车来到了信阳,幸好介绍给我的是县政副官小田原在,给我提供了种种方便,使我能心情舒畅地到处游览,呼吸到犹如中国北部那样的纯净的空气和见识到奇岩怪石的山峦。昨天登上了鄂豫两省交界处的避暑胜地鸡公山,住在设在山上的警备部队处,在部队也受到了亲切而热情的接待,结果在山上多住了一天。此山虽比箱根(译注:日本一地名)的荒凉,但也给人以另一种美感。遗憾的是今天下了一天的毛毛细雨,现在好不容易离开了烤炉子取暖的日比野来到了邮局给你写信。这个避暑胜地是个给人留下美好记忆的全新的城镇。明天就要下山回汉口。这次平汉线之旅相当健康

汉口旧街景

汉口汉江码头

且心情愉悦。与此相比，岳州之旅真叫人扫兴。回汉口后将再去汉川，这样就结束了在这一带的旅程。三个星期是一段相当长的日子，但总觉得这要比读书好，特别是有利于身体的健康。写于鸡公山邮局。

三月二十九日 早上六点起身，天空还是浓雾笼罩，但没下雨。向石川队长表示再三的谢意，另请铃木宣抚班员给我们找挑夫，于七点十五分下山。七点五十分时到达山下，先取得列车车票，听说要九点开车，于是就又去新店会馆吃计粉。列车摇摇晃晃地振动着往回开，于晚上六点十五分回到顺礼门后直接返回扬子江宾馆。夜里冒雨去拜访末次氏，却扑了个空。

三月三十日 为逆行汉水，早上七点起床后就去与东亚海运和桧垣部队联系。听说船于后天早上六点起航，船票要在明天才卖。在去特务机关的途中初次碰见了柳原，再一同去仓林处，在那里见到了末次氏，午饭后信步闲逛。在同班的石井那里得到了去汉川的介绍信。

夜里，柳原和他的同事寺地一起来访。其后我和末次氏同路去汉口光华厅并于晚十一点半回来。傍晚时分，用一元钱买得《作人永日记》和《中国韵文史》。今天气候相当暖和。

三月三十一日 晴空万里的好天气。去停泊场司令部，取得去汉川的乘船许可证。与日比野分手去山田三通处，但人不在，便与尾阪一起散步去中山公园，还晃晃悠悠地在与新民路方向相反的马路上闲逛。在新汉口饭店用毕午饭，于四点半后在住处洗澡。晚饭后去末次氏家取衬衣和替换的袜子等。在江汉路西的太阁店买了三个日本饭团作为明天的午餐带去。八点半回来。今天散步了一整天，但毫无收益。在从新民路回来的途中，遇到了冈田和他的女儿，这样，碰到了同船去汉川的所有的人。傍晚开始转阴，真担心明天的天气情况，没想到入夜后阴转晴，繁星满天。由于明天早上五点离宾馆，闹钟定到四点十五分叫醒我。

四月一日 四点十分起床，简单地吃完早餐后于五点出发。人力车在去江岸的路上走过头，因太暗而完全不知该处。在淡淡的月光下，警卫一一查验通过。手忙脚乱中到后来才知应乘停泊在前面一个码头的那条船才对。我跟在日比野的后面，从等在那儿的中国人中挤过去，不管三七二十一登上了船。江面上刮着凛冽的东风，气温相当低。六点十五分看到了日出，它从武昌方向上空升起，四周有很多云彩，令人十分担心今天的天气。本应六点出航的船，磨磨蹭蹭到六点三十七分才开。日本人站在船尾，许多中国人则在下层的行李舱中。自汉水的汇合处开始，天才消失了原有的与海相同的颜色。在汉水边站着为数众多的外国（英国？）的权贵，特别船在九点半过蔡甸，十点钟到新沟，有半数能上能下的人下船活动。停船十五分钟后再继续向前。风向随着河流的每个转向而改变，刺骨的寒冷。早知这样的话，倒还不如到船的下层去为好。汉水的拐角处也真叫人惊讶万分。有时流向正前方，时而又向正东方流去，而且没有多远就有多次这样的方向改变，甚至有多次竟达九十度以上！船于下午两点抵达汉川，比原先听说的三点半提前了一个半小时。船资才八十钱。进北门去县政筹备处宣抚局，拜访疽由石井给我介绍的安静。由同文书院毕业的福地上等兵带我去小学校，在那里打听了不少情况。校长讲汉川有八景，即阳台晚钟、万魁台阁、仙女灵峰、涢水秋波、鸡鸣天晓、赤壁朝霞、松湖晚唱和梅城返照等八景。听说阳台寺在城内。城外有侧船山、观音泉和采芝山。还听说在姚公山上有先贤令尹子之墓和清朝的碑铭等。下船时雨就开始滴滴答答地下起来了，回来时没想到竟会下得这么大，真是使我十分狼狈。现在的宣抚局就设在原封不动的城隍庙内，宣抚班成员大都为中学毕业生，其机构之大是其他组织不能与之比拟的。安静招待我晚餐。夜里就住在筹备处前边的两仪馆。房间既臭又潮湿，正想叫账房给我换个房间时，有人走了进来，还打开了后门。结果在半夜刮起了大风，门被吹得咯嗒咯嗒直响，简直受不了。

四月二日 八点半起床，早餐是葱、两块软糕和两块米糕，价十仙，很便宜。先去看位于北门内山王山下山王巷里的阳台寺。正山门上写有福龙山阳台寺民国三年甲寅岁孟秋月重建的木板。里面一口洪钟的钟铭上铸有"正统元年丙辰腊月八日汉阳府汉川县阳台山广福寺"等字。其他还有弘治七年《白氏功德碑记》和在大雄宝殿前的铸于万历廿七年的一口钟等。但建筑物是民国时所建,内空无一物。接着我便像例行公事一般,到城内城外各处兜兜。街道极其狭窄,西北处有一座微高的山丘。在其半山腰处有一座规模较大的庙宇,看来以前曾是一所学校。有两三处两人一对的瞎子在用脚咯咚咯咚地舂着米。在恒太元饭庄吃过午饭后继而了解地方风情。说到牛,这里完全是指水牛而言;价钱是按猪、牛和鳖的顺序排列,有些不可思议。鳖的口味一点也不好。出东门,在河岸处看到了正在演出的楚剧。去宣抚班,请一位翻译带我去仙女山即采芝山。这个女宫也完全遭到了破坏。有一处老子像,一处是娘娘庙。在后山的姚公山面临湖水的一侧发现了一处古坟。在其下面就是令尹子文的墓及其祠堂。祠堂内虽无任何家具,但有同治四年先贤令尹子文祠墓碑记和光绪廿九年重修令尹子文祠记,以及挂在祠堂正门处的先贤祠的匾额。墓的规模相当大,在其正面并列着三块墓碑。中间一块是于咸丰八年玖月胡林翼敬立的先贤令尹子文之墓碑。其左面是于道光廿六年岁次丙午仲冬月,由知汉川县事彭泽张吉麟所立的先贤令尹子文之墓碑。右面是于咸丰七年岁在丁巳嘉平月,由知汉阳府事如山和署汉川县事孙福海同立的先贤令尹子文之墓碑。在墓碑的前面有条小路的痕迹,但现已模糊不清。在有坟的山上也处处能见到林立的岩石。前面靠着湖水,还能稀稀落落地看到十分低矮而平缓的楚山。汉水(这一带称作河,带有些地方色彩的叫法为襄水)在这里也仅仅只有看到一个弯曲处。在一片潮湿的耕地上全都种满了小麦和豌豆等作物,早熟的小麦已开始抽穗,蚕豆盛开着紫色的花朵,群燕在低空穿梭飞舞,叽喳鸣叫。燕子和大雁这种候鸟好像是同时飞到这里来迎接春天的到来。穿过山丘和耕地去看建在仙女林麓大银杏树（僧侣称白果树）下的一座庙。有一块乾隆四十一年重修的石碑。庙宇好像是叫静室庵，其外形由于大银杏树的衬托，显得庄严和颇有来历，但里面也是一无所有。回来时，在南门外的染坊处看到工人用双脚摆弄着一块凹形的石块在挤压着布匹。听说这叫作"丂ㄞ滚"（译注：疑为踹布。旧时染整布料的一种工艺）。在南门内的左侧有一座叫桓侯宫的很大的建筑物，相当气派。一问才知道曾是祭奠张飞的所在。现在好像成了一所小学或私塾。

回到住处，看到一份筹备处晏处长给我的请帖。看管住处的老婆婆对我甚为谦恭。宴请在永发元举行，所喝的酒都淡而无味，但虾仁确实肥而可口。中午所吃的菜不能与现在的相提并论，但中午的菜因全部是用猪油炒的，冷却凝固后倒也很惹人喜爱。晚九点就寝休息。

四月三日 昨晚在被子上加盖了一件大衣，故睡得很香，到今天早上八点才起床。日比野感冒较重，说浑身关节都痛，头也感到不太对劲，到上午十点才支撑着起床。他是因前天夜间的大风而受了凉了吧。在刘万顺园吃午饭，房屋建筑比昨晚的永发元气派，但菜的口味及不得永发元。早上还是晴空万里的上好天气，随着时间的推移，浮起了薄薄的云层，吹起了阵阵微风。午饭后出北门，行走片刻就有一座造得很精致的三桥桁的北祥寺桥。稍前便是北祥寺，有一块嘉庆三年的《刘氏碑记》，庙里住着人。这一带人玩耍时可谓尽心，或泛舟小河，或合唱楚剧。沿着河流走向河岸。途中看到渔妇、河蝉、菜花、蝴蝶、蜻蜓以及悠闲地吮吸着奶的牛犊。满目悠闲自在的乡间景象,连我也时不时地在大河畔弯下腰来欣赏周围的景色。乘船游玩的那伙人时而追赶鸭子,时而用船相互碰撞,春意春色极浓。沿着堤坝走出河岸,在摊上买了粽子站着吃。糯米很有嚼头,味道也不错,这使日比野十分感慨地说:到底是来到了屈原的故乡,才能享受到这种口味的粽子。下午三点时分回到住处,先忙着记笔记。今天完全是消磨时间,多少感到无聊。用剩余的时间给哥哥写了明信片。准备乘明天上午十点的船回去。这里的发音几乎与汉口的相同,但"北"、"稗"等音均发成ㄅ(平)音。不管讲什么话,问句也好,答句也好,都在句尾加上"啥"的发音,有点滑稽可笑。下午四点半,筹备处派人来接,五点多就开始宴请。菜的数量虽不很多,但质量上乘,做工精细,口味极佳。被劝喝了不少白酒,其实不想喝那么多,但不喝又不行。好在晚六点多就结束了,在河岸处走走,消了些酒意后再回去。与近处的小孩开开玩笑,八点上床休息。翻译告诉我说,第三小学的校长曾说过真正的令尹子文的墓在云梦县。

四月四日 七点起床后,付完账后即出发,早饭吃的是面条和包子,相当好吃。包子用黑麦粉所做,馅是糯米和菜,并在锅里用油煎过。仅花两仙,实在是太便宜了。上午九点整,安静和晏处长与我们同船出发。天微阴,拂袖微风带来阵阵寒意。日比野自昨晚开始闹肚而禁食,只开了一听菠萝罐头。下午三点回到汉口,又住到扬子江宾馆。在大阁吃了日本式饭团子,竟要八十钱,太贵了。到特务机关去拜访仓林,他介绍我去大冶,夜里去末次氏家。

四月五日 上午八点多才起身,天微阴。今天再去末次氏家,途中买了一束花。闲谈一会儿后,到隔壁的YMCA处吃午饭。下午去看汉阳式的清明节扫墓。坟前插着红蜡烛,烧纸钱,跪拜,仅此而已。夜里,看到了家家户户均在墙壁前烧纸钱给故人受用,这从夕阳西沉一直延续到晚八九点。

四月六日 由于船明天要出航,为做准备而到处寻觅一只旅行用大提包。正在忙于整理行李时,告诉我船期改到了后天,使我松了一口气。天虽阴但很温暖。

四月七日 拿了船票。行李由仓林介绍,委托了当地的产业班托运到上海联络处。入夜,与刘等人一起去东亚花园。三上从苏州来到这里。刘带来的人真是多才多艺,是个十分有意思的人。晚十一点回来,十二点睡觉。预定明晨五点起床,六点出发。

至今为止所走过的道路中最最难走的要算是用大石块铺得凹凸不平而且还滑溜溜的汉川的街道了。

四月八日 早五点十五分被日比野叫醒,眼睛还干涩得睁不开。六点出发，乘小樱号船。原定八点出发，后晚点到八点三十五分才开航。风和日丽，天气宜人，但江面上还刮着风。途中，景色平淡且单调。下午三点多到达大冶，三点半上岸后去大冶警察分署，请他们给我预订大冶饭店。日铁（译注：日铁是日本一所大型钢铁厂）的职员带我去，没想到竟在很远的下游处，走着去至少要花一个小时。饭店面对江岸，背负青山。借了日铁的车去兵站拿明天去大冶的搭乘券，回来后洗澡、吃晚饭。饭后再漫步于江岸，蔚蓝色的天空映照在江面上，散射出粼粼蓝光，在相距不远的下游处有突出于江面的奇岩。江边有青蛙的鸣叫声以及从后山传来的疑为幻听的莺的啼叫声。远远的山坡上有一处野火。它随着日落天黑而明亮火红，使我联想起在鸡公山所看到的野火，江岸的风光颇似片山津（译注：日本一地名）的，令人十分高兴。

四月九日 早五点刚过就起了床，天气十分温暖。六点十分出发，到兵站还早些，就稍微蹓跶一下。于七点乘大冶到武昌的汽车，道路十分平坦，但一路尘土飞扬。在下陆附近有许多山，整个山表都被一个个凸起的黑色岩石所覆盖。九点半到大冶县入口处，兜了一大圈去拜访县公署介绍给我的藤泽。听说他在司令部，便通过大街到联防总部与他会晤。藤泽再把我介绍给情报室的宇田少尉。宇田毕业于京大法律系，现还任满铁经济调查部调查员，待人亲切，讲话有条有理。据他说最近在石灰窑挖得一座古坟，内有很多古币。最令人感到庆幸的是今天下午就有一辆联络车去铁山警备队，于是给我联系好搭车前往。离出发还有些时间,便上街走走、看看,湖光山色十分宜人。中午十二点半乘车前往,约一小时后便到了铁山警备队,途中有开得相当漂亮的莲花。在山下准尉的联系和带领下参观了铁山,看来铁的含量较低。对面从右到左分别是尖山、狮子山和象鼻山,都是露出红色地表的山,就是在这种山上挖掘铣铁色的铁矿石。石灰岩的山表相当地漂亮。现在,尖山的百分之六十正在进行复旧工程,狮子山由原汉冶萍(译注:汉冶萍公司是中国最早的钢铁联合企业),象鼻山由原省政府回收。目前在这两座山上每天用手工开采铁矿石千吨左右。旧铁山在距此较远的铁山铺。下午四点,看一场小规模的爆破作业。晚饭后游览这座山村,由于建成不久,因此还不太脏乱。今晚住宿在日铁宿舍。

四月十日 舒舒服服地睡了一觉,早上到七点才起床,气温之高令人意外。昨天已脱掉了毛衬衫,今天连衬裤都给脱了。去警备队寒暄后,乘上午九点半拖矿石车的机车出发,于十点半到达石灰窑。虽还是四月,但沿途盛开着鲜花,胜于五月。蒲公英的小小"降落伞"到处迎风飞舞。去石灰窑兵站安藤中尉处打听古坟的情况,没想到他叫我到警备队去了解。他们告诉我有明天和今天中午十二点去九江的班船。为调查古坟情况而定于明天出发。在警备队打听情况,但被告知正式开挖还需兵力,因此要在今天前往调查是不可能的。还告诉我一些当地民间的传说和山前挖掘的情况。曾由警备队的木村伍长等人试挖,挖掘得十吨的古铜币,地点在东面约四公里处的凿开的西仄山麓的墓地附近。在村长墓边上向下挖四尺左右，便发现了一个一米见方、深四尺的贮存钱币的洞穴。传说这些钱币是受到宋朝（古币中无元朝的钱币）官兵（或山贼）的压迫的豪族所隐藏。钱币上铸有"宣和"和"崇宁"等年号，我向他们要了几枚。

自兵站回来，手持行李，投宿到日出旅馆。悠闲自在，无拘无束地周游整个山村，但无所收益。江岸有一处古矶，边上有一块区长署名，作为古迹保留的有关禁止事项的石刻碑。在耸立着的山岩前面是一片有很多奇异形状的石块的江岸。修理鞋底后休息。

四月十一日 温暖、晴朗犹如五月的天气。走路就会有汗珠渗出来。静悄悄地吃好早饭，九点不到就去停泊场司令部请求协助。答应我于上午十点到十二点之间派汽艇送我去大船，因此在江前等待。江岸上有蝴蝶在飞舞。十一点半时，特意为我开来了一艘小汽艇，送我到停泊在远处的大贞号船上去。二等舱船价是八日元，虽贵但船相当豪华。船上碰到了毕业于东京大学法律系的牛来少尉会计，向他打听了南昌的情况并请他等我到南昌后给予关照。大贞号于下午四点半抵达九江，花了近一个小时才得以上岸。听说和平旅馆较好，便走着去找。领警小林待人非常亲切。夜里去领事官邸，面见了副领事小森和书记员平田，向他们打听去庐山的办法。听说明天正好有警备队的小车因公前往，并主动给我联系搭车事宜，这下可帮了我的大忙。从这里乘车到牯岭约三十分钟，十六公里的路程，而且还听说牯岭的旅馆刚从本月开始营业；另外，还告诉我上山还是花上三个小时步行着有趣。晚九点，告别他们回旅馆。旅馆窗户面对着江岸，景色颇佳。虽已很晚，但还可看燕子在夜的空中穿梭飞翔。天上挂着一轮弯月，星空亦美。我今天好像是看了一整天的江面。

四月十二日 早七点过后起床，天气晴朗，江岸景物悦目。九点去领事馆，听说一切已联系妥帖，小车也由小森副领事给我办妥交涉，由藤堂部队处前来接我。在将近十一点时，从领事馆前乘车前往南方庐山街道。开车不久，右侧就有一座庙和一座式样很美的桥。一经过名叫莲花洞的拱门便是山下的一个村庄。小车一直开到老莲花洞为止。这里有警备队的哨卡，从这儿开始登山。比鸡公山难登得多且路途遥远，将近八公里之长。但遥望水景，特别是九江平原和日本和服的腰带那样的长江，真令人有说不出的兴奋。途中一而再，再而三地休息，说是登山只需三个小时，而我却竟花了四个多小时！在半山亭时见到了藤堂少将，问及有关我的住宿和其他事情，他指示我去找偕行社的青木中尉解决。在经过好汉坡时，我怎么看也不明白它的姿态哪点像好汉！川下领警在牯岭的入口等着我，一起走过漫长的牯岭街的缓坡。到领事馆分署后稍休片刻，便去拜访偕行社的青木中尉，抓住这个难得的机会请他给我多加关照。他给我解决了吃饭和住宿的难题。黄昏时气温骤降，赶紧多穿了一件背心。青木中尉毕业于东京大学农业系，曾任五高熊本医大预科等教授。听说他还是我仓石老师的同乡，是老师的哥哥的同班同学。事情真是那么凑巧和有趣。牯岭街一带水电设施完备,有些西洋化。

四月十三日 天气稍有些怪。这里的早饭吃得很晚,要到九点才开始。用毕早餐,从庐林走向黄龙寺。山上,桃、梨、山樱、杜鹃、木莲、蒲公英、堇菜、棣棠等花竞相怒放,嫩叶碧绿欲滴,一派高原春色。过交芦桥(民国十七年林森等建造)就是黄龙寺。进入寺庙,左侧便是江西省农业院附设庐山林场的办公室。在其前边不远处有两棵七八百年树龄的参天大杉树,即所谓沙罗宝树。在其旁边还有一棵很粗壮、高大的白果树。这三棵古树确实可作为纪念物来纪念了。用石块建造的寺庙的屋顶上铺着白铁皮。庙内空无一物。溪流清澈而漂亮。往下走便是黄龙潭。瀑布相当壮观,特别是有稳重感的大块的岩石十分雄伟。石上刻着"枕流"、"龙泉"和"静听"等赞誉的美名。在将军河的合流处一带,耸立着掷笔峰和铁船等奇岩怪石,竹林覆盖着斜坡,在前面还有两三棵松树,梨花的花瓣和阵阵香气随着摇曳着嫩叶的风而飘荡过来,可谓绝景矣。再向前迈三四十步,便可遥望到像牛头般的山峰,竹林更加茂密。在明耻桥上下七八十米是一片急流飞瀑,使人联想到夏天时的壮观。越往下走,急流、瀑布和岩石就显得越宽,但急流的速度看来没变。瀑布发出震耳欲聋的巨大的声响。从神龙泉一直走到靠近并能仰望牛头峰处再往回走,少许离开急流向左上坡,就在左手方向有一块刻着"大天池山"的巨石,爬上这块巨石放眼四望,群山尽览,令人情不自禁地高喊:"快哉,快哉!"天池寺没多大意思,所喝的云雾茶也无甚香味。在文殊台的左方有庐山老母庙，刻有嘉靖乙丑六月八日陈沂书的诗。此时，风起云涌，开始下起雨来，群峰的形态也起了变化。下则有泉；上则有王守仁所书的亭子，写有"惟嘉定四年岁次辛未十一月己酉朔十五日"等字；右边还有王守仁的诗；上有大字写就的"照江崖"三字匾额。这时暴风雨骤至，怎么躲藏也躲不过去，淋得像只落汤鸡。傍晚，经御碑亭、花径而归。滂沱大雨到了夜里也不见小。

四月十四日 昨天的暴风雨已停了，天上仅飘着几片云彩。整个上午在庐山图书馆度过，下午首先去看白云观，接着再继续昨天因雨而剩下的日程。在白云观吹了笛，还去了仙人洞。这是个很大的洞，在入口处右壁上有万历年间题字"洞天玉液"和嘉靖年间的题记等。中间有块岩石把洞隔成两半，右边一半长而小，左边的较大呈圆形，静静地能听到水滴声。入口处有一座新的纯阳殿。没找到竹林寺，复去御碑亭，内有一碑，正面是于洪武廿六年用小楷写的《御制周颠仙人传》，背面是用行书写的《御制祭天眼尊者周颠仙人徐道人赤脚僧文及群仙古诗》。在花径不远处的左侧有一块宝庆丙戌中秋日刻的石碑。大林寺也无多大意思。白玉雕的主佛还算不错，但脸相开得有些像小生，真是美中不足。走回牯岭街的住宿处。

四月十五日 天晴。上午十点下山，十二点之前到达山下的警备队，请求片冈中尉给我提供去东林寺和西林寺的交通方便。下午两点出发,与日莲老人同行。先走山麓去东林寺,途中见到两座太平宫的四角开遥废塔,看太平宫内的玉衡。到东林寺山门,前有一个据说是唐代的经幢,宽不足一点八米,但字体写得相当优美,还有李北海和柳公权的残碑。寺院已成废墟一般。在相隔三条横街距离处便是西林寺。左手方向是一片翠绿色的树林,实在是太美了。三尊主佛相当庄严,上面挂有"千佛塴"的匾额,为崇祯五年仲春吉旦季水居士洪度所书。一座中空的七层八角的宝塔,其外墙的剥离处在日光的照耀下呈现出氧化第二铁的红色,斑斑点点煞是好看。回来时通过东林寺的山门,"东林寺"为丙寅康有为书。越过虎溪桥,乘卡车于晚五点多到警备队,六点半回到和平饭店。今天,脚走得很痛。

四月十六日 天气晴朗,早七点乘车去车站。车票是一点三五日元,八点发车去南昌。在车上还可欣赏三十分钟左右的庐山的美景。列车在庐山一带行驶了近一个小时,于上午十点二十分到达德安,十一点左右到永修。悦目的景色一直延续到永修。列车继续前进,于十二点廿五分到涂家埠。然后我们下车,渡河,步行后再在山下乘车。下午一点十五分开车后,从乐化一带开始,景色复柳暗花明。三点到南昌,在车站前乘卡车去特务机关。隔河看南昌的街景,一片葱郁,娇翠欲滴,令人心情无比舒畅。大街杂乱无章。向中川问好后去南昌饭店,还抽出了一段时间上街散步。街景不堪入目,只有在万寿宫一带才有所好转。以一法币购得《唐书南监》十四册。到修水河对岸时,顿觉气温明显上升。

四月十七日 又是一个大晴天。昨天夜里被臭虫饱餐了一顿。去藤井部队会计室拜访牛来少尉。他马上和中村中尉带我四处走走，下午还带我去了位于尚谌村的前线。南昌市确实很美，特别是它的清水绿叶。滕王阁仅剩下以其为名的一条街。面临赣水，远处郁郁葱葱的山峦连绵起伏。对前线的堑壕真是感慨万千，简直不能想象怎么可以在里面生活下去！回来后再去赣江岸停泊司令部取明天前往吴城的车票。回来时顺便去拜访领警分署署长，他是一位十分风趣的人。在南昌，"国"发ㄍㄨㄢ音，"藕"发ㄌㄠ音。

牛来少尉带领我去了看了娄妃墓、梳妆台和民国十一年的《建阁记》。现在还有明娄贤妃梳妆台遗址。墓在铁桥桥堍边，有前明宁庶人贤妃之墓的墓碑，墓仅露出了一个头，其余部分全被钢筋混凝土所包围。在滕王阁遗址周围兜了一圈，看到一所徐徵君故宅和建在宅后的孺子亭以及一块民国十九年重修孺子亭记石碑。还看到年老年轻的妇女在面临西湖的湖畔洗濯衣物，对岸还有一座像孔庙似的建筑物。孩子们在亭下的地上滚着铜板赌钱。再往前走不远，便是南海行宫，同时它也是村名。有一座名叫圆通寺的寺庙，上有"南海大士行宫"的题字。据说千佛楼很有名，跑去一看，均是一尺左右的佛像，且有光绪二年的文廷式的题额。在省立图书馆前有一根面向东湖的建于乾隆十一年的百花洲的石柱。还有一座名叫澹台的墓。之所以叫它为澹台墓，是因为在墓前有一块建于同治十一年的先贤澹台子之墓的墓碑和一块《澹台先贤祠重修记》的石碑。上面刻有明代的字,不知是否是一块明碑。碑面很新,但祠堂已无。

四月十八日 昨夜,与特务机关的人一起喝了过量的啤酒而大醉,早上睁开眼一看已是近六点了,急急忙忙做各种准备、付账;拿了盒饭后,与还睡眼蒙眬的日比野一起乘洋车去停泊场;七点,乘小汽艇出航,沿赣水而下。在滕王阁一带,绿叶在红日的映照下显得格外娇艳。南昌市确实很美,两三年后想再次来看看复兴了的南昌。赣水里有洲和沙洲,两岸也有山、树木和芦苇等,情趣要比扬子江和汉水浓得多。十二点到达吴城,急忙吃好午饭后上岸,即去停泊司令部拜托明天的船期和今晚的住宿处。借得医务室的一间房子。在这两三个小时内,日比野逐渐恢复了精力。与往常一样,上街兜兜、看看。在理学名臣祠里祭奠着文申国公和欧阳修等,如今这里已成了贫民窟。在近郊还有一处类似这样的地方。今天,船在离三层楼的瞭望楼不远处,便从赣水转入修水并停泊在那里。气温相当高,边喝汽水边听方言。"阳唐"的"唐"竟发音成"东","五"的发音中有与苏州话一样的浊音。"鞋"发音ㄏㄞ,把"耳朵"发音成ㄜㄎㄨ(du),"眼睛"发音ㄇㄇㄐㄤ,"牙齿"发音ㄇㄚㄡ,"手"发音ㄙㄆ,"吴城"发音wutzeng等。有趣的是在指示代名词前加了个该ㄍㄝ的发音。

四月十九日 早六点前起床。从昨天开始痛起来的颌下臼齿今天

南昌旧影

更痛了,幸亏早饭吃的是菠菜粥,帮了我大忙。六点半出发,途中取了盒饭,去锚泊处乘船。这是一艘名叫大吞号的吃水三十六吨的大轮船。七点十五分起航,于八点左右才进入主航道。约摸过了三十分钟,湖水变成了黄土色。五十分时,眼前出现了一座大岛,岛上有两座像火星上那样的大山。航线绕向西北,从右舷可望到一处有塔的村镇,那儿叫星子县。今天庐山薄雾朦胧,犹如近在眼前。七尖峰令人望而生畏,还有两座一黑一白、成新旧对比的七层宝塔。上午九点半到星子县,停船十分钟又起航。到十一点,终于告别了庐山。但从这里放眼四望,景色也是十分宜人。在靠近大姑塘时,有一个环抱三个小湖岔的江湾。树很美,看来像是松树。正前方耸立着一座小孤山(鞋山),样子真像古代的男鞋。山上还有塔,听邮差说还有一座庙。上午,看到左岸有一块斜着向上的蛤蟆石,船开近一看,原来是大姑塘的入口处而根本不像蛤蟆仙人。过了这块巨石就是大姑塘的小街。船于十二点零五分到达湖口。街道、堤坝兼城壁建造在峭立于右岸的两块悬崖之间。北面是石幢山,山上有很多庙。透过茂密的新叶,仅能看到庙宇的上部,犹如小蓬莱一般。还有一些浅显的洞穴。船驶进扬子江后,景色平平不值一看。下午三点前抵达九江,先找住宿处小憩,后即去藤堂部队,联系明天去星子县的有关事宜,说是明天中午时分到我住处告诉我回音。由于天气过度炎热,傍晚下起了倾盆大雨。此时牙痛难忍,几乎不能吃饭,服用了两片阿斯匹林才有所好转。

　　雨到晚九点多才停住,夜空有一轮皎洁的明月,风还在低声地吹着。

四月二十日 晴天。写了两三张明信片。通知我去星子县的联络兵搞错了时间而没按时来,让我傻等了一天,大失所望。月亮放射出清淡的光辉。今天很早就休息了。

四月二十一日 晴。去部队联系,听说明天有去星子县的便车。上午去寻找仙华宫但不知它究竟在何处。下午再次去部队确认明天的出发时间。在得到了上午八点半到九点这段时间从总部发车的确切回音后,转而又去东亚海运联系之后的船期,听说要到二十五日以后才有船,使我感到不知所措。傍晚,阴沉沉的天空飘下一两滴星星点点的小雨,后又转阴。

四月二十二日 早上七点半乘卡车,九点到了土楼镇旧军官学校的警备队。该校是座庞大且设备齐全的建筑,前临鄱阳湖,背靠五老峰,土楼镇街就在前面不远处,维持会设在星子县第三区。沿途,白色的大朵大朵的野蔷薇花和梧桐树花相间种植在杜鹃花之间,穿梭于丘陵地带的忽上忽下难走的道路,忽而贴近山麓,忽而又离山延伸。警备队长不在,下士官领我去了就在学校左面的海会寺,这是一座建于光绪七年或九年以后的建筑,现一片荒芜,不值得一写,只有在楼上,越过古松树树顶而远眺的鄱阳湖的景色倒是很不错的。下午去白鹿洞书院。沿着大街往南走上几十分钟便可见到白鹿洞书院的大门。真像书院名那样，大门涂成白色。门框上方有一横额，写有"白鹿洞书院"五个大字，落款为明正德七年仲冬元月。左右两边还有民国廿三年星子县县长重修时的题字。书院右面有一条蜿蜒起伏的山道一直伸向远方。沿着小河种满了紫山藤和杜鹃花，我沿着下坡路往南走了十五分钟左右，看到一处建筑，费了好大劲才辨认出是"第二门古国学"几字。不远处有留芳桥的题字（道光廿八年）和重修白鹿洞流芳桥记（道光廿二年），走上十几步便是流芳桥，上面也有道光年间的题字。再走十几步就是名教乐地（壬申秋月重修朱庆澜书）大门。右侧有"华盖松"三字，但根本没有松树。前面有一座名叫花流桥的石桥，郁金香色的小花散发着阵阵香气。在眼前的一块巨岩上刻有许多石刻，遗憾的是看不清究竟是写的什么。再往前，就有挂着康有为写于戊午七月的"鹿洞书院"匾额的大门，进门就是书院的建筑物，但仅剩六成。文会堂上有一块题于乾隆三十一年的匾额。堂内有"孝弟忠信礼义廉耻"八个大字的壁刻。右壁则刻有"乾隆十八肄业诸生公立魏慎齐夫子讲长饭疏食饮水"和其他一些文字。从御书阁到后面的朱子祠之间嵌满了自嘉、万以来的许多题记。其后面有重修于顺治中期的白鹿洞，洞内有一只新刻的石鹿。但鹿不像鹿，却像一只狐狸。礼圣堂在洞的左侧，门上有刻于弘治己未的《学田记》。"正德十六年皇明白鹿堂剖付。"进门右有成化二年《重修白鹿洞书院记》；左面也有《书院记》，但为正统七年所写。孔庙里有孔子像，庙前，右种松左植柏。这一带真不愧为地道的老书院。庙后是一片树林，一直延伸到五老峰。前面是隔开了一条溪流的松树林。回来时在盛夏阳光的烘烤下热得浑身发软。往返共花了约四个小时。傍晚时分，五老峰轮廓鲜明地显现出五个老者的形象。

四月二十三日　一连几天的晴好天气到上午九点左右开始变得异常，不由令我担心起来，但没多久，一切又恢复了原样。九点过后，请求堀江副官给我联系去星子温塘傅的交通。联系相当顺利，十点就搭乘去星子的卡车，于十点半到达星子。一路颠簸一路尘。去佐泽部队总部吃午饭。听说去温塘傅的卡车要到下午三点多才有，因此，利用这段时间到星子街上逛逛。先去卡车进入星子时不远处住着保安队的那幢建筑。该建筑有一个相当气派的大门，说不定也许是前清的一所衙门。附近有一个爱莲池。乾隆廿三年三月的题字竟立在杂木林之间！爱莲池约有十五六间门面见方，中央有四间门面见方的略微高起的堤岸，有完全被毁的建筑物的痕迹。在池畔右侧有嘉靖壬戌夏陆月胡松重建南康军新立濂溪祠记。池后有嘉靖四十五年正月知府事永嘉张继重《爱莲说》并缘起（跋），上写有"亭之废不可何音，嘉靖初年重建，久之亦圮"等。看来历史上确有亭及濂溪祠。池的四周全是梧桐树。踏进这条路来还是第一次看到此树。白色的大朵的野蔷薇花倒是随处可见。从牌楼处走上湖岸能看到一个里面什么也没有的光秃秃的亭子。下午三点，乘卡车从总部去温塘傅。在快要出发的时候，简直是不能想象，秩序是要多乱就有多乱。卡车只驶到三岔路口，便下车步行了约三十分钟。热得真是让人受不了。决定在树丛中等，不再步行。四点左右，乘上一辆从后面开来的车继续前行。车上坐满了中国的苦力。途中经过了秀峰和归宗两所寺庙。于五点前到达目的地，受到留守部队浮田准尉的接待。温泉就在南边，从河边流出来。在二十米左右的长度内，用钢筋混凝板砌成两处各长十米的浴池。民国十五年，星子县应康有为的要求，在此竖起了一块禁止在这一带搞土木建筑的石碑。这里的山景平平，看来也没有什么物产。由于这儿是部队的宿营地，一派杂乱无章的景象，但准尉待人确实是十分亲切。

四月二十四日 早五时许，因部队出发的响动把我吵醒，索性于六点起床。八点半左右，桑山伍勤带我去醉石，我们每人手提一个中国手榴弹。在往回走不远处向左拐弯便进入山路。往前走千米左右，在一处不太大的瀑布下有一块几乎呈方形的石块，那就是醉石。不知它是在哪个朝代从上面的岩石上裂开后掉下来的！上有多处题字，在瀑布的左侧的岩壁上也有，这些题字均为首次见到，在以前所有的记录中均无记载。石刻的上部有明朝（译注：从下文落款中看，应为元朝）一位姓何的进士写的"游粟里桥边，大元至正九年三月上巳日"等字，下部已模糊不清。另外还有嘉靖的题诗三首，八分见方的"归去来馆"四个字。在右侧的岩壁上有皇祐元年孟秋的题名。在回来的中途又去看了叫作渊明生里的一座柴桑桥，这桥就在警备队不远的东面。柴桑桥的碑题上写有"嘉靖癸巳岁孟夏五月吉日按江西监察御史李徹贤立"，乾隆己卯岁重建。下午，自这次旅途以来还是初次骑马，去归宗寺。在山门的左侧有康熙十年庐山归宗寺复生松记碑。山门的匾额上写有"江右第一名山"，匾右写"崇祯"，左写"顺治元年知府"，也不知究竟为何时所写。一进归宗寺山门，便看到一块刻于乾隆十四年重建金轮峰舍利宝塔记的石碑。寺庙破烂不堪，连弥勒佛的头都没有了。在大雄宝殿的二楼看到了藏经。从散落在地板上的经书来看才知道这些经书是光绪年间的版本。在大雄宝殿后边发现了很大的铁佛的腰和脚的一部分。走进前面右侧的门，则看到恐怕是叫作墨池的一个方形的深池。其他则无一物。庙后是一片树林和竹林，山也近在眼前，伸手可摸。山门外有两棵很粗的古香樟树。两树之间横卧着两块略微凸起的约四尺长的石条。在左面的那块石条上刻着很大的"熙宁九年三月十日谨题"等字。看来好像是桥面石板，但也难以确定。回到住处后，屁股有轻度疼痛的感觉。

四月二十五日 上午八点半向浮田准尉等人致了谢意，然后与五名警吏一起骑马前往秀峰寺。行程约两个小时。秀峰寺四周的翠山碧峦恐怕是这一带首屈一指的，还能观赏到长达一公里半的瀑布。秀峰寺比归宗寺破坏得还要厉害，几乎没有一尊佛像保持着原貌。在大雄宝殿背面的断崖上刻有好几处石刻，但都被丛生的杂草所毁，除民国甲戌年的以外，其他根本分辨不出是什么字。在此断崖之上还有另一个断崖，有三块正德己卯六月的大字碑，但表面剥落，无法辨认。据导游书籍记载，这些碑应是王文成的平宸濠题识（纪功碑），元祐六年十二月所书的黄山谷书七佛偈，以及嘉靖丙戌仲冬徐岱的诗碑，但其内容全然不得而知。在此上面还有所谓读书台的遗迹。内有米芾书写的"从冠军建平王登庐山香炉峰，元年三年仲春月书于致爽轩中襄阳米芾"，右上角写有"渊鉴斋"，下有款识，给人以一种新鲜感。从秀峰寺下来，左边有一处新建不久的住宅，据说是蒋介石的家，但也遭到了破坏。在墙壁上有一块写于万历庚辰陈经游开先寺的诗碑以及顺治十二年重修开先寺碑记。从这里往山那边走去便是青玉峡。在右手一侧的巨大的岩石上有很多石刻和题名。其中写得最大的是"河阳李熊被旨总饷蜀道□宿青玉峡大雅大钧大亮侍淳熙己酉仲夏二日"。另还有淳熙戊申仲冬己亥所写的石刻。两三丈高的瀑布从青玉峡上直泻而下，在劈面而来的山腰上形成上下两个宽宽的水洼。凡是能写字的地方均刻满了题名石刻，令我惊讶万分，不知记些什么才好，索性什么都不记录了。在过河上岸处有一处很宽广的平台，饭塚部队长的墓就营造在这大树环抱之中。回来后在山门前吃饭。铃木忠二等兵把马牵来让我们骑着去星子，大家对他十分感谢。看来都为游玩了一整天后再能去星子而感到十分欣喜。下午一点半出发，四点二十分到达星子。听说有去九江的便车，于是草草地看了孔庙，吃过晚饭，于五点四十分出发，七点半回到九江的住处。让我住在四楼屋顶的背后，真叫我有说不出的难受。今天屁股疼痛得很厉害。

四月二十六日 天晴。上午九点过后去领事馆寒暄并拜托他们给我联系船等事项。离开领事馆再去藤堂部队致谢，不巧藤堂将军暂离部队两三天，于是就拜托了堀江副官。下午休息并整理笔记。决定乘明天进港的嘉陵号船。晚上与代理领事平田等人在别府亭聚餐。别府亭面向甘棠湖,风景十分优美。八点半晚餐结束后去逛位于特务机关后面的难民区。这儿的燕子在背和尾巴之间有一条黄黑色的带子。

四月二十七日　天阴,风微。在东亚海运买了一张票价为八点五日元的船票。去延支山公园时又经过了昨夜所逛的难民区。公园里有一座为纪念民国廿一年中国救济水灾委员会复兴而建的延支亭。听说三国东吴鲁肃帅府的旧迹就有一石亭,且一直保留到清末。另还听说埋没在土中的鲁肃帅府的石狮曾置放在亭前。左右各一头成对的石狮都呈秃顶模样。这地方相当好,可以俯瞰长江。下午去东方府署的旧址。在前面业已毁坏的基盘里,有嘉靖庚申仲夏巡按江西监察御史郑本立撰的新建靖节先生祠堂记以及一块记有"重葺清风阁,在宋均建陶渊明等合祠梗概"的石碑的下半部。碑上有陶渊明生卒年和生平的考证,颇有价值。

预定下午三点进港的船晚点了一个小时,五点多才乘小渡船上船,这艘注册于东京的嘉陵号看上去小得可怜。晚饭后,六点半左右下起了星星点点的小雨。今天很早就睡下了。

四月二十八日　早七点不到就起床,天气晴朗无比,使人忘掉了昨晚的下雨。听说是六点开的船,八点多通过湖口,看到了大街,石钟山等清晰可见,犹如近在眼前。悠然地睡了个午觉,船于下午一点到达安庆。在宪兵办事处打听道路后,乘车自小南门去领警处,安庆的街道几乎全被我兜了过来。会晤领警署长,决定搭乘后天的军船离安庆后,去位于吕八街的交通旅社。抽出些时间再上街去看市容。安庆是我至今为止所看到的最为从容且物产富足的城镇,有国货街、倒扒狮(街中央有倒立狮子的牌楼)、吕八、三牌楼和大二郎等街,不时地也可看到这儿那儿的书店,也有一个规模颇大的胡开文笔墨店。在大南门正街有一所纪公祠,里面祭奠着汉代的纪信。祠堂规模宏大,十分气派。

夜里闷热非凡,且遭臭虫的频频偷袭,真是祸不单行。

四月二十九日 晴,高温。早餐吃的是南门街的馒头。在去停泊处的途中,沙尘飞扬,遮天盖日,简直是受不了。拿了明天的搭乘船票后,沿着江岸向东去看迎江寺的塔。寺门上挂着敕建迎江禅寺的匾额。大雄宝殿造得十分坚固,看来大多是民国以后修复的。其前面有一块光绪廿四年的补修迎江寺振风塔,重建大雄宝殿并东西两廊碑。从其右侧往里走便是宝塔的所在了,有民国七年前财政总长周学熙的重修的题字,还有同治九年重修迎江寺塔并建忠义节烈祠碑,以及同年重修振风塔记等。其部分内容如下:"振风塔者在安庆枞阳门外迎江寺,旧名万佛塔,咸丰癸丑贼毁寺,塔顶被焚,久且益圮……塔顶亦以今秋落成,时同治九年岁在庚午秋七月廿八日也……"据记载,这座七层宝塔建于隆庆庚午年间。在塔的四层以上有很多尊隆庆、万历等年塑造的佛像及其记事。下塔再往东,有一座写有"镇皖楼"匾额的三层楼建筑,在此前面的大街上有一座镇皖亭。午饭后在胡开文买了廿支鸡狼毫，然后在其不远处的书店买了《安徽民间歌谣集》。在颐和园南大门大街吃了晚饭，口味还不错。今天天气相当炎热。

四月三十日 在旧书店买了《古今说海说选》、《文心雕龙》等书。这个书店虽有《前后汉书补注》，但其中缺少七册，故而只得作罢，真是十分遗憾。去特务机关询问图书馆状况。应在三点出航的第二若松号晚点到三点半才离开安庆。船于早上七点开出九江，今晚停泊于大通，明天顺流去南京。今天气温犹如盛夏，船舱内炎热非凡，甲板上就更不用说了。傍晚七点多，船开进支流不远后就到了大通。夕阳美不可言。红太阳映照在碧波上，可以看到一条长达两间门面宽的火柱，火柱上端有一个圆圆的火球。夜里相当凉快，甚至感到有些寒冷。睡在下面硬邦邦的芦席上，脊背痛得受不了。

五月一日 在我不知不觉中船已于早六点左右开出沿长江而下。这时岸上土的颜色和高度与上船时已大不相同了。八点刚过，船经过一个名叫狄港的小镇。十点二十分，船到芜湖后上岸，岸上骄阳似火。本来从昨天开始想去庐州的，但因天气炎热而犹豫不决，像今天这样的高温是怎么也不能去的了，因此决定明天直接回苏州去。乘车四处找今晚的住处，结果决定住到较为整洁的大马路中南旅社。在庐州，中国人活动颇具生机。看来，上海经济的辐射波到这儿是它的终点了。安庆等地只是受到其余波的影响而已。当地人没有像上海人那么客气。庐山的中心大街既宽又长，商店也相当气派。傍晚时分，在秀从江上看到一座砖塔。先摆渡过内河，回头一看，塔却在北面。南面也有一条狭长的大街，仓库连成一片。再摆渡回来沿着江岸向前走，不远处便有一座楼，上面挂着"驻云楼"、"大姑楼"（戊寅腊八）和"仙姑堂"（光绪三十四年）等匾额。楼的后面就是江口，小河成三角形岔开。这儿的日落也是相当绚丽。太阳落山后气温又开始下降，只穿一件衬衫明显感到凉飕飕的。砖塔就在楼的北面，可就是找不到入口处，结果就在那儿兜了一圈，再回到老地方，从"新丰柴炭行"的店里上的塔。这是一座无任何特征的五层塔，三层以上已被毁而不能上，而二层以下的四周全被居民利用墙壁改建成了住房，屋顶支撑到了二楼，里面什么也看不见。我和日比野两人对此均感愕然，这也许就是芜湖的风景吧！入夜后的大街上经常可以看到等（嫖）客的衣衫肮脏的女人，这里是令人讨厌的地方。夜里又闷，热得难以入睡。

五月二日 一乘上八点发车开往南京的火车就放下心来了。以前一直担心的疟疾终于没有发作。南京至苏州的票价是十六点三元。傍晚六点总算回到了久别的苏州车站。沿途几乎全为农田耕作。受不了滚滚热浪的袭击，自南京开始竟一连喝了五瓶汽水。到苏州后，微风吹拂，带来丝丝凉意。带日比野住进皇后饭店后于晚七点多回到自己的住所。洗掉一身的臭汗，换上轻飘飘的中国服后去松鹤楼美餐一顿。

五月三日 由于没有臭虫的威胁，睡得十分轻松和舒心，睁开眼睛已是大天亮了。早餐后等日比野一起去领事馆和汪园。街道被郁郁葱葱的两边的树木所包围，显出一片生机，可以说苏州发生了惊人的变化。晚上再与北原共三人在新亚聚餐。北原明显地憔悴了不少。

写给高仓克己的信

从九江到安庆，并在安庆住了两个晚上，第三天乘军船，于五月一日到了芜湖。一路上酷暑般炎热，几乎到了难以忍受的地步。昨天一天是经过南京到苏州的火车之旅。列车上也很热，与日比野两人共喝了五瓶汽水。到达苏州原来所住的地方时已近晚七点了。回到了通风良好、灯光明亮且无臭虫的自己的房间，洗漱完毕，换上夏装，好不容易才停止了出汗。又看到女佣和男佣们竭尽全力为我打扫，心情真有说不出的舒畅。拜读了您四月十日之前的来信和阅读了寄来的《文艺春秋》，到深夜十二点多才休息。今天早上八点，迎来了一个心情愉快的早晨。这儿正是端午节（译注：日本的端午节在阳历的五月五日）时分的气候，特别是昨天。这里也很热，但总的来说，南京以西地区要比这里热得多了，那儿的麦啊什么的已经黄澄澄的，人们业已开镰收割，但这里却还是一片青色。

姐姐身体后来可好？我想气候反常也够让人遭罪的了。小亨身体健康吧！我一直很好，倒是日比野却时不时地感冒。说来也怪，我人虽黑但体格是十分强壮的,务请各位放心。今天就此搁笔,容日后详述。

写给吉川幸次郎的信

虽还是五月,但气温之高不逊盛夏。因此,取消了安庆和芜湖以后的旅程,昨天直接乘车回到苏州。途中炎热非凡。苏州天阴,微风,林荫树生机勃勃,多少给我已是五月的天气的感受。由于受不了这样的高温,日比野的体质看来不如我这么好。当然我俩都是十分强壮的。经过十天左右的休整,准备好夏天的衣着后,我俩还想再去南京以东的各地走走看看。您对我备加关怀的来信正好在我外出期间寄到,甚感惶恐。《四十自述》一书也已收悉,勿念。打算在近日再去一趟上海寻觅叶绍钧的书,到时还万望先生多加关照。

这次旅行到了许多近乎荒废了的城镇,收获甚微,不胜内疚。但在庐山,特别是在星子和温泉等地所看到的景色真叫人难以忘怀,容我日后详细向您汇报。

先向您做一简单的报告,并请您代我向研究所的各位致以问候!

五月四日 又开始学习苏州话,几乎不会讲。接连几天的阴天,微风习习,略感凉意,真是恶作剧的天气。

五月五日 又和日比野去游览了虎丘、西园、寒山寺和留园。这些园林明显进行了精心的修整而显得十分美丽。小麦还是绿油油的一片。看到农夫坐在板上,两手轻快地向前耕作的情景,倒也别有情趣。这次记住了调查虎丘千人坐经幢,面对面的左侧清清楚楚地刻有"佛说大佛顶陀罗尼经",最后则为"下元甲子显德五载龙集戊午日淮南斗高阳许氏建"。"剑池"两字也刻有"万历间临摹"。在生公讲台后边以及剑池壁上有许多刻于宋代的题字。

五月六日 上午带日比野去沧浪亭,夜里去北局书场听书。

五月七日 夜里去北局戏院看苏滩,比听说书还要难懂。

五月八日 去省政府拜访章参事和潘先生,向他们致以回来后的问候。为明天去光福做准备而与工程局的程副处长取得联系,拿到了介绍信。阪崎和平野两人来玩,从他们那儿知道了日语学校的近况。带他们去游览了拙政园后再去狮子林,这两处几乎没有什么变化。

五月九日 乘苏福汽车去光福,始发站迁移到了城外,因此相当不便。晚开了近一个小时,于上午九时许才出发,十点二十分到达光福。兜来兜去地找工程处,不知如何是好,只得去找警察帮忙。铜观音寺山门前的经幢被深深地埋在了土里，一个字都看不见。寺内墙壁上嵌了几块宋碑的断片。虽错过了看铜观音的机会，但看到了寺后的一座宝塔。在工程局办事处受到关照，再去邓尉山及其四周观光。乘下午三点的汽车回苏。香雪海、司徒庙的古柏（清奇古怪）和虎山的雄姿给我留下了极其深刻的印象。总的来说，光福是被许多粗壮的大树，特别是桑柏松梅枫等树所掩映的一个村庄；街道也仅仅是以一条小河为中心的极为简单的小街。虽然如此，却不失古风；而且以古老的民居为多，其家财家具不论在数量和质量上都比城内的多且好。人们未必是从城里逃难到这里来的。

写给高仓克己的信

拜读了您三日给我写的来信，这是从旅游回来收到的第一封来信，因此感到格外亲切。知道大家均好，我也就安心了。小亨所要的中国的小人书，我自去年就留意寻找了，但苦于没有称心满意的，故一而再，再而三地拖到了今天还没有寄出。如果后天天好的话，我要去上海，到时反正要去书店买《沈从文自传》，那时再找找看吧。我曾在西洋书店看到过很有趣的书，只不过它是英文版的。我看到了研究所五月份的汇报。连日来，不是自己外出走走，就是带他人去参观游览，忙得不亦乐乎，连看书的时间都没有。昨天就去了远离苏州的光福镇，欣赏了邓尉山的青山绿水。附近环抱着一个形状古怪的湖泊（译注：应是太湖），景色豁然开朗。今天本来要从木渎走到灵岩山去的,幸亏下起了雨而取消,真是帮了我大忙。在经费方面,就连日比野也感到十分棘手,因为由于汇钱的限制,北平一直没给他汇钱过来,弄得他哭笑不得,十分狼狈。三四天以来一直像梅雨天而没下雨的天气,从昨天半夜开始像模像样地正式下了起来,大雨小雨相间不断,完全是"黄梅天"的样子了,但为时还稍早,也许过一两天就会停下来的。在安庆买了些安笔,有机会便给您捎去。听说家乡已吃上杨梅了,真是十分羡慕。我已做好艰苦度日的精神准备,况且水果价贵也吃不起。也许我是老脑筋,人也古板,但也不想吃(水果)。即使是这样那样地处处精打细算,买了两部残书(译注:缺册的套书)又花掉了我不少钱,算账时总是"唉呀、啊呀"地惊叹"钱又没了"。今天就写到这里吧。

五月十日 这个月只把重要的事作为附记而记下,日记几乎没有坚持写下来。

五月十二日 利用星期天,请闰间巡查带我、关口和日比野三人去灵岩山,途经木渎下车,在镇的马路上向右拐弯,到石家饭店用午餐。饭店比城内的既干净又宽敞,味道也是特别鲜美。当然,价钱也不便宜。灵岩山的石刻有很多是绍兴的以及五六种宋刻,但遗憾的是全都是嵌在墙壁里的断片。初次看到了西施洞,从山前到香山有一条笔直的箭泾河（采香泾），不管什么时候看它，都会给人以一种美感。今天太湖看得分外清楚，也看到了不计其数泛舟湖面的渔船。无风而不起浪，湖面平静如镜。

写给高仓克己的信

  各位一向可好吧！苏州还是犹如梅雨季节的天气。本应动身到扬州等地去周游一番的，但因日比野的原因至今还没成行，现在正在考虑到底能不能去。自旅游回来已有两个星期了，好容易才静下心来，人也恢复了精神。在庐山脚下的温泉处被疟蚊叮咬后，好歹总算挺了过来，身体还算不错。前天去上海并于当天赶了回来，买回了您所要的书和给小亨的三本小人书，并于今天上午寄出了；但还没找到《沈从文自传》，还得请您稍待些时日。给小亨的小人书是我略微翻看了一下就买下的，也不知他喜欢不喜欢。其中一本《PING的故事》的小人书较贵，看来挺有趣故而买下的。还有一本叫春秋什么的书是潘景郑送给吉川先生的。实在不好意思，请您在有空的时候转交给他。这本书不是通过中国书店的介绍而直接得到的。另外，文艺类丛书也许来薰（译注：上海的右旧书店来薰阁）不久就可寄来，这是因为陈杭来后托他办的。书款由我来寄去好了，这样比较方便。草草至此，余言容后叙。

                 五月十七日

五月十八日　在优哉游哉、无所事事之中，竟错过了佛诞纪念日，没看到放生会的盛况，而这次特意留心，去看了蛇王庙。阴历四月十二日下午三点多，向暂借住在娄门内关帝庙里的蛇王深表敬意，买了符，抚摸了蛇身神仙的头以后回来。各地前来参拜的人流如潮，令人吃惊。

五月二十日　今天是阴历四月十四日，是有名的轧神仙的日子。东中市一带热闹非凡的情景据说从昨天就开始了。不知比平时多多少的人一起涌到小小的庙里去，所以叫轧来轧去。从东中市到下塘街的一条街上到处都是小摊，摊上摆满了无锡的泥人或花木或龟鸟等物，人们里三层外三层地聚集在摊位的四周挑选争购。眼见的事实与《清嘉录》里所描写的如出一辙。我也随便买了一个小件，听说它会给我带来福气。如空手而归的话是要被阿妈骂的。

五月二十三日　接连不断的民间祭奠活动，看的人都要累得吃不消了。阴历十七日又是何山会。这何山会是自新生活运动以来就被禁止了的，而这次是事隔十几年以来首次恢复举办。除了剪报所描述的内容外，还讲了渔夫抓住了蚌壳精的故事。长长的队伍中隔开不远就有身穿红衣、戴手铐、颈枷的妇女和少儿。另外，据说何山的神仙会对年轻人作祟，故年轻人不能看何山神仙（传说看了何山神仙的年轻人回来后将会做噩梦，但实际上还是看的）。为了了解何山会，我可真是没有少花精力。在石路看了何山会的活动,简直是人山人海,拥挤不堪。

写给吉川幸次郎的信

　　光阴似箭,转眼就要进入六月了,先生您别来无恙吧!研究室的各位也都好吧!旅游归来也已近一个月了。扬州、南京之行由于日比野的原因至今还没成行。每天也不知做些什么,只是到处走走,不能好好地静下心来。特别是这个月简直可以说是个祭月,放生会、蛇王庙、神仙庙和何山会等一个紧接一个,城内城外,这儿那儿都在搞祭奠活动,到处都有彩车游行队伍。人群前拥后挤,人多得惊人。苏州的人口在最近两三个月里一下增加了不少,听说已回到了事变前的三十多万。街市也比原先热闹了不少。现在已听不到卖莼菜的叫卖声:在扁担两端各挑一个形如小粪桶的木桶,从这条小路叫卖到那条小路,"啊要莼菜"的声音也并不太响;窥视一下桶内,只见里面密密麻麻地放满了莼菜。我注意了一下,外边卖菜的以女的为多,而卖莼菜的却全是男的。味道既新鲜又清香,这菜惹人喜爱。

　　以上全是闲聊。三月份您指示我收集作为资料的唱片和唱本等,在苏州几乎没现货,都要去上海寻觅。唱片的价格差不多是北平的一倍,实在想不出究竟为何这么贵,大体上一张唱片的价格为三元五角到四元之间。也不知最近其价格具体是多少钱一张,说不定又涨价了。看了唱片目录和听了近日所广播的曲目后,感到要买的弹词及其他内容的唱片真是不计其数。不亲自去一趟上海问一问,看一看,就难以知道目前究竟有多少拷贝和库存品。我打算在两星期之内着手进行此项工作,务请您再耐心等待一段时日。如研究室还有盈余资料费的话,务必请您把它转拨给我。弹词的苏州话的发音非常清晰而准确,这倒是矫正我发音的极好的参考。但里面的对白差不多全是官话体。这是因为在灌制唱片时,编辑把苏州方言的对白全都删除了。现在手头的唱片都录在去年仓田先生所带回来的唱片文辞集《大戏考》中。有关翻译叶绍钧作品一事,承蒙先生多次教诲,不胜感激。但至今为止,我仅仅收集到了如下的几本书,即童话两册、文学研究会丛书《未厌集》、《小说汇刊》、《隔膜》、《火灾》、(开明版)《未厌居习作》、《城中》、《倪焕之》、《脚步集》、文学研究会丛书《雪朝》诗集以及《叶绍钧代表作选》一册。其他如《四三集》、《剑鞘》和《线下》(文学研究会丛书版)还没觅到,因此我打算再到各书店去巡猎。

除了以上那些作品外,还有哪些?请先生明示。如何定选择的标准?叶绍钧的作品整体上均无明朗度,对此又如何是好?他的作品以散文居多,与小说的比例达到何种程度为好?这些也请先生一一指教为盼。手头没有统一的译文稿纸,我在这里自己准备无妨吧?

十五日当天往返上海时,中国书店的掌柜转交给我一本由潘景郑委托他的章太炎的书。十七日给家兄寄书时附言让他把此书给您送去,不知是否已经收到?傍晚去看潘景郑时,正好走开,未能遇上，至今还没有与他见过面。这是我再三强调指出于上海没有我们的地盘的原因所致，真是可悲。在河的彼岸（译注：指上海苏州河的对岸公共租界和法租界）依然还在刊发变了味的《宇宙风》和《人世间》，但这种杂志及新刊书籍在苏州却一本也没有看到。

十六日，陈济川来访，交谈片刻便告辞了。他为在上海设立一所分店或办事处而紧张地筹备着。他还请我代向先生和仓石先生致以问候，还送给我一张于前天登泰山的照片。

曾经一度炎热非凡的天气到今天也没什么特别地让人受不了。翻译《叶绍钧文选》之事我想自扬州回来后再着手进行。说来也见笑，我苏州话的水平总算恢复到了旅行前的状态。由于日比野收到了森从北京寄来的汇款，看来在本星期之内就可动身去扬州了。其余事项请容我在途中再一一向您汇报，祝先生安康。

五月廿八日

写给高仓克己的信

附有小亨照片的十八日的来信和写于二十二日的明信片均已收悉。小亨长大了，但脸型却一点也没变，再长大一些还不会变吧！小稔怎样了，是不是在干一番了不起的事业啊！大家身体都挺好，稍微喝些美酒也未尝不可。苏州的物价在不知不觉之中竟翻了一倍！现在我已有充足的日杂用品，因此并不在乎；但对一般百姓来讲，这几乎是承受不了的涨幅。在有伴的情况下游历各地，总也静不下心来。也许是二月份拿到了差旅费的原因,这个月也在游玩中接近了尾声。再者忙于观赏、参与当地三四个接连不断的传统庆祝活动,也费了不少时日。日比野也终于等到了北平寄来的钱而放心,再准备花两个星期去上海、杭州、镇江和扬州等地兜一圈。天气再热也超不过在安庆和芜湖一带遭遇的热浪,连日凉风习习,窗户用铁纱网住后蚊子也飞不进来,犹如初夏的气温,日子过得十分舒坦。

最近求购到的古书有《金石萃编》(石印)、《湛园未定稿》、《元人十种诗》(汲古阁石印)、《天启刊文心雕龙》、《小说上海繁华梦及续》(光绪铅印)、《九尾龟》(只到第五集),以及在汉口、上海等买了些亚东(译注:上海的一家书局)的书:《三侠五义》、《吴虞文录》、《胡适文存》(一、三),《阿英小说闲谈》、沈从文的《八骏图》、《巴金短简》、茅盾的《话匣子》等。如果您需要的话,除了《金石萃编》以外均可给您寄去。

吉川叫我翻译叶绍钧的著作,但我还没着手进行。如果有叶绍钧的介绍或他的传记史料那样的作品的话,不管是日本的还是中国的都请告诉我一声。如有他的《四三集》和《线下》等小说集,拜托您给我买下。

看了照片真想给小亨送些东西,不知给球还是给什么好。我可托七月底回日本的人捎去。

今年好像十分繁忙,请你们都得充分注意身体。至于我的健康情况,简直好得连自己都不能相信,这大概是平时到处游山玩水的结果吧。余言容后再叙。

五月三十一日 乘上午八点发车的列车去杭州。不慌不忙地住进西泠饭店,双人房每天十八元。洗澡,把好多天来身上的油垢洗掉。去领事馆后乘小车绕湖边兜了一圈。受不了高温的烘烤和小虫的叮咬而不停地哼哼。

六月三日 赴萧山。从迎紫路乘公共汽车至南星桥,再乘十分钟渡船到江边。钱塘江水清澈,美不可言。乘车三十分钟到西兴镇后找到特务机关,请他们给我们解决住宿。今天就住在西兴。这里的发音与吴语极为相似,而且几乎可以通用。听说萧山也属于此范畴,但其浊音比苏州话的更强,ㄐㄑㄒ和ㄗㄘㄙ的发音被这儿所统一,ㄨ发音成wu,"ㄡ"的发音中好像加了e或i的发音。发ㄨㄚ音时,省掉了ㄨ的发音,而且口开得很大,近似于ㄚ的发音。"狗"发ㄍㄧㄡ音,"八"发ㄅㄚ音。阴平的声调发得惊人地低。另据说西兴、萧山、长汊、义桥、临浦一带讲的是萧山话,杨汛桥、钱清、柯桥、绍兴及曹娥一带则讲绍兴话,而从余姚到宁波一带则讲宁波话。

六月四日 早上八点多乘公共汽车去萧山,坐上十几分钟就到了。途中右侧有一座颇具规模的大庙。去特务班要求找个向导给我们。先在城内四处走走。在南门外孔庙里有一块大德三年重修大成殿记石碑

（张洞淳撰文，赵孟頫书写）和至正二年儒学记（魏渊、赵孟頫）。在江寺有一对咸通二年的经幢，在山门内正前方的左面还有一块熙宁元年十一月钱塘沈淹撰宋越州萧山大悲阁记的石碑，在碑的背面注了至正三年兴造记字样。在右边还有一块天圣四年越州萧山县昭庆寺梦笔桥记（叶清臣撰）的石碑。但佛像没有祇园寺的气派。因没赶上下午两点半的公共汽车，只得雇小船走运河下行到西兴去。这只小船完全像《泽泻集》中描写的乌篷船那样。船夫划船的样子相当有趣：先坐下，然后用两只脚灵巧地"划"着两只大橹，而手拿着一支小桨在船尾划。仅就这样，看上去也就够有味的了。三十分钟后到达西兴，乘车到江边，再坐军船回来，住进沧州旅社。

六月五日、六日 天下着小雨。与其说是去观光，倒还不如说去搜集资料。日比野得到了近四百张地图。六日晚才回来。

写给吉川幸次郎的信

与日比野一起又来到了西湖。气候是热气蒸腾般闷热。今天去萧山走马观花般地看了看，住了一个晚上后就回来了。前几天来信所要的弹词等唱片中，高亭的已卖罄，蓓开的倒还有两三张，每张五元。其他的每张四元。又买到了叶绍钧的《四三集》，还要再努力寻觅《线下》一书。草书至此。六月四日于杭州西泠饭店。

写给高仓克己的信

　　三十一日到上海并住了两宿后与日比野一起来到了杭州。上海的渡边因跌打神经痛而住院了。杭州气温闷热如蒸,简直令人受不了。昨天和今天去萧山回来后,天空像要下雨的样子,气温下降而凉快了不少,抓紧时间休息了一会儿。现在有唱歌的人前来卖艺,让他唱了三四只五更调的歌。中气很足,比唱片唱得好听。从萧山回杭的途中泛舟于浙东运河,如果明天能泛舟西湖的话,那就真可谓是一次风流的短途旅行了。再过两三天就准备回苏州去了。五日夜写于杭州沧州旅馆。

六月十日　今天是端午节,家家户户都吃自己裹的粽子。用雄黄浸过的红纸扎住菖蒲、艾蓬和大蒜头后挂在门上,喝倒在杯中的雄黄酒,把雄黄酒涂在小孩的额头上。再在手腕和脚脖子上缠上浸过雄黄酒的布条,以期避开毒虫。

　　日比野明天上午就要出发回去了,市川领事在大丸百货店招待我们五人以及我的老师。

六月十一日　日比野第一个动身离苏去上海。送走他回来后就去看菜市场。看他们划茭白,手脚伶俐,既快又好。在此季节里,除了茭白以外就没有其他蔬菜了。蔬菜很少,只有苋菜、红苋菜、茭白和四季豆这几种。水果有生毛桃、枇杷、杏子、青梅（稍微过时了）、桑葚和杨梅等。香蕉已完全过时了。卖花姑娘卖的几乎都是白兰花和茉莉花这两种。

写给仓田淳之助的信

久无问候，甚感歉意。我也曾想经常不断地给您写写信，但写些杂乱无章、不得要领的事情也不起多大的作用。日比野在苏州住了四十天左右今天终于踏上了返程，我也总算可以多少清静一些了。诚然，我也为自己每天过着游手好闲的日子而感到羞耻。当然，有时也远出，比如，前些日子就和日比野一起从杭州渡过钱塘江去萧山观光了。碧波粼粼的钱塘江水令人陶醉。也许是天热的缘故，看到滚滚而来的浪头就犹如看到了汽水一样。但画饼不能充饥，口渴更是难熬。这次杭州之旅令我感到高兴的是能够听懂一些杭州方言。就连萧山的语音也离苏州话的发音不远。杭州虽属特殊地区，但从大局来讲，我认为可以把其发音纳入吴语范畴之内。现在我甚至起了一种野心，即入秋后想用一个月左右的时间去调查城里和乡下的微妙的发音区别！现在有一种偏见，即杭州话近乎于北方官话，如抛弃这种先入为主的看法事情就好办多了，只是入声有些不一样。这几天常常跑书店，《天中记》已卖完，《事类赋》在杭州曾有过好像是明代华锡麟本，但现在说来已是马后炮了。记得去年就讲好要以两元两角买的《曝书亭词注》一书，现在还没买，不知意下如何。几天后再给您详述。

六月十三日　日比野回北平。

写给高仓克己的信

　　昨天过了端午节,听说今天入梅,这里也叫作交梅。杭州本来天气酷热,但在我们去萧山时下起了雨来,凉爽的天气一直延续至今。萧山是个小镇,能看到许多陈旧的民居。在官邸门前有好多用于升旗的扁平形的石桩,特别显眼。因没来得及赶上从萧山回西兴的公共汽车,只得乘小船经浙东运河的小河前往。有生以来首次乘坐在航行于小河的小船上,真有些提心吊胆。在狭窄的船上既不能抬头又不能伸腰,伸出一只脚想站立起来时,船就晃荡起来,吓得不敢动弹。而船夫却端坐在船上,两脚摇橹,双手使桨,船飞速地穿梭前进。对他们的这种特技叹为观止。在西兴住一晚,杭州再住两晚后于六日夜里回到苏州。我这次在杭州买了一大堆书回来,而日比野则满心喜悦地买到了近四百张地图。我为自己一下子买断了五套《子恺漫画》而洋洋自得。由于是木刻版的关系,《子恺漫画》的再版和初版稍有差异,各有两套,我全都买下,过两三天就给您寄去。吉川先生要的书,如有重复的则给他一套;如仅为一套的,则只能借给他了。有些作品相当有趣。十一日送走日比野回来后,把漫画和《明监唐书残》、《文心雕龙》、《元四大家集》、《永日集》、《宋玉》、《四十自述》(初版)以及《水浒传》等书分成四包，并于昨天已给您寄出。此外还买了日文版的会稽周氏兄弟纂译的杂志《域外小说集》第二册（明治四十二年版）以及刘复赠沈尹默并有自署的《扬鞭集》（但只有第一册）。昨天寄来了平冈翻译的《古史辨自序》。看了后面的拟刊才知道是翻译的《从文自传》。遗憾的是至今还没买到此书，这使我十分为难。您能否向别人帮我暂借一段时间呢？您如要作品集的话，我将尽可能地为您搜集。目前，我还缺《线下》一书。我知道吉川先生手头有此书，打算向他借得此书再着手翻译。这两三天有些感冒，但还不至于严重到非卧床休息不可的程度。

端午节这天，这里也是把菖蒲、艾蓬和（四根很长的）大蒜扎在一起挂在门口，用雄黄酒清洁居室，涂在小孩的脸上，再把浸过雄黄酒的布条缠在孩子的手腕、脚踝处以避毒虫。这天还吃有馅的粽子和年糕，也许与什么事有着内在的联系。

听说丰子恺去年年初在桂林执教，在《宇宙风》（乙刊）上连载着他的《教师日记》。您有像《宇宙风》这样的杂志吗？日比野回去以后，去扬州和南京的旅行也就此告吹了。现在想回忆整理一下至今为止的旅程。据吉川先生昨天给我的来信说，不足的资金将作为能田事业的一部分以及我写的苏州一年中按惯例举行的活动的报导经费而补贴给我三四百元。有了这些钱再加上翻译费的收入，恐怕就不用为没钱而操心了。由于我以前十分用心地观察了当地的传统活动及仪式，因此不必花费多少时间就能写好的。

苏州这几天以来一直吹着东南风，灰尘也多了起来，城内的小河也干涸了，人们期盼着下雨。听说来薰处有《艺文类聚》一书，我叫他给您寄样本去，务请查阅。听说是嘉靖的小字版本，因不能像以前那样摹刻，因此同时请您看看有没有序跋再做要否的决定，钱由我给他邮去。说是要两百元钱，我想请他便宜些，然后在上海分期分批地给他。余言容后叙。

写给吉川幸次郎的信

昨晚收到了先生的来信。总是受到您无微不至的关心，对于像我这个几乎每天无所事事的人来说，真是有些感情上的浪费，也使我不胜惶恐，感到无地自容。

由衷地祝贺您校译完巨著，想必那时是忙得不可开交吧！我和日比野于六日晚从杭州回到了苏州，由于他的原因而没去成扬州。前天，他在苏州过了端午节后去上海，恐怕于今天到达青岛了。我们除了资金不足以外，其他一切均顺利，而且从萧山回西兴的途中，为能泛舟运河而感到十分得意。日比野在杭州搜集到了四百张各地的详细的地图，他为此意外的收获而感到欣喜万分，已把这些地图装订在一个木箱内，委托当地领事馆寄给外务省（译注：外交部）文化事业部了。我想文化事业部不久就会把它转交给研究室的。想必日比野已经向您汇报过了，我还想在此请先生向森先生转告一声。区区除了感冒以外，其他也没有什么了不起的收获。只是在杭州看到四五种《子恺漫画》堆在地摊上，就顺手把它买下并于昨天给家兄寄去了。具体的书名是：《子恺漫画》、《儿童漫画》、《儿童生活漫画》、《护生漫画》以及《光明画集》等。如果您有用的话，请充分利用。丰子恺在《宇宙风》（乙刊）以《教师日记》为题，叙述了他自去年正月前后开始的在桂林师范的执教生活。这本《宇宙风》（乙刊）是我在五月份去上海时无意中发现而购买的，说不定先生早已听说此书了吧。

写到这里，没想到日比野突然出现在我面前，他告诉我已经得到了资金，大岛已回到了上海，还说明天出发去上海，并过两三天后回北平。我十分清楚地知道了您所垂示的翻译方案，等我挑选出要翻译的篇目后再次请您给予赐教。在上海的地摊上找到了《四三集》，但《线下》一书踏破铁鞋无觅处，只能托您的福——把您手头的那本借给我吧。我已托日比野在北京了解有关唱片的资料，如有，则马上着手搜集。您是否能先从弹词开始着手研究呢？

《四十自述》已在我旅行回来之际收到了，只是《缘缘堂》一书还没有，如果能送给我的话，则无论如何请给我寄来。随笔的翻译都是响当当的高手所为，我真有些心中无底了。时常碰到一些难以理解的地方，到时还要仰仗先生您的教诲。这里的端午节正如记载那样，洒雄黄酒，喝雄黄酒，又吃粽子等。茭白、杨梅和枇杷是时令蔬菜和水果。鲥鱼的味儿还挺可口。

望老师多加关照。

祝先生贵体健康！

六月十四日 日比野下午回沪，夜里开始下起了雨来。由于好久没有下雨，知事为此而去城隍庙求雨，禁屠三日。没想到竟有立竿见影之效，马上下起雨来了。我也整理起一个多月没有整理的日记。

六月十六日 大岛来访。在中山堂（译注：在玄妙观后）参观了曲园诞生一百二十年纪念展览会。

六月十七日 今天是阴历五月十三日，提前做关帝生日，出席大民会（译注：名义上是民间组织，实为日伪控制）的会议，到阊门去看庆典活动。今天"开屠"。

六月十八日 既然要带大岛去游玩，也就顺便邀请了关口和国广两人于下午去虎丘和寒山寺游玩。虎丘的夏景同样十分宜人。在冷香阁悠然自得地品茶。

六月二十三日 带大岛去登灵岩山，这也是我第三次来这里。在琴台处有王鏊所书"琴台"两个大字，此外还有"正德丙子都穆"等题字。这样仔仔细细地看琴台还是第一次。下午两点半在义昌福吃完"午饭"后再去西园。今天看到两只巨鳌（译注：应为鼋）浮出了水面。

六月二十四日 大岛上午回去了。天气完全进入了梅雨季节。

六月二十六日 关口乘后天的船出航，因此明天要离苏赴沪。忙了一整天，帮他整理行装。

六月二十九日 下午提交了旅行报告，终于结束了这个月，特别是本周的忙碌。回来的路上在存古花了七十三元买了《东坡七集》、《四印斋》、《石印宋元十家集》和《平山冷燕》等书。这个月买的还有《韵府群玉》、《留真谱》、《石印元人十种诗》和《元四大家集》等书。

旅行报告

一、巡历日记

二月十四日　无锡：图书馆。

二月十五日　常州：庄公三贤祠、忠贤祠、图书馆、天宁寺。

二月十七日　杭州：孤山、图书馆、博物馆钱王祠、孤山诸坟、城隍庙。

二月廿七日　上海。

二月廿八日　乘船赴汉口，途经江阴、镇江、南京、芜湖、安庆。

三月五日　抵九江，上陆看能仁寺、湖水及其他。

三月七日　抵汉口并一直住到四月八日。

汉口：张公堤、戴家山、花楼、东岳庙、天一阁。

武昌：蛇山公园（黄鹤楼、头陀寺、观音阁、石镜亭、奥略楼、抱膝亭、吕祖阁）、保通寺、武汉大学、东湖、岳武穆遗像亭、抱冰堂、新桥、湖南会馆、孔庙。

汉阳：龟山、铁厂旧址、晴川阁、禹稷行宫、禹王宫、祖师殿、伯牙琴台、归元寺、古萧公祠、祢衡墓、鹦鹉洲、鲁肃墓。

三月十八日至廿三日　赤壁、新堤。

岳阳：洞庭湖、岳阳楼、宋淳祐五年铁斗、乾明寺、鲁肃墓、蒲圻、陆水。

三月廿五日至廿九日　信阳：狮河、子贡祠、瑚琏书院、孔庙、岳王庙、三里店、鸡公山。

四月一日至四月四日　汉川：阳台寺（阳台山广福寺），采芝山（仙女山、仙女宫），令尹子文墓及祠堂，桓侯宫。

四月八日　石灰窑。

四月九日　大冶县及其铁山铺。

四月十日　在石灰窑警备队看到在该地西部西塞山所挖掘出的北宋古币，其中以崇宁、政和、宣和与绍兴年号的为多。

四月十一日　九江。

四月十二日至十五日　庐山：莲花洞、黄龙寺、黄龙潭、天池寺、御碑亭、花径、白云馆、仙人洞、大林寺、图书馆、东林寺、西林寺、太平宫废塔、虎溪。

四月十六日、十七日　南昌：滕王阁、娄妃墓、徐穉故宅、圆通寺（南海行宫）、百花洲、澹台灭明墓。

四月十八日　沿赣水而下至吴城。

四月十九日　自吴城渡鄱阳湖，船过星子县、小孤山（鞋山）、湖口、石钟山等地到达九江。

四月廿二日　到庐山南麓五老峰下的土楼镇，参观海会寺、白鹿洞书院。该书院虽没荒废，但无宋、元碑，甚感失望。

四月廿三日至廿五日　星子县：府署、周濂溪祠、爱莲池。

温泉（温塘传）：温泉、陶渊明醉石、归宗寺、秀峰寺。

四月廿六日、廿七日　九江：延支山公园、鲁肃帅府旧迹、嘉靖重建靖节祠堂，没找到琵琶亭。

四月廿八日至卅日　安庆：汉纪信祠、迎江寺及塔。

五月一日、二日　芜湖—苏州。

五月卅一日至六月六日　上海—杭州—西兴—萧山：浙东运河、孔庙、江寺、祗园寺等。

二、调查方言、除了调查参观了以上各地的古迹以外，还就便调查了各地的方言。其中，就吴语地区和鄂系官话进行了较为详尽的调查。

六月三十日　天阴。自昨天开始的闷热是没有任何人能忍受得了的，这又使我想起了芜湖的酷暑般的高温。身上不间断地出汗，都黏乎乎的了。也不知是怎么回事，走路时倒觉得有风迎面而来，感到有些风凉。受关口和大岛之托，今天分别给他们寄去了七本书和两本书。这是请小沙为我代办的。夜里，看到了闪电。

写给高仓克己的信

你们身体都挺好吗？掐指算来，家乡的气温也快盛夏般炎热了吧。来信说小亨他们的身体非常强壮，总是听到这样的消息，真令人放心。苏州在近一个星期前就完全进入了梅雨期，特别是这两三天，闷热得犹如生活在蒸笼里一般，浑身上下日日夜夜都是汗涔涔的，真不知怎么会出这么多的汗！幸亏我肠胃非常好，同住一室的诸人，像我这样的身体总共才两人，而我还是其中之一。这个月搬进搬出这间住房的人特别频繁，好像在捉迷藏一般，害得我什么都干不成。好在旅行报告已告一段落，从今天开始好像恢复了自由。为弥补以往因旅行所落下的课，我打算关起门来扎扎实实、认认真真地学习。昨天，一个偶然的机会给我发现了《东坡七集》（仿成化本）、《本印斋所刻词》和《石印宋元十名家词》，赶紧花七十元钱把这三部书全都买了下来。在四印斋里，好像吴文英的《梦窗甲乙丙丁稿二册》较多，还买了《万历本韵府群玉》（五元）等书。城外发生了霍乱，城内也时常听说有小孩拉痢疾。味甜形美的甜瓜也已上市，但我一直没去品尝。比原订计划稍微提前，能讲些苏州话了，但一些难讲的、绕口的话还要进一步练习。现在已是夜里十点多了，好不容易能听到室外风吹树叶的声响，但就是吹不进室内。萤火虫倒是在半个多月前就飞了进来，其明亮程度仅为这里的米粒这么大。请各位多多保重。

写给仓田淳之助的信

早就收悉了您的航空信，《士礼居题跋》也曾在途中见到过。这个月忙得像个傻瓜似的，无意中推迟了给您的回信。所认识的在北平的熟人和朋友，该来苏州的都已来过了，旅行报告也已上缴，其他一般的零碎琐事也于今天整理完毕。好不容易松了一口气，就像到了星期六晚上那样悠闲平静。我打听了许多国内的情况，就是不知道研究所现在如何？我想差不多该进入假期了吧！我听说了你们在吃外地的大米以及种种生活的不方便。苏州一带的大米总的来说还是很上口的。您是否要到苏州来？提此问题看来有些本末倒置了。

家乡是否下雨？我听到了种种有关下雨的传闻。由于苏州久旱未雨，苏州知事甚至赶往城隍庙鞠躬行礼，为求雨而禁屠，还把光福镇的铜观音请来让众人参拜，轰动一时。说不定也许是这个原因，近一个星期以来细雨连绵，特别是最近这两天，一点风也没有，闷热得就像在澡堂那样，一直到深夜，浑身上下被汗水所湿透。走路时相对还感到有些风，身上好像被新鲜空气所抚摸，才有那么一点点爽快感。所幸的是我身体还算好，才可以不停地擦

玄妙观旧影

汗。萤火虫大概在十多天前就开始到我这里来玩了。

明天我再去玄妙观兜兜，给您去找《士礼居题跋》。时至今日，恐怕苏州是没有的了，非到上海去找不可。苏州就是没有好书的地方。虽然如此，我有时也偶尔出去看看，巧的时候，只要手头有钱，我也会买些有价值的书回来。

现把在苏州和上海来青阁里有的类似的书汇报如下：

《编珠》　　　上海来青阁　毛边纸　三册　四元五角

《事类赋》　　乾隆　附广或类赋本　四元左右

《韵府群玉》　康熙复万历本　五元左右

《分类字锦》　康熙刊　白纸六十四本　六十元（上海）

《子史精华》　苏州复刻（雍正刊？）　十四至十六元

《格致镜原》　二十四册　十元　书较好

《天中记》　　万历刊　竹纸　卅本　六十元（上海）

只有以上这些，让您见笑了！在这儿买书全是无计划的，只要看到有自己要的，就孤注一掷地买下，除此别无良方，请别见怪。

每次擦汗时都会情不自禁地想：夏天早点结束，秋天早点来该有多好啊！从下月开始，我想无论如何端坐在桌子前用功读书的时间要比玩的时间长。只要再有其他的书，我就会写信告诉您的，今天先赶紧给您写上这封回信。夏天有到苏州来的人吗？如有的话，我想尽可能地和他一起去寻觅。对那些北平人真是无话可说，因为他们都是各自为政的。

写给日比野丈夫的信

　　谢谢您在青岛和曲阜给我的来信。现在已回到离开了几个月的地方，成了老北平了吧。我想大岛先生已经回去了吧。我只带他去了灵岩山，这是十分失礼的，现能得到他的赦罪，真是大大地松了一口气，消除了思想负担。您在学报上发表的文章很有新意，也得到了国广的好评。关口因患痔瘘已回国。如要我发表自己的看法，只感到您是过分地谦虚了。要说到《山西通志》的光绪版这类出版物，不费吹灰之力就可以搞到很多。不然的话，就应该像您一样进行进一步的分析，去伪存真。

　　自六月份以来，苏州就进入了梅雨季节，天气异常闷热。从早到晚，从晚到早，不停地擦汗，但只要有风，就另当别论了，就会使我想起热到脑门的京都的八月天气。一旦入夜，家家户户都到门外去乘凉。更有雅趣者，吹笛、拉二胡为五更调和一些说不上曲名的歌伴奏。现在，这种乐声随着凉风吹进房内，突然想起要给您写这张明信片。各处都不断出现一些病人，幸亏我身体一向很好。七月份以后我就不太忙了，可以松一口气了，但还没有开始学习。祝您健康。

七月十五日
写给大岛利一和日比野丈夫的信

　　几个月不见的北平现在变得怎样了？日比野平平安安回到北

平后，想必又在饱尝各种站着吃的快餐了吧！苏州很热，汗水不停地渗出来，但现在住的地方到了晚上还能睡得着觉，身体也还不错。现在还没心思想学习，游手好闲地度日。

实在不好意思，我又要讲听起来显得很寒碜的话了。前不久听说可以给在外国工作的人员补贴四成以内的物价上涨的差价。今天从可信渠道听说决定从这个月开始实行三四成的补贴。顺便我还想重申一下去年年底所提到过的增加研究费的话题，趁此机会再运动一下。我想也会给北平的人员发放物价补贴的，现在正好是讲此事的极好机会。按研究所所指定的方法去申请，即在北平的研究人员共同署名申请，其他方法也任凭你们去考虑。形势对我们的要求极为有利。以前要伊津野主事去外务省时，由于未支付物价补贴而被他一口回绝了。此事我还没向任何人谈起过，当然，京都也不例外。

及早就以上情况与你们两位商量，听凭你们采取适宜的措施。两三天前城内发生了霍乱，闹得纷纷扬扬的。陈济川到苏州来过了。日比野寄回日本的书已平安寄到了吗？放在我这里的书如何处置为好呢？听从你们的吩咐。

今天就到此搁笔，以上事项拜托你们了。

七月二十日
写给吉川幸次郎的信

眨眼之间，七月份已过去了大半，苏州这几天是接连不断的闷热的天气。京都的气温如何？想必您的大作已集体讨论通过了吧！佐藤先生回国后在大展鸿图吧！

感谢您前些天把《线下》一书借给了我，最近好不容易在夜里有了空余时间，散文和小说相间地看看。到下月底左右搞出些头绪后再请您赐教。健康方面虽熬过了这种难以忍受的天气，但工作效率下降许多，最多只及原来的一半。

不管怎么说夜里还能入睡，但一到早晨六点左右，就被闷得发慌的暑热烘烤得再也睡不下去。听说这种天气竟还要持续一个月左右！我想，也正因为这样的高温，我避免了一直所担心的疟疾和其他地方病。从此意义来讲，天热未必不是一件好事。上次来过上海的陈杭还要来，看来他的身体是格外地好。

平冈先生请我对他们《古史辨自序》的译本提出批评意见，我还没有机会与他细谈。只是民俗歌谣的翻译，不客气地讲，翻得让人看不懂，而且在文体上前后不统一，很难令我苟同。还不如请下司翻得更贴切原文为好。特别是第一首歌的最后一句"陈老之人呒不吾再少年"的译文，令我感到害臊和遗憾，因为实在看不懂，或许是相反的意思。以后找机会要与平冈好好谈谈。苏州的唱本常常看到就买，大抵是新刻本，最多是不超过十年二十年的刻本；数量也不多。虽也有弹词的唱本，但为数也不多，仅为郑氏的西谛所藏弹词目录(《小说月报》十七卷所载)和凌氏的弹词目录(《东吴学报》三卷三期所载)的几十分之一而已。当然，也许书店从来没有把经营这两种书当成一回事来干。

我学的苏州话还差得很多,远不及跟赵老师才学了两三个月的版本,真是汗颜万分。我现在就在担心明年有何脸面回国的事了。已有近半年没有看《文选》了,在不知不觉中,读书能力也退步了很多。在今后一年里,只要身体健康,无论如何也要恢复以往的能力后再回国。

最近根本没有向狩野先生和仓石先生以及研究所的各位写信问好了,请您代我致以问候。气温炎热,望老师您多加珍重。

写给高仓克己的信

好久没给您写信了。苏州已完全是盛夏酷暑,你们大家都好吗?同住一室的省立中学的老师由于受不了这样的高温而生病了。开始时还常常去看看他,不久就事不关己,疏于看望了。昨夜做了一个奇怪的梦,主要还是担心家里情况所致。虽然没有像其他外国人那样想家,但毕竟多少有想回家的念头,想吃些家乡的土特产。因还没去上海,故还没买齐沈从文的书。下月初我一定前往,请您耐心等一等。我记得曾告诉过您所买的《东坡七集》、《宋元十名家词》(石印)和《四印斋所刻词》一事。现在又买进了石印《百川学海》、《顾氏文房小说》和《岱南阁丛书》等石印丛书。如有您所需要的书的话,马上就给您寄去。

最近我又购买了少量发行的清末的小说,也饱尝了自学语学的艰辛。小亨他们又在捕蝉了吧！说不定今年去钓鱼去了，小心别掉到河里去了。现在已着手翻译的准备工作。请你们多加保重。

七月二十五日
写给高仓克己的信

在一星期之前就收到了您给我寄来的明信片和杂志。因忙于看护同室的病人，推迟了给您的回信。我想您现在正在旅途中，但在您回家时正好可以收到此信。母亲大人一周年忌日正好是家乡乡下举办盂兰盆节（译注：相当于中国的鬼节）时期。看来，即使到明年的这个时候我也不能回去参加。昨天同宿舍的病人回国途经上海时，病情又恶化了。与病人的朋友不辞劳苦赶到上海去看他并于当天返回苏州。带病踏上旅途，真是让人勉为其难的事情。幸亏我是看病人的人。只有苦夏，我的体重勉勉强强达到十四贯（译注：日本重量单位，每贯为三点七五公斤），再加上很好地自我调节，以此来防病。这样热的夏天再有不到一个月即可结束，而且还时常有一两天的较为凉快的日子，我想大概没事了吧。昨天去上海时，虽然只有两个半小时左右的时间，但我还是趁便去了河对面的四马路，在那里买了您早就托我购买的几部沈从文的书。《新文学大系》一书书价是十五元，我还是咬咬牙把它买下了，过两三天后，把它和一些其他的书集中一起给您邮去。在良友出版的《从文小说习作选》中有一篇《自传》。它的单行本还没有买到。除以上给您寄出的书外,还有良友的《新与旧》,文化生活社的《八骏图》、《废邮存底》和《昆明冬景》。

亚东出版社的新书价钱太贵了,简直不想让人买它的书似的。昨天实在没有办法分别花了两点七九元和四点五元买了它出版的《海上花》和《官场现形记》两本书,价格之贵令人咋舌。所幸的是以便宜的价格买到了《胡适文存》(一、二、三卷)和《三侠五义》、《老残游记》等古本书,剩下还没买的只有《儿女英雄传》、《水浒》和《镜花缘》这些书了吧!如果是新书就糟了,又得花高价去买了。开明出版社自去年十一月开始出版一本名为《文学集林》的书,到今年一月份每月出一辑,内容相当有趣。不知是何原因,出版至四月就停刊了,我想从它那里知道文坛和学坛的情况。从《文学集林》中得知叶绍钧现在在四川武汉大学执教。沈从文自著了《昆明冬景》一书后就不知其近况了。下月初要为研究所去采购唱片,顺便我还会再去找您所要的一些其他的书。

《岱南阁丛书》和《百川学海》(均为石印本)这两本书的事已对您讲起过了吧!买书的费用全凭吉川先生的斡旋而获得。我为能田先生提供了一些苏州传统活动调查,每次均能收到一份相应的稿费,这些钱多少还派得上些用处。类聚一书因我拖了两三个星期才给来薰写信,所以给您寄出也相对地晚了;但听说现已寄到了。这都是我的过错,实在对不起。另外您所需的白话译本,我也会给您留意的,哪怕是摔倒在地上也不会忘掉,这点您完全可以放心的。

身边有三个男孩子在一起一定热闹得够呛吧！省立中学二年级的三个男孩到我们这里来时，常常闹得不可开交，与其说前来帮忙，倒不如说是给我们增添了麻烦。今天就此搁笔。

七月二十六日
写给吉川幸次郎的信

拜诵、拜复了您十六日的来信。承蒙百忙之中给我多种关照，使小生我感到诚惶诚恐。今天还收到了一百元资料费，下月初我就去上海采购唱片。没有一本像样的好唱本，暂请宽容，待我再找。弹词本的质量委实太差了，连我都不满意，您看到其粗糙程度后将会感到吃惊！说不定这类书的质量本来就是如此。

正如您所指示的那样，我一直在为能田先生写报导。为能整笔使用稿费，我将在中秋节前全部完成并提交有关报导内容。最近也许是生活困难的原因，市场上每半个月才能见到一两次书的集市。今天外出散步，偶尔给我看到了两部石印本的《津逮秘书》，开价是七十元。我想明天再去还价后买下。去年您曾指名要此书，不知现今是否还要？如要的话，我将给您寄去。

前天去上海看望一位朋友的病情，顺便求购到两三本杂志新书。属于旧书的《文学集林》杂志从去年十一月开始持续了三个月，共出版了三册，于今年四月又出版了一册，不知此杂志是否已寄到了京都。第一辑里有郑振铎写的《跋脉望馆钞校本古今杂剧》（廿八年十月十七日稿）、徐调孚的《吴梅著述考略》、叶绍钧的《乐山通信》等内容。第二辑里有郑振铎写的《劫中得书记》、徐调孚的《脉望馆本杂剧叙录》等。第三辑里还有郑振铎的《中国版画史自序》、丰子恺的《辞缘缘堂》等。第四辑里有丰子恺的《桐庐负暄》。《脉望馆本古今杂剧跋》介绍了廿七年五月出版的《也是园藏杂剧》被北平图书馆所收藏的故事以及郑振铎亲自调查的版本。说不定会被您见笑：你现在才知道啊！这是因为我首次看到这种书并表达发自内心的感受而已。《劫中得书记》一书写的是最近发生在上海的事，因此很感兴趣。丰子恺所写的是从遥远的云南寄来的手记，说它有趣倒有些对不起他。饶有兴味地看了他和叶绍钧的作品。丰子恺的书集《大树》于今年二月出版了，恐怕还没有发行到日本，不知先生意下如何？

元曲《陈博高卧》中的"安置"一词，昨天看了《海上花》，还是用于"您休息吧"之意（八回亚东本第七页）。听说现在还对长辈或上司用该词致意。但对同辈等人讲则往往用"安处"一词。最近我常常买到初版的清末小说，为此有些自我陶醉。当然这些书脏的脏，旧的旧，缺页的缺页，这也是在所难免的。我期待着能买到更多的旧小说。

听说您的大作要集体审阅到七月底，真是太辛苦了，请您老人家务必多多保重贵体。苏州这几天到半夜时分，吹到身上的风才有凉爽之感。看书看得入神，几乎都要忘掉了夜的深沉，幸亏身体健壮，还能抵挡得住。

不知早些日子日比野通过当地的领事馆寄给文化事业部并请他们转交的一箱地图是否已经收到？请代向研究所的各位问好！

不久就要印刷郑振铎的跋了，不知您是否需要？我还想抽空去拜访陈乃乾。渡边最近悉心于棉花的研究，根本无暇顾及其他事情。

先把以上情况向您做一汇报。

祝您身体安康！

七月二十八日
写给高仓克己的信

这两三天，日夜不停地刮着风，为此，我鼻塞，感冒了。但因为天热，还是光着上身。今天给您寄去了一包沈从文的书，除上次所说的"良友"版《从文习作选》等以外，再加上了其他两三本。其中《阿丽思中国游记》第二卷，放进去时不小心弄坏了一些。今天在街上又看到了一本《一个母亲》的书。下月月初我还要去上海，届时再去书店寻觅一些书后，汇总给您寄去。在苏州买价格便宜的旧书，真是得益匪浅。把《线下》一书也一起寄了回去，实在不好意思，在您感到方便的时候，把它还给吉川老师。因为我已在前不久新开张的一家书店购得了该书，已无必要再向老师续借下去了。新文学大系里除了有关沈从文的小传以外，其他值得一看的内容几乎什么也没有。

仓石先生身体可好？好久没给他写信致意了，请代我向他问好！这个季节正好是藕大量上市的时候，街上到处都摆满了藕摊。心不在焉地走过这些摊贩时，就会被这些缠劲十足的乡下人缠住脱不了身。市场上还有很多水蜜桃，皮薄汁多很好吃，但价钱较贵，每个为二十仙。与此相反，瓜就便宜多了，每个才三四仙而已。有的人也在卖荷花，就像过盂兰盆节似的气氛。冬瓜多得不知其数。市场上瓜果堆积如山，但长叶的蔬菜却很少见到。

大家身体都挺不错吧！大男孩、小男孩是不是都到大文字山捉蟹去了？今天就此搁笔。

七月三十一日 自己觉得已有一段时间没有记日记了，但没想到竟已空白了一个月！十日以后下了两三天雨，稍微凉快了一阵，十七八日开始又恢复了高温，但每当半夜时分就有些风吹起，亏得它才能入睡。米价暴涨，官价（每石）为四十七元，黑价为五十三点四元。约在一个星期之前，根据官方的武装搜查，不法奸商的囤积居奇事件不断被揭发了出来。报界也极力声援，点名一些有囤积之嫌的店家，黑价下等米已降至三十七元。理所当然地可以想象几乎无雨的天气造成干旱的情景。正当我在想不知何时会发生什么事的时候，在这个月最后一天早上听说郭知事（译注：指伪吴县县长郭曾基）在县公署附近遭到三名歹徒的枪击，身负重伤，几乎当场毙命。郭知事是个厚道人，又有威信，最近还被任命为省政府委员，真是令人惋惜。听说事件发生三十分钟后赶紧关闭

景德路旧影

了四周的城门，现还不知其结果如何。据说当时，除官方人员以外，不要说中国人，就连日本人也禁止进出。而且观前街和景德路等主要街道也禁止通行。这几天，省立中学的学生们到宿舍来，闹翻了天。国广对他们估计太过于放纵，令我头痛不已。现今是吃藕的季节，街上全是藕摊。瓜果已要到落市季节了，但西瓜还是很多，桃子也从蟠桃卖到水蜜桃，小梨和苹果也开始上市。市场上无上品的鱼和贝。鲃肺汤虽好喝，口味鲜美，但又嫌路远而不想去。卤鸭因去年吃得太多而倒了胃口，且现在买的话给的量又少。二十二日出发的国广到上海后病情严重而住院了。二十四日我硬拖了畑山到上海去看望了他，顺便求购到了《新文学大系》和《文学集林》等书。《文学集林》上刊有郑振铎所发表的《也是曲园》，此外还有足以了解叶绍钧和丰子恺的通讯和散文。凭这些内容就值得购买此书。只是此书只出版到今年四月，为什么在此之前我没有发现呢？这个月我还买了几本石印本以及两三本清末小说。二十七日，研究所给我汇来了一百日元用于购买唱片和图书。另还指名叫我买些唱本和弹词，但实在买不到较好的唱本而难办。吉川老师同情我研究费不足，让我配合熊田的天文工作而调查苏州一年中传统活动后一一寄给他，以赚取稿费。叶绍钧的作品除《剑鞘》一书外，其他的均已齐全了。以前到处寻觅的《线下》一书也在前不久新开张的中联社买到。吉川先生借给我的那一本请哥哥替我还掉。近一个星期以来，每到夜里就刮起风来，一不注意受了凉，有些鼻塞、嗓子痛。听说风这样吹下去的话，就会要断水，洗衣服都要成问题了。今天傍晚仅下了五分钟的阵雨，后又是满天晚霞，阵风徐来。

八月一日 昨夜的风一阵比一阵强，可以说刮了大风，一夜都没睡好，竟醒了三四次。雨倒是没下多少。今天的报纸没有什么起眼的报导。《江南日报》王钝根的社论追悼了郭知事，开头介绍了他的经历和家庭，但对他事变后的官场生活进行了讽刺，为他还没有成为功成名就的大官而惋惜，甚至还用了一些如"不能相信活着的人，要怀疑社会整理的根源"等怪异的用词。其他也许是为了大米的原因吧！昨天还进行了武装搜查，军队的士兵还在街头路旁站岗放哨。今天更是进入了完全戒严的状态。从南面来的炮兵团警戒在护龙街一带。无论是日本人还是中国人，只要没有通行证就不让通过各个岗哨。从傍晚开始造册登记至今所买的弹词，加上钞本共二十种。小心翼翼地把它收藏在书架的一角。据郑振铎的《佛曲叙录》记载，在《宝卷》里有相当有趣的传说。以后一俟发现，就准备把它们统统买下来。

八月二日 今天城内外都解除了戒严状态，但城门口只允许老幼、妇女在规定的时间内通行。因此，食品之类的东西全靠他们来中转了。下午去领事馆取钱，回来时在大华买了两部弹词。

八月三日 起床后即去银行兑换汇票，并去玄妙观兜一圈。下午去畑山处打听国广的病情。

八月四日　与今井一起去理发，在玄妙观后面购得弹词《还金镯》和光绪三四版《旧韵》(土白)两书。另有一本《袁刻文选》，可惜的是此书缺序、目录和第一页，虽已还价到一百四十元，但还没有决定是否买下。在《还金镯》的封面上写有"道光元年"，但后面却有"道光癸巳(十三年)"吹竽先生的序言。其字体又不好，又与同治癸酉(十二年)的《落金扇》的吹竽先生的序文相同，如把《落金扇》与《还金镯》互换一下就对了。《还金镯》的"还"字还是写得歪歪扭扭的。在郑氏和凌氏的目录中，分别记载着这两个刻本不同的作者，到底是怎么回事，还有待于我进一步调查。

八月五日　宪兵队在报上发表了一条消息：在城内狙击郭知事的凶手是一名中校，该罪犯已于三日凌晨五点被逮捕，并宣布开放城门。据说城门是于昨天下午三点开放的，今天开始，上街的人多了起来。在北寺，好像现在还点着自七月卅日以来就点着的肉身灯，但据府县志的记载，汤文正公等人早就命令禁止这种做法了。同样也禁止游船等一些活动，但没过几天都又恢复了。弹词宣卷小说也没有等到丁日昌的命令就遭禁止(同时毁版)，但在民间还有。今天气温较高。

八月六日　阅读刊登在《文学集林》上的叶绍钧的《乐山通信》。傍晚从街上回来后被梶川等人劝说出去看贞山的说书，十分动听。音乐电影的画面明快而美丽，相当不错，其中还有几段是日本的场景，使我感到回到了故乡一样。半夜时分开始下起雨来。

八月七日 下午雨止，一整天阴沉沉的像要下雨的模样，好像是对昨天闷热的补偿。下午去觉民书店购买了几种弹词，三本《玉连环》的钞本看来特别有情趣。由于它是三本一套的，故还不太明白与郑振铎藏本的关系。吉川老师给我来信，对我提出了多种担心和注意事项。管房婆去上海看望了国广后回来。听说病情稳定，二十日前后便可回国。按今井先生的指示，日本的"多少"在这里是用于酒令，打听下来叫作"猜拳（头）司"。

八月十日 雨虽自昨天就停了，但老是像要下雨的样子，因此依然是持续的闷热。今天是七夕，小孩子们在玩"乱巧"，最近没有什么大型的其他活动。所谓巧果（音考果）是像糖麻花那样的点心，并不怎么好吃。七夕没有北京那么热闹，只是演一些像《天仙配》那种季节性的戏曲。晚上，代替今井教授出席，会晤了林苏民和赵知事代理。街上已有螃蟹和月饼卖了，与其说是时鲜货还不如说为时过早。

八月十一日 一片雨云飘在头顶，冒着可能被雨淋的危险，与福武两人从汪园到七襄公所（译注：即艺圃）。在汪园的入口处最近由工程局竖了一块"闲人莫入"的牌子，但我们还是进去了。在此楼上向四处眺望还是第一次。恐怕这里是全园的绝佳处吧！在七襄公所打听了绸缎公所的一些情况。绸缎公所自道光年间就有了，此话不知是否可信。眼前满池荷花盛开，全是桃色单瓣，而没有从前的湖南种白色复瓣（竟有一百零八瓣）。下起雨来了，欣赏了片刻雨打荷叶声和流水声。等到正午过后雨止而归。本来明天想去上海，但又怕下雨，犹豫不决，最后还是决定暂缓。

八月十二日 由于老师请假，我闲得无聊。天上虽有雨云，但还是去逛了书市。傍晚，梶川到我这儿来玩，据他说上海租界昨天开始实行临时警戒，今天变成戒严了，并劝我这两三天最好别去。暂缓成了取消，决定改十五日去。

八月十三日 今天是"八一三纪念日"，天气十分晴朗。早六点就醒来了，与福武一起去阊门。西中市的蔬菜市场既大且货物又丰富。走下塘，去位于神仙庙隔壁的文锦公所。在祭拜的顾祖师老爷处有同治丁卯（六）、光绪十九、癸卯（十九）等匾额。听说在事变前，每年的九月二十七日这一天，刺绣同业都要到此来祭奠。而现在该活动已废止了。在西中市买了地图和宝卷等物后就回来了。据报道，十二、十三两天，交易所和其他一些行业临时歇业，明天复业。

八月十四日 白天太热了，晚上去梶川和闰间处，其后再去民治路。夜里还是那么热。

八月十五日　乘一早的火车与今井同往上海。国广已好得多了,据他本人说将于二十六日回国。他不讲不吉利的话。从他气色和镇定自若的眼光来看,他已恢复了。午饭是今井先生在紫莞宫请的客,他说后天就要乘飞机回国了,所以……到单位去拜访牧田,但不巧,人去宝山县出差了。在中国书店买了几本阿英的小说和弹词等,又在心声购得三十六张唱片,其中有三张是蓓开的昆曲,我将留下自用。高亭、蓓开等等在出售外品,每张才两元,买得实在合算,拣了便宜货。还买了《小说书目》等。晚七时许,去牧田家吃晚饭,饭后试听唱片。八点过后去渡边家,并在他家住宿。

八月十六日　早八点后离开渡边家去四马路,在河南路的上海旧书店总算分别以两元和五元钱买到了觅了好久的《法华字汇》和 An English-Chinese Vocabulary of the Shanghai Dialect(《汉英上海方言词汇》),以及电气公司用过的《上海语课本》二十六册。另外还在商务印书馆看到了以四十八元出售的《王国维遗书》,突然涌起了一股"把它买下"的念头,求中国书店代我买下。乘下午四点半的火车回来,请闰间给我开具证明书。

八月十七日　下午,去畑山处汇报。夜里去梶川处闲聊、玩耍。

枫桥旧影

八月十八日　一连几天的晴好日子。上午八点半左右跟着林和福武两人去枫桥,下午去看了几家民居。在何山和狮子山边上看到一座漂亮的村庄。稻田一片青翠,犹如铺上的一块大地毯。但乡下人毕竟是乡下人,土得惊人。在味雅饭店用晚餐。

八月十九日　白天太累了,夜里这一觉睡得特别香。下午去领事馆开具关口的证明书。回来时,花两点五美元购得十张寒山寺拓本。因腹痛而没吃晚饭,痛了五六个小时,拉了几回肚。夜里,老沙来看我。

八月二十日　腹痛已好,夜里也睡好了。早上也只拉了一回肚子。晚饭后与女佣们聊天。下面是秀贞讲的题为《屁精》的故事。有一个老头有三个女儿,其中三女儿长得最漂亮。有一天,老头在路上拣可卖钱的狗屎,忽然看见一朵开得非常娇艳的花朵,于是摘了下来想把它送给小女儿。这时屁精跳了出来,十分恼怒地说:"你为什么要摘我的花!赔我花来!"老头一无所有,决定赔一个女儿给他。蜜蜂作为媒人嗡嗡地飞去挑选新娘。大女儿正在打扫院子,看到蜜蜂飞来,顺手就把手中的扫帚扔了过去,蜜蜂赶紧躲到一边,心想:"她要打人,可不行。"于是就飞到二女儿那儿去,她正好在洗锅,看到蜜蜂飞来,就把刷锅水泼了过去。蜜蜂还以为是请他喝的茶,就说别客气,别张罗了。对二女儿抱有好感。再飞到小女儿那儿去,她正在刺绣,看到针向自己刺来,蜜蜂便飞着逃了回去。但不知怎么回事,最后还是决定了娶三女儿为妻,抬着花轿去迎接。三女儿依依不舍,叫大家以后到家里来玩。但由于不知道地底下的家在何处,于是边走边撒下菜种,到了春天,就可以沿着开着的菜花找去。过了一个月,老头挂念起小女儿来了,就去找她,但途中迷失了方向,于是就站在那里小便了。忽然听到从地底下发出的"啊呀!下大雨了,下大雨了"的惊恐万状的三女儿的声音,老头回答说:"是我,是我啊!"于是女儿出来把他领回了家。屁精回来后闻到一股异样的气味,感到十分奇怪。三女儿告诉他是爸爸来了。屁精问:"人在哪儿呢?"被告之躲在角落里以后,屁精便前往迎接,并大摆宴席好生款待了老头,之后又送了许多东西让他回家。老头回家后对两个女儿讲起了三女儿富丽堂皇的家以及受到的山珍海味的款待。听到这些,大女儿想:"我也去看看!"就急急忙忙地上了路。看到妹妹这么有气派的家和家具摆设以及身上穿的豪华的衣服,大姐由嫉妒到起了恶心,说自己想喝水,叫妹妹领到她后院的井边,骗妹妹在腰上拴着绳到井下先尝尝井水的味道。大姐等到妹妹下井时就放掉了绳子杀死了妹妹,穿上了妹妹的衣服。刚收拾整理完一切事宜,屁精也回来了,感到有些奇怪,便问:"吔?你今天怎么变成麻子了呢?脚也怎么变成大脚了呢!"大姐谎称今天在路上不小心脸撞在了小轿车上,脚也被黄包车辗过。这时,妹妹化作了一只美丽的小鸟,停在树枝上骂大姐"勿要面孔,勿要面孔"。屁精见小鸟长得动人,便把它饲养在家里。小鸟在鸟笼中还是不停地骂。大姐恼羞成怒,趁屁精不在家时又把小鸟杀死后丢了,而对屁精说是被猫吃了。妹妹又变成了一棵梨树,在院子里结了很多大梨。屁精摘下吃时又香又甜,当大姐摘下吃时又酸又涩,简直不能入口。大姐大怒,便把梨树砍倒了。屁精想这木料很好,于是把它做成了门槛。当屁精跨过门槛时,什么事也没发生,而当姐姐跨门槛时却绊了一跤跌死了。还有与这个屁精相似的放香屁得到皇帝嘉奖的故事。还有一个与此相反的故事,即有一个贪得无厌的家伙,把屎拉在了皇帝的龙袍上,结果被判了死刑的故事。

八月二十一日 给哥哥、吉川老师和关口寄去了小包。回来后,在觉民处游玩时,他们给我看了吴县的旧地图。正在我仔细观看此地图时,恩桂跑来告诉我说有六个朋友在家里等着我。急忙回去一看,才知道是满铁的天野带着由今井教授介绍来的八木、永德等人组成的来自京教的视察团。由于林教授正在南京出差,就由我代替他带他们去看了一天枫桥村。

八月二十二日 腹部稍感不适,休息一天。

八月二十三日 腹部情况好转。夜里去看了第九交响乐(UFA)(译注:德国乌发电影公司)的演出,给哥哥写了明信片。

这天写给高仓克己的信

　　一个星期前就收到了您的来信,信中说大家都挺好,我也就安心了。其后去了上海并在上海住了一晚就回来了。又去枫桥参观了寻常百姓的住家,收获虽然不小,但也许是太累了的缘故,星期一下午腹部感到有些疼痛。虽然这种腹痛平时很少发生,但还是躺了星期二一整天。前天给您寄去了在上海买的《小说书目》和沈从文的两本书以及《子恺漫画》一册。这次去上海由于没带足经费以及在意外的方面花了太多,因此收集到一半就逃回了苏州,根本没有找到沈从文的其他的书。但令我高兴的是买到了研究所叫我买的三十几张唱片和以前所没有的蓓开的昆曲:《阳关》、《折柳》、《望乡》、《瑶台》、《凤仪亭》和《狮吼记》等,都是属于苏州派的唱片。在研究所里有这些唱片,另外我手头还有七八张俗曲的唱片。等到方便的时候我会给您寄去的。还买到了两本找了好久的《上海语辞典》。另商务印书馆还以四十八元的特价出售《王国维遗书》。买此书相当有意思:我请中国书店先替我把《王国维遗书》买下,并请他们在方便时给我寄来。上海语的辞典,一本是英国人著的,一本是法国人著的。后者就是研究所也有的拉帕兰(1929年版)那本,即为彼得容旧版1905年版。还要再找一本拉帕兰著的那版辞典。最近,逐渐地得到了一些用苏州方言译成的《旧约》。《新约》一书是民国以后出版的,而《旧约》有光绪二十五年等版本。如果有像用宁波话、厦门话那样，用罗马字来翻译出来的译本就更有意思了。土语小说，也就是平时所说的像《海上花》、《海天鸿雪记》、《九尾龟》（不全）等小说已差不多搜集齐全，弹词小说也逐渐逐渐地收集到不少，连研究所的那些在内，总共有三四十种之多了吧！如能搜集到两百种，我就可以引以为傲了；集满一百种也算是杰作了。在那些作品里时不时地出现一些苏州方言的对白。苏州的鬼节也没有什么太特殊的活动，好像有的街上筑起了祭坛。听说三十日那天有非常有趣的活动，我盼望着那天的早日到来。还没给来薰写信，打算过几天与在上海的陈杭联系后再说。相互磨蹭拖延，对双方来说都是不礼貌的，打算过了中秋节再说，原因之一是不到年底就筹措不到款项。而且眼前还有袁刻《文选》（白绵纸，序、目录缺）的一百元还没着落，真有些啼笑皆非。虽然现在已给我还价到一百四十元了，再能还价十元就好了。我把它作为一件趣事来做。这本书去年只要七八十元就够了，由于时事的变迁，这也是没有办法的事。《津逮秘书》的石印本本来也只要六十元左右就能买到，现在我佯装不知，对云草书店发火了，说：“怎么此书现在这么贵！”等到中秋节后如还不肯以去年的价钱成交的话，也只得讨价还价买下。

在中国书店买了据说是阿英的《醉菩提》和其他三四本弹词。这是在孙氏书目中所没有的版本，内有"乾隆四十七年金阊书业堂梓"等字。版式为九行二十字，与宝仁堂本的相同，但字体要有力、整齐得多了。昨天给您寄走书后，满铁的天野（末次氏的朋友）带来了经济专家八木教授为首的一行五人，只好又带他们去了枫桥。刚刚好转的腹痛傍晚起又恢复了原样。从来不喝粥的我高高兴兴地喝了中国粥，没有酱菜的大碗白粥三口两口地就喝下了肚去，好像对治腹痛有好处。在上海买了十本《留东外史》，记得这是早稻田大学实藤先生煞费苦心的著作。也许是这原因，付了近四元钱书费；现在还没给我寄来。如果您要看的话，一俟寄到我即刻给您寄去，反正我也不看。还买了小说月报号外《中国文学研究专号》上下两册，记得家里好像有这书，但因便宜，便把它买下了。弹词和佛曲叙录十分有趣。

明天是母亲的一周年忌日，去年的这个时候忙得够呛吧！

几个孩子都挺好吧？作为父亲的您享尽了天伦之乐了吧！

今天就在此搁笔，腹痛已完全好了，勿念！

八月二十四日 今天是母亲的一周年忌日。傍晚，渡边和市村两人前来，去了好久没去的松鹤楼吃晚饭。渡边与往常一样，喝醉了就喋喋不休，唠叨个没完。

八月二十五日 今天带领市村去城外看看。从火车站回来的途中去逛了旧书店，但根本没有所要的书。今天几乎是沿着河去虎丘，途中看到的茶馆和饭馆的建筑虽然破旧，但风韵犹存；河面也相当宽。

233

八月二十六日
写给吉川幸次郎的信

　　月初就收到了您的来信。本来打算自上海回来后立即动手写回信的，但回到苏州后马上就去参观枫桥农家的住处，此后又腹痛，另外还见到了经济专家八木和德永等先生，渡边前辈还光临了苏州等等事项不约而同地都在这段时间接连发生。因此本周自己只有睡下、起床的时间，到头来终于没有给您写上回信。就在这提笔要写又不得不搁笔的这段时间里，气候发生了激变，已到了睡觉非关窗不可的初秋的天气了。

　　先生事务繁忙，贵体安康吧？远距万里之遥的我深知种种工作全靠先生忘我的努力，与您相比，无所作为、平淡度日的我真是无地自容了。与您约好的工作也因一直无暇，至今才看完了四本。但就这四本书的内容，只要气候不大热，我想在九月底完成初稿。请您再允许我拖上一段时日。

　　去上海时，偶然碰到了原先因货售罄而关店的蓓开和高亭在清仓库存和出售等外品。因此一下就买了许多原以为已经毫无希望到手的唱片。当然其质量是不值一谈的。有些积满了灰尘，有的已有裂缝。当时我想，把它们作为资料是不太够格的，但有总比没有强，还是把它们买下了。不知其效果如何。如果不行，又为数不多，则可全数转让给我。一共是三张昆曲、二十五张弹词和三张苏滩，这些将另列清单附后。另外还在逐步逐步地买些弹词和小说。如果能把至今为止研究所已拥有的目录告诉我的话,我想这对我为研究所留意购买新唱片不无益处。以前,您曾教诲我要学好文言,在这两三个月以来,我痛感深有必要,把您的教导铭记在心。因此我常常暗自留心寻找合适的人选,但只找到一位以前曾在图书馆工作过的姓杨的老文人——只有他还比较称职,但遗憾的是他是一位已步履蹒跚的老人了。究竟是否请他,目前还是举棋不定。上海的王佩诤等人也是去而不遇的忙人——这与我的努力和在沪日数均不足有关——这事实在使我心里憋闷得难受。看来有必要在上海住上一段时间才好。如果王佩诤能给我介绍一位在苏州的适当的人选,那真是雪中送炭了。现在只是"单相思",还不知将来教我文言的老师是何等样人物。

有关"安置"一词之我见:"处"的发音在当地一般发"ㄘ"音。我想在上海也发此音。"尸"(ㄙ)在辞典上有说明,一查就知道。另外,这次在上海买的 *An English-Chinese Vocabulary of the Shanghai Dialect* (Committee of the Shanghai Vernacular Society发行, 1901) 一书中有good-night请安置 "tsing oen-ts"(ㄘㄧㄣㄣㄘ) 一词,只有这种情况下的"置"有特别的发音。以上仅供参考。《古史辨自序》中的俗谣的意思虽有些牵强附会但好歹也懂了,准备在这几天就写信告诉他。"呒不吾再少年"的表现方法实为江南语中比较级中取消的语法。我认为应译为"不会再有像我这样的年轻"。"呒不"即"呒拨",上海活中的"呒没",也就是"没有"的意思。

还没拜读秋柳诗先生的讲义,如能给我的话则甚幸。上星期三给您寄去了四本《文学集林》,至今还没有发现《学术》一书。

唱片和清单一俟经费用罄即给寄出。在草丛深深的犹如乡村的苏州,秋虫开始热闹起来,现在到处都能听到蟋蟀的鸣叫声,远处的狗吠声也随风飘进耳朵。听说这里在深更半夜听到狗、猫和老鼠的叫声是不吉利的,不知是否果真如此?!老鼠用铜钿付账的故事听了叫人毛骨悚然,但实际上并没有发生过那种恐怖的事。

这里的鬼节过得极其简单,只是到了夜里请和尚在祭坛上施舍钱给鬼而已。好像还是月底的地藏盆倒是挺有趣的。

前后花了两天半写就的这封信,难免前言不搭后语,请别见怪。我想以后再也不会给您写这种没有条理的信了。

祝您健康!

清　单

八月十八日购于上海四马路

心声唱机行的唱片　共三十张

昆曲:

《铁冠图刺虎》(项馨吾、徐慕烟)

《紫钗记阳关》(项馨吾)　高亭1

《还金镯哭魁》(徐慕烟)

《玉簪记琴挑》(俞振飞、项馨吾)　　　高亭1

弹词：

《珍珠塔·哭塔》(魏钰卿)　高亭2

《后珍珠塔·方卿二进花园》(魏钰卿)　蓓开2

《珍珠塔·打三不孝》(沈俭安、薛筱卿)　胜利1

《珍珠塔·看灯》　见娘　胜利2

《珍珠塔·婆媳相会》(杨月槎、杨星槎)　蓓开2

《双珠凤·送花楼会》(张少蟾)　长城2

《落金扇·卖身》(蒋如庭)　孔雀1

《双珠凤·坟吊》(朱介生)　孔雀4

《玉蜻蜓·云房产子》(周玉泉)　孔雀3

《果报录·玉兰领王文》(陈瑞麟)　孔雀2

《果报录·徐氏劝文》(2)　孔雀4

《果报录·王文别刘／桂章探监》　孔雀4

苏滩：

《卖草囤孩儿歌七勿搭八》　孔雀3

八月三十一日　本周可以歇口气了，天气从周三左右开始下雨，看来要到周末才停。好不容易给吉川老师写了信。畑山、彭氏和坂崎就学校的事情来函与我商量，真是烦透了。在觉民书店以三十五元之价购得吴县地图和《贯华堂第六才子》一书，但还欠款二十五元。从三十日(阴历二十七日）开始一连三天在吴苑举行年终饥寒维持会的义捐说书。不管是日场还是夜场我都去听，除了纯粹的说大书听不懂以外，说小书和滑稽还是听得懂的，特别是由于女弹词的《啼笑因缘》中，樊家树和凤喜娘子的表白全用的官话（指普通话，即以前的北京话），所以听得相当明白。凤喜的话有时用京韵大鼓，有时又讲北京官话，与讲单口相声的三语楼有相似的倾向，但依然保持着评书艺人的风采。

九月一日 从早上开始，天气就时好时坏，十点左右开始雨就时下时停。下午，随着风势像样地下起了大雨来了。我两点就到了吴苑，今天去听书的人相当多，但多半因雨而后到。说书的第三天就讲到了樊家树与凤喜暂时分别，一路直赴杭州，可以说是在开快车。而夜场的那档书，从两人在天桥初次见面开始，清晨在中央公园相会，直讲到樊家树让凤喜去上学读书，这种说书犹如在开特快。据说日场从明年开始还要连演三天。

今天是阴历的七月底，是北寺点肉身灯（译注：旧时，地藏王生日时的祭祀活动之一。以自己的身体做"蜡烛台"，悬挂49盏琉璃灯，以此报亲恩）的日子。看到两个老太婆手持红筒向北走去，好像专程赶往北寺而去。另外看到有一两户人家在门前焚烧锡箔。因大雨而不能去吴苑听日场的说书，实感遗憾。夜场也因雨而推迟了一个小时，说书先生也觉得从头开讲为宜。听众也才五六十人，最多不超过七十人。而昨天却有两百多人的听众。

九月三日
写给高仓克己的信

  时下时止的雨天竟连续了一个星期之久！原应发生在九月中旬的那种潮湿而闷热的天气提前来临并延续了几天，到昨天才转冷，而今天却又是个大晴天。清早起来后闻到门口烧木柴的气味，不禁令人想起十月份干冷天气时想穿斜纹哔叽或夹袄时的那种情绪。曾以为还会再度卷土重来的热浪却怎么也没有再度光顾苏州，即使来了也会很快退去。因此从这点来讲，苏州的气候也是一目了然的了。最难过的是自六月末到八月半左右的那段时间，即使是这样，其间也有间隔着下些雨的日子。据说，大家认为还是比较好过的。但对我来说还是过现在这样的气候的日子为好。

  我一直在担心您的健康。从东京回来以后，您忙于学校的开学，务请多加保重。我的身体一直很好，气壮如牛，同住的这些人中没有生病的人恐怕只有我一个了，但我还是小心谨慎，不敢大意。最近有三天的义务演出，弹词和评书的日、夜场我是场场必到，现又延长三天，我还是有演必往。由于听得懂一半以上，所以现在正是听得得劲的时候。只是评书还几乎听不懂，这是我的薄弱环节。市场上已有月饼，蟹也上市了，但还有萤火虫在飞舞。老是这样飞啊飞啊飞的，还不如说它像鬼火，简直是一种阴森森的恐怖怪物的化身。买了一本贯华堂原刊初版的第六才子的书。十五元的书价贵是贵了一些，但我是以赊帐蒙混（骗）来的。从明天开始要着手翻译了。

九月四日 书场的义演到今天告一段落。在书店兜了一圈回来时，没想到碰到了木村，其后在家等他的电话。夜里去皇后饭店。原来他是和高坂教授同道到苏州来参观游览的。商定好明天的日程后就回来了。

九月五日 早上带他们两人去领事馆，借了小车去城外。下午两点左右回来后去松鹤楼吃午饭。下午只去了狮子林一处便回来了。听说能田在南京，便想明天三人一起去拜访他，没想到领事突然因事出差去了，为此深感遗憾。

九月六日 上午，带他们去了沧浪亭后，开车送他们去火车站。

九月七日 去领事馆取钱。

九月八日 与林先生他们一行去枫桥村。乡下现在还有很多女孩用凤仙花的汁染无名指和小指或索性染满所有的指甲。还把五颜六色的纸旗像（日本）国内举行驱赶害虫的仪式那样插在耕田的各处。这也许就是叫作"烧青苗"吧！

九月九日　傍晚去牛角浜，继续交涉《文选》的价格。大概降到一百零五元。说是一位名叫潘博山的人放在这里寄售的。

九月十日　林先生一早就离苏回去了。下午理发，又有些腹痛了，症状如同上次一样。西装已于昨天做好。

九月十一至十五日　因腹痛而在床上度日。在最初的两天半内有腹泻。虽不发烧，但大便里带血，令我非常担心，急忙连服梅肉精。十四日开始，背部的疼痛已消失，感到完全康复，但还是加以万分小心。十五日开始起床稍走。这天自早上起前来看我的人就络绎不断。入夜后，老沙又来看望我，一直到十一时许，但人也没觉得那么疲劳。《文选》最后以一百零五元之价成交，这使我感到十分高兴。

写给高仓克己的信

　　昨天已是中秋节了，用阴历算起来，到苏州已整整一年了。昨天起又有些闷热，从节气来讲应属于"木樨蒸"，其实桂花根本还没有开花。前不久还讲过尽早把挂轴和《伤寒论》等给您寄去，想不到从星期一傍晚开始发作了恶性腹痛，到现在还没痊愈。我想再过两三天就可出外走走了。由于这次腹痛属于严重恶性的，因此自己特别小心，每天都在喝粥。接连两天半的腹痛腹泻，这还是有生以来的第一次,真是倒了大霉了。收到了装有小亨和稔的照片的来信。他们的脸相没有多大的变化,但个子高得叫我吃惊。七十几元就可买到《袁刻文选》,已经讲好了,大概这几天就可送来了吧!这是滂喜斋的旧物。中国书店好像已违约,至今还没把《王国维遗书》给我买了寄来。《留东外史》一书也在上海的什么地方给丢失了,真是遗憾。今天就此搁笔,余言后叙。

九月十六日 今天是阴历八月半,下午去观前街看看。由于这段时间以粥果腹,元气还没有完全恢复,因此感到疲惫不堪。八月十五的月亮既大又圆且亮,十分悦目。看着到手了的《文选》,一种沾沾自喜的感觉油然而生。晚上翻译了一部分作品。

九月十七日 吃了好长时间没有吃的米饭。一星期之内翻译了三本《海上花》,躺在病床上的效率也是很高的。下午去大丸百货店买了袜子等物。

九月十八日 下午去中山堂看文物展览会,有倪云林、文徵明和董玄宰等人的作品。虽有狂颠草书等,但总的来说大幅作品较少。张惠言的一册《仪礼图稿》由庄江秋出品,为经式装订。吴大澂的部分作品由吴守成出品。归途中,以一元法币购得Davis等的《上海方音字汇》和光绪卅一年版《新约》两本书。另在百城有《曼殊集》(北新版),说是要五元法币。

九月十九日　去百城买到《曼殊全集》及其遗墨和其他几种弹词唱本。傍晚时分，关口归任。

九月二十日　送梶川去上海。天下着微微细雨。吃了稻香村的月饼，其皮特别好吃，别有风味。

九月二十一日　因二十三日起邮费将涨价，所以急急忙忙地从所购书中挑选出一大半没多大用处的书来，把它们包成五十二包寄回去。塞满了整整一辆包车，光是牛皮纸就花去了三元四角钱，邮费付掉了十一元九角六分。从中山堂走到五芳斋，和关口两人在那儿吃了排骨和小笼馒头。腹部情况良好，而胃倒感到有些不舒服了。夜里，坂崎来访。

九月二十二日　胃部不适之感已完全消失。和福武一起冒雨陪关口去枫桥。据说今年的"抬猛将"活动将在明天举行。

写给高仓克己的信
　　又有一段时间没给您写信了。经过一个星期的治疗和休养，腹痛总算给治好了，并可在中秋之夜上街走走看看了。因病而不能享口福的稻香村点心店的月饼最近吃了不少。其口味与广式月饼大不一样。听说自二十三日起邮税将上涨六成，因此昨天慌忙地把以前所买的书包成五十二包寄了回去。《文选》、林则徐的横轴和《伤寒论》等也在所寄之列。

去看了文物展览，其规模和内容远不及京都一带的展览会，在这种时候，也只有先办起这种规模的展览会而已了。即使如此，也还有文徵明、唐寅、倪云林甚至董玄宰的真迹那样的展品。传说曾一时去向不明的张惠言的《仪礼图手稿》也装订成一册而展出，听说这是由一个叫庄江秋的苏州人出品的。

林则徐作品的持有者要调到上海去工作且一时也回不来，故托我请人给估个价，请暂为保留原作，要等到一个好价钱再出手卖掉。秋雨连绵，凉日络绎。现在这几天一直陪着他们在寒山寺做农村调查。

九月二十三日 夜里在功德林举宴欢送福武，闰间和关口相约在大丸百货店碰头后一起前往，吃的是八元一份的蔬菜。

九月二十四日 下午花三十元钱买了两磅抵羊牌毛线请福武带回。今天下了一天的小雨。给吉川老师写了信。

九月二十五日 今天还是下雨。一早，福武归。早上躺在床上看完了《海上花》。胡氏说此书只把重点放在对赵二宝的描写上，这只不过是他个人的看法而已。我认为还是要像看《列传》那样，把它看成是对一个社会圈的描述为好。这样看才能引人入胜。各个事件的结局处理得舒展明朗，手法漂亮，能给人以一种新鲜感。遗憾的是此书在第四五十回处对齐老爷在大观园发生的种种事件的描绘，总觉得给人以不相配的感觉。在煞费苦心的地方给人留下了遗憾。这几天翻译得特别专心，甚至还翻了三篇昆曲。昨天晚上比较温暖，桂花也开了。今天，其香味随着微风飘了过来，在一年前曾闻到过的这种香味令我怀念。

九月二十六日　今天由于老师生病，又全身心地投入了翻译。

九月二十七日　今天是到苏州来的一周年，也是下着小雨、飘着桂花香的日子。下午天好，出了大太阳，于是便晒了被子。

九月二十八日　又是一个好天气。晚上出去散步，还在稻香村买了甜月饼，每个八仙。味道很风雅，只是白糖多了点。今年，熟白果炒得很香，街上经常听到"五分洋钿廿二颗"的叫卖声，当然"一个铜板卖三颗"的吆喝声曾在几年前也是口头禅。

九月二十九日　早上去黄鹂坊看景崎，之后又去古董市场走了走。清末的《苏城全图》才一元钱就买到了。在老正兴吃了午饭，菜肴不仅淡而无味，而且还有泥土气和腥气，肉又烧得很硬，一无是处，使我想起了杭州的菜肴。回来途中在护龙街买了一段白墨和青墨；再去百城买了一本癸卯再版的《庚子弹词》，才两元钱，很便宜。其癸卯六月的序言里没提及再版一事，也许是仅仅更改了日期而已。要是这样的话，我就暗自庆幸买到了一本有价值的书了。

九月三十日 昨天下午就下了小雨，今天傍晚又下起了蒙蒙细雨。张老师今天来了，说是前天才离开病床，现在声音还没有复元，想再请假两天。因此今天翻译了一整天的书。翻译四百页稿子起码得花上两个月的时间。

十月一日、二日 仍是细雨纷纷的天气，特别是一日还有风，大得有些像台风，刮得书桌上的书都有些晃动。

十月三日 晴空万里。

十月四日 在松鹤楼与坂崎、闰间、关口等人会餐，螃蟹还太嫩。

写给吉川幸次郎的信

过中秋节不久就下起了连日的阴雨，好容易今天才放晴，在阴凉的地方是够凉快的了。不知国内天气现在如何？

研究所的各位的工作越来越忙了吧？请大家各自多多留意自

己的健康状况。区区到苏州已满一年了，在此期间虽然经常不断地受到老师您的教诲，但究竟不如在您身边那样每天可以受到亲切的教导。最近由于气候宜人，振作了精神开始做些事了，但与老师相比，"苏空头"的我简直惭愧之至、无地自容了。但不管怎么说，时间已经过去了一年，也应该把在这段时间里的工作向所里做一汇报，因此急急忙忙给所长写了一封研究概要报告书，把它夹在给您的信中一并寄出。您过目后肯定要叱责我：在一年的时间里你到底做了些什么啊！虽然我做好了受训斥的精神准备，还望老师您高抬贵手。但说实在的，搞语汇的搜集就是要靠这么一股冲劲，不然的话，回国以后，恐怕要不了一个月就会遗忘殆尽。而一旦开始搜集，就一发不可收拾。外国的辞典和圣书的对白不就是那样成功的吗？！

您所关心的叶绍钧著作的翻译，初稿已完成了一半，到本月底可完成全部的初稿，请原谅我一拖再拖。创元社一直给我寄来吴氏和松枝的译作，看了他们的高超的译技，深感自己笔拙。《吴歌甲乙集》和《苏州注音丛书》等到今天也从未见过，不知究竟是何原因，倒使我有些想不通；因为就连《袁刻文选》这种少有的书，经过一年时间的寻觅，也终于在最近给我买到了，虽然前面有些缺页。在三四天前还买到了《庚子国变弹词》的繁华报版本（遗憾的只是光绪癸卯六月再版本）。

就此搁笔，请先生多加关照。

研究概要报告

东方文化研究所助手

外务省在支特别研究员

高仓正三

兹将自昭和十四年九月廿七日到达苏州以来,到昭和十五年九月的一年间的研究概要汇报如下:

东方文化研究所所长松本文三郎先生:

自昭和十四年九月廿七日到昭和十五年九月的第一年,作为整个研究的基础阶段,我在苏州全力以赴地熟悉中国现代语,并以此作为本研究工作中关于中部中国部分的研究资本。在四项研究课题中,特别是对其中的第一项下了很大的功夫。

(一)中国现代语学及其与古代语的联系

到苏州后,马上招聘了两名当地人当我的语学老师,开始了一天三个半小时的发音及会话练习。发音采用版本一郎所著《关于苏州方言》一书为教材,会话因无现在苏州语课本,请老师用几种上海语课本边改边教。发音练习结束后,苦于当时无苏州语发音字典,就以稻叶鼎一郎所编的《上海声音字汇》为基准,再参考《广韵》、《国音字典》等后,开始着手调查和编纂《苏州语发音字典》。正当我整理到一半左右,出版了版本的《苏州方言字音及声调》一书（东亚同文书院中国研究第五十二号，昭和十四年十一月三十日发行）。其后以此书为基准并致力于对它的增补，眼下正在调查其读书音。学完了上海语会话课本后，又因无其他教材，就把叶绍钧著的《古代英雄的石像》以及《稻草人》两本寓言集译成苏州话。这样，既可用作会话和讲解，还可作方言语汇的搜集。

以上两本书的翻译及讲解将在本月底结束，至今，手头已记录的语汇已近两千。另外，我这里有今年八月在上海购得的上海方言的《英汉辞典》以及《法华辞典》，清末民国初年流行的吴语小说，苏州语译《新旧约圣经》（还没得到全套《旧约》，仅得到《律当》五卷、《记录》十二卷以及《圣经史记》卷三而已），昆曲、弹词、小说、时调、小曲、俗谣等书。我计划从这些资料中搜集苏州语。现已看完了吴语小说《海上花列传》、《海天鸿雪记》两部书。目前正在讲解《新约圣经》和学习。苏州市的语言，主要是第（三）项中随时记录下的弹词说书中听得懂的方言。另外还调查了从今年二月到五六月间中部中国如下各地的方言：岳州、蒲圻、武昌、汉口、汉阳、汉川、信阳、大冶、九江、南昌、吴城、安庆、芜湖、常州、无锡、常熟、杭州、萧山、上海等。其他时间，一有机会就赴苏州近郊的木渎、光福和枫桥等乡村去调查其方言。总的说来，在乡村还保留着旧的发音。

（二）清儒经说之搜集

在事变后的苏州，本项目的调查特别不利，对其之搜集不得不等到明年去北平或上海再进行。

（三）近代世俗文学

对以苏州为中心的土俗文学及其演艺应特别加以注目。我还见机学习和研究弹词、小说之类的当地文学。现已收集到了约五十种（其中有两种广东的）弹词小说、通俗小说和其他资料。其他作为以苏州为中心的通俗演艺的还有苏滩和宣卷。由于其内容过分鄙劣和俗气，至今还未敢深入研究。从昭和十四年十月到第二年二月，承蒙潘振霄的好意，每周去看两次昆曲演习，学习其发音。现已好长时间没去了，今后也不再去。

现已收集到了一百二十多种时调、小曲的唱本了，但几乎都是民国以后的作品。另外还有八九种各省的民歌集，大部分是在中部中国旅行时购得，而且都是向书店掌柜购得的。收音机和唱片的普及也因城市而异，内容也不断地变化发展，好多传统民歌也因此遭到淘汰。

（四）汉文作法

今年看来是不行了，要等到调查完了苏州读书音以后再着手其练习。

除了以上四项以外，还特别着重于调查苏州的文化遗迹及其风俗。前者根据府县志去实地考察，后者主要是对照《清嘉录》进行观察及询问当地居民。乡间还有颇多遗风。

仅此汇报。

昭和十五年九月卅日

十月五日　在景德路的一个冷僻摊上购得《融州老君洞图》和《孽海花》(真美善再版)两册。请塚本先生给坂崎带去二十个稻香村的月饼。

写给高仓克己的信

谢谢您给我寄来两封信和两本《文艺春秋》，来信所说大家都很健康，这对我来说是比什么都好的消息。说来也不相信，我这几天竟在啃猪蹄子。肉馒头和甜馅的馒头实在是好吃。时不时地想吃些水果，自从买过价高味差的水果以后，一直没买过，现在已几乎忘了它们的味道。今年就算了，明年再吃吧。腹痛已痊愈了，最近还喝了三次酒，每次都喝了三杯。新米现已上市，很好吃，口感新鲜。刚刚给研究所寄去了到苏州一年来的报告书，所长看了以后一定会苦笑说：这家伙倒是挺会玩的！

目前我开足了马力在搞翻译，一天大约翻译包括假名在内的十张创元社的稿子。我想到月底就可把初稿全部译好。

来信说已收到了我寄去的书，这使我放下了心来。我是放心了，可给您带去了不少的麻烦。您看了以后把它们堆放起来就行了。但清末民初的小说都已十分破旧了，如果再破损的话就会面目全非的，因此请您对这些书稍加保护。虽不是初版，又不是十分完整，但这些书毕竟也不是在哪儿都能唾手可得的了。三四天前买了

《庚子国变弹词》(《世界繁华报》再版)和《孽海花》(真美善)两册二十回(这也是内版),还在古董店买到了光绪年间石版的《苏州城内图》,极有价值。

  这个月外务省给我们发的工资来晚了,可能与广泛地发行赤字公债有关。我从时间安排来讲,只能到下个月才能去上海,想买些小人书送给小亨,请您转告他耐心地等待。为写报告书而计算了一下所收集的苏州语语汇,结果才只有一千五六百,自己都感到少得不可思议。等翻译结束后再好好整理吧!因是一人独立工作,好像始终也搞不完。

  雨一直下到了二日左右,而且到最后还刮了些台风,这两三天倒一直是晴好天气。阴天和早晚的气温已令人感到些许凉意,给人时令已进入了十月的提示。这里的光线非常明亮,犹如国内夏末秋初时分的秋高气爽的程度。这种气候将一直延续到下月。今天就此搁笔。

十月九日 今天是重阳节,去黄天源买重阳糕,顺便吃了鲜又糯的汤团。重阳糕是每边为一寸两三分的菱形的糯米糕,上面撒了些西瓜子和红黄绿白黑五色的红绿丝,里面有一层薄薄的馅,下面是白色的糯米糕,每块才两分半。昨天有人请我和关口两人补讲佛教日语,今天领事也对我们提起此事,因此决定应邀讲课,时间是星期一、二、四的白天和星期二、四、五、六的晚上。哎呀,这下又可以作为研究费了。还掉借款,付掉房租,竟还有六十元余款。

十月十日　晴空万里。今天休息,下午和近藤等三人从胥门出城。在苏州的这些城门中,胥门最宽敞且明亮。木结构的万年桥就在眼前,从桥上看到的景色可算首屈一指的了:宽宽的护城河水,两边鳞次栉比的房屋、栈桥和城垣,不像平门那样冷冷清清,而是给人一种亲近感。过桥进入万年桥大街,只见堆积如山的物资和嘈杂的人群。从盘门入城后,只在植园的外墙边向内窥视了一下,再去府学看廉石后回来。

十月十三日　利用晴好的星期天的下午,又和大前天一起外出的人去阊门内周王庙看周王的生日。看来是否为周王还有争议,但总之与宣王没有关系。本来是玉器同业公会的一次祭神活动,说是有玉器的展览我才去的,但玉器少得可怜,仅摆了一下门面而已。在庙的里里外外都是些××戏班,吸引了不少人,倒比想象的有意思多了。在一处名叫官船班的戏班里,有一艘宽竟有一间门面之阔的雕工精美的红木旧型官船,船上旗、人物、佛像、椅子等道具一应俱全。楼上烧香念佛的善男信女人头攒动,香火缭绕,热闹非凡。青皮橘子的香味使我想到十月也是日本的祭月。出阊门,竟买到了二十本唱本。晚上去闻间处帮他出月报。

写给吉川幸次郎的信

前些天拜读了您的明信片,今天又在细读您前天给我寄来的

胥门旧影

植园旧影

标准本和学报。务请老师在百忙之中要多加注意保重贵体。我自那次腹痛后至今无恙,只是在翻译中时时碰到一些不太明白的地方,汇总后将一揽子请教老师,务请多多给予指教。

坂崎在苏州开设了一所佛教日语学校。他的本职工作是个传教士,现已回到了日本,听说他是塚本先生的弟子。因此,我想会在研究所见到他的。不知先生能否把《清华学报》三卷二期的藏书借我一阅。我知道这是个奢侈的请求,但这是我在拜托北平无回音,在苏州只能死等此书的到来而别无他法的情况下才想到您的。此外,如果研究所的藏书通过某种方法可以外借的话,也想请您给我借一本《吴歌甲乙集》。不管是苏州的书店还是上海的书店,是否因为利润太薄或是根本没有出书,干脆没给我去寻找?看来《江苏歌谣集》一书也危险,所以这是我不得已才提出来的请求。

上面所讲到的日语学校由于师资不足而请领事协助解决,领事找到了我,不得已只好应承了下来。虽被学生的学习热情所感动,但总觉得骑虎难下,好在总共才只有三个星期而已,咬咬牙也能挺得过去。

坂崎大约于十一月初到京都。

祝先生贵体健康。

写给东方文化研究所的信

昨天到当地邮局领取了给我寄来的两册研究报告和《东方学

报（东京）》、《东方学报（京都）》各一册，一直承蒙给我寄来各种资料，但我却连一封致谢的信函都没寄出，实在是相当失礼了。到苏州已有一年多了，但还没有一件像样的成绩，说起来也真令我汗颜。苏州的方言好不容易才学到三岁小孩说话的程度，有些话还口音不清，记不住。说得好听些的话，其程度最多达到四岁小孩的水平。

京都现已是松茸飘香的季节了吧！苏州已到了吃螃蟹的时令了。还有一种从乡下挑出来卖的、像大株丛生口蘑那样的、称之为"塘蕈"的很好吃的菌。今天是周宣王庙的庙会，看到了青橘也已上了市，我的心情仿佛回到了家乡十月的庆典活动。容余言后叙。

十月十四日、十五日
写给高仓克己的信

贵体别来无恙吧，我的健康状况是完全可以请您放心的。自上周五开始，日夜都去日语学校讲课，真是忙得不亦乐乎。我想至多忙到今天，以后只要进行补习就可以了。因是领事让我去上课，多少要卖些面子给他。学生学得很用功，只是学校方面逼得太紧，妨碍了我自身的事情。等明天交待结束后就可与己无关了。螃蟹的肉越来越结实了。十三日那天正好是星期天，又是周宣王庙（俗称周王庙，不是真的宣王）的庙会，在那儿闻到了久违了的青橘的清香，使我联想起国内庙会时的缭绕的烟火和攒动的人头。其实这是玉器同业公会每年一次的活动。近来没有什么有趣的聚会。请多保重。

十月十六日 日语学校方面的事大体上告一段落，只要再讲上几天的补习课就行了。

十月十七日 下午，山本祝来托我办件事，看来很急，限定我几天办好。

十月十八日 昨晚在闰间家多喝了几口高粱酒，有些伤胃，下午才感到好转。上午去了日语学校，听说明天是观音的生日。

十月十九日 早上在去日语学校的途中，果然看到好多信女手持鲜花和卫生香去烧香，与行人打招呼也是"啊是去烧香啊"之类的问候语。日语学校的事情到今天已全部结束。下午，有些头痛，于是信步走向观音庙。也许是下午的原因，去的人比较少。关口在送子观音面前抽了个上上签，高兴得不知怎么才好，说要把它送给妻子，让她给自己生个男孩。回来时还是走观前街到玄妙观再去五芳斋这条老路。由于头痛，今天睡得比往常早。

十月二十日 起床后不久，头痛还没有完全好，上午十点左右又睡下了。过了不久，约十一点多开始发热，心脏也感到闷得难受。下午叫人给我拿些冰块来，但到了傍晚还没给我送来，真是有苦说不出。得了登革热（译注：热带气候内常有的传染性疾病），体温高达40℃以上。

十月二十二日　酒井医师前来出诊。自此时起，肛门处感到有些疼痛。

十月二十五、二十六日　热度稍有下降，但还有38℃。肛门后部有肿块。口苦，食而无味。

十月二十七日　烧退，出疹。

十月二十八日　体温再次上升到38℃，食欲稍有好转但食而无味。肛门处的肿块疼痛到了极点，而且比原来要大了许多。

十一月一日　下午酒井医师前来出诊，他告诉我发烧的原因来自肛门的肿块，需入院动手术。做好准备后于下午三点半住院便立即做了切开手术。由于是局部麻醉，还有痛感，术后打听说是开得很深，需休三个星期，听后感到十分悲观。傍晚麻醉药性退掉后又感到了疼痛且发了烧。夜里倒是睡了一个安稳觉。入院以及其他一切手续全都委托关口代为费心。傍晚，坂从上海归来，给我雇了个娘姨，是淮安人。

十一月二、三日　傍晚时分,体温又上升到了38℃,我想这不像手术后会出现的,怀疑是否得了伤寒。

十一月四日　化验血液和大小便,并决定雇用一名护士照料。

十一月五日　昨天的化验全呈阴性,再次做进一步的血液检查。

十一月六日　今天傍晚,所雇护士前来上班。

十一月七日　下午告诉我诊断的结果是副伤寒B,并决定在副伤寒B治愈后再进行第二次手术。

十一月八日　同宿舍的田上也患了副伤寒B,好不容易与领事交涉好的事也只能作罢。我们将被转移到离胥门较近的医院隔离起来。这种病通常要经过一个月才能治愈。副伤寒虽无多大危险,但时间拖得太长了。

十一月九日　下午由担架抬往隔离医院。病房一片静谧,只是对面病床的一名霍乱重病者晚上不断的呻吟使我夜不能眠。转院之事全亏了关口和坂两位,各种炊事用具、汤料、米、鸡蛋等一应食用品全部委托了坂为我操劳。每天给照看我的护士一元钱作为副食补贴,让她伙食自理。医生要我除小便外需绝对安静,七、八日两天给我导尿两次后,现已能自己小便了。

十一月二十九日　见到了半月之久没见过的酒井医师,他告诉我伤寒的症状已消失,可以吃些口味淡的鱼和蔬菜等副食品以及一些薄粥。酒井医师让我再做一次大便的化验。

十一月三十日　交给医生第一次化验的大便。低热依旧。从二十七日起,从肛门处流出了黄色的分泌物。

十二月一日　傍晚时分,低热偏高,上升到37.5℃,看来这不是好兆头。

十二月二日　给哥哥写信,并于六日寄出。便检呈阳性。

写给高仓克己的信
　　感谢哥哥给我寄来两封航空信和航空汇单。承蒙您对我的种种关怀,小弟诚感不安。
　　我请关口替我简单地写过一信,今天再谈谈我的近况:十月二十日患了登革热,接着肛门周围发炎并于十一月一日住院做了切开术。第二天发高烧,怀疑得了伤寒症。七日,经化验检查诊断为副伤寒B,隔日转入隔离病房一直至今。入院后到目前病情稳定,没有任何危险。另外还受到朋友和住宿处的妇女们的无微不至的关怀(同宿舍同时还有另一人患副伤寒,从责任心上讲,她们也应该来照看)。心情十分平静,过着完全依靠他人的安稳日子。病情已大有好转,一旦通过便检便可出院(三十日第一次便检呈阳性,医师说,只要有大便便可送往化验)。饮食现在还仅限于薄粥、淡味鱼和蔬菜等。只是在第二次便检通过后,还要接受肛门的第二次手术。这期间需三个星期左右,看来今年是要在医院过年了。您替我担心并让我回国的事,最初我还没加以考虑,但由于这几天傍晚接连生火发低烧,现在也在考虑您让我回国的建议。发低烧的原因或出于肛门,或出于肠道,或出于感冒,或出于胸部(自己还不能感觉到,连医师也诊断不出,为防患于未然,准备以后照一照X光)。现还不知究竟为何原因。如在胸部的话,那一定要回国休养了。当然,这还有待于与医师商量。

  傍晚询问了来查房的医师,据说原因还是出在肛门。内外科的医师都说尽早动手术为好。

  领事馆给我承担了相当的医疗费,使我减轻了许多负担。只是每天支付给照料我的护士要三点五日元以及她的伙食费,这笔费用倒是挺大的。但有这个月的研究费,又没有什么急需的大额支出。您寄给我的那些钱还略感不足,从渡边那儿又通融了些钱来，这样才绰绰有余了。

吉川先生也给我来了信，真是诚恐诚惶。本要给他回信，现请哥哥把我的情况向他做一汇报，省我再写一信。今天还收到平冈的来信。为矫正反应迟钝的思维，除了暂时回国休养外别无良方，至于我是否回国，将取决于外科入院时体力调查的结果。从目前情况来看，也许要比常人还要好些，自我感觉也许不用回国就能康复。身体其他部位都很好，只是脚稍细了些，手倒反而粗了起来，血色也很好，特别是圆型脸的关系，见到我的人都说没瘦下来。

关口将乘二十七日的船回国。他走后，我拜托浅野物产的驻苏州办事处主任浜田来照看我。现在主要是关口、浜田和下榻处的坂初婴女士三人在照料我的病情。最近终于收到了您邮来的内装点心的小邮包。

向您汇报以上情况，仅作回信。

十二月四日 第二次便检结果已出来，依然呈阳性。向酒井医师陈述排便困难，他配给我透明、略带酸涩的药。因过分见效而开始了拉稀。从六日起肛门处又出现一些小的肿块且一连痛了几天，医师说没什么大不了。

十二月九日 在催促下交出了第三次化验的大便，第一次呈阴性，但低烧还是不退。十一日和十三日的大便都呈阴性。十四日，从隔离病房转移到沧浪亭。十三日起不再用照料护士。十五日吃泻药。十六日（星期一）禁食一天，下午四点半半身麻醉后动手术，事后听说切开面达四寸半左右。夜里十点半，麻药药性已过，但无疼痛之感，一夜睡得很香很沉。但是自十三日开始好不容易才有的那些食欲，被十六日一天的禁食和后来的泻药赶跑了。二十日夜里首次听到了夜深人静时的犹如国内钟声的沉闷的铜锣的响声。最近我才知道：本应一个月的手术现需两个月的时间，并且知道了整个外科手术的费用约两百日元。二十三日收到了吉川老师的航空信。他信中告诉我说所长从当局了解了有关情况决定终止我的留学，并要我写一份申请回国旅费的请求报告。因健康而使留学受到挫折，以及各位先生的好意，使我感慨万千。另据说二十日以后将再把我转移到新桥巷病房，住院费（含伙食）分别为一等病房每天七日元，二等病房每天五日元。二十四日将由空闲医生用担架抬我过去。因二十三日是冬至，二十日买了些冬酿酒喝。这是一种淡淡的略带甜味的浅黄色水酒，喝后无事。二十三日吃冬瓜团子，萝卜丝拌肉的馅，这与《清嘉录》所描写的相符。二十四日早上下雪后转雨，我的搬迁顺延至二十五日。二十五日天阴，并从这天起开始饮食。雨接连下了两三天才见好转。由喝粥改为吃饭这还是自十月二十日以来的第一次。二十七日刮了一个多月没刮的胡子。三十日晚又开始发烧，达38.9℃，真是拿它没办法。三十一日退到37.56℃。入夜，感受到了大年三十的气氛。

十二月十二日
写给吉川幸次郎的信

　　前些天收到了您亲切问候的来信，承蒙您种种无微不至的关照，真是不知怎么感谢您才好。至于病情，幸亏今天已经通过了第二次便检，看来伤寒大体已告一段落。您所替我担心的肛门周围炎症，本应于十一月一日第一次（排脓）手术后隔一天做根治手术，但因伤寒引起的高烧，一直拖到四十多天以后的今天还没进行。近来，由于创口处的分泌物有所增多，医生的意见是最好马上做第二次手术。但又因这些天来，每天下午都有低烧，内外科的医生（都是毕业于第九军医大学的军医）说我体力还没有完全恢复，在这种情况下请他们给我做手术也多少违背他们的本意。明天，我将从隔离病房转移到外科去，将在那里动手术。据说从手术到出院将要三四个星期，因此我在考虑出院后回国的事。这是我在思考了种种方案后，想到的除此之外很难找到适合我目前情况的方法了。至于回国疗养之事，承蒙您多方费心，感谢之情难以言表。苏州的领事对我也备加关照，为我向文化事业部进行了多次联系，说是让我干我所喜欢的工作，因此我想先考虑这方面安排给我的工作。实在是不好意思得很，还是听从您劝我休息两三个月的好。因为从既是结核性又有续发性的肛门周围炎来看，这是个很好的建议。请允许我做出这种自私的结论。我准备在这两天也给所长写上一封请他允许我休息的请求信，您能否就此意思先向他转告一下。目前我身体尚好，务请先生自己多加保重。

写给高仓克己的信

昨天，牧田从上海来看我，接着坂崎也来了。知道他们对我的病情非常关怀，想到自己已有好久没给他们写信，真感到十分内疚。在关口回国时曾托他在大阪以快信把我的详情向您做一介绍，看来他是一路东归了。

下面就我的病情向您做一陈述。九日的第一次检查和昨天的第二次化验均诊断为无菌，可认为伤寒已得以治愈。为及早地进行第二次手术，今天已转移到沧浪亭前的总医院。吉川先生劝我回日本后再动手术，但自上月一日做了第一次排脓手术后至今已过了四十多天，最近半个多月以来，又开始流出些分泌物来，内外科都非常着急，为此减少了一次便检。据外科医生（他是位正直而严谨的医生，不仅给我们日本人看病，也给中国人看病）说：我的肛门周围炎做起手术来是十分麻烦的，但在苏州还是有十分的把握。就目前的体力而言，在室内走走是完全不成问题的，当然，叫我马上出去旅行之类还是不行的。我现在只是想在苏州把这个手术做好再说。况且约在一星期以前又长出了一个肿瘤，虽然比原有的要小一些，为此（据医生说），这一星期内从下午三点到晚上八点半都伴有低烧出现，体温从之前的37℃左右上升到37.4℃或37.5℃

（很少到37.6℃）。面容与上次给您的信中所说没什么变化。三四天前，由于服用了与以前不同的药以及多吃了些菠菜，吃坏了肚子，但马上又好了。从昨天开始，食欲又旺盛了起来，常有饥饿感，又不能多吃，真伤透了脑筋。

吉川老师多次劝我回国治疗，他怀疑西医究竟能否预防我结核性的肛门周围炎的续发，我自己也决心做完这次手术后回国。已经给大家增添了不少的麻烦，到了这个年纪还要再次给各位带来这么多的不便，这真是我的罪过。在苏州的市川领事也给了我相当多的关照，据说他已为我向文化事业部要求支付我的医疗费（这可是无先例的）。更何况说如果我回国休假，将会按我的希望给我办妥一切手续。因此，手续等其他事情是不成问题的；与其说有问题，倒不如说在于身体的复元（低烧及手术后伤口的愈合）不完全。医生说手术要花四个星期（一般只要三个星期就够了）修养。如果排脓顺利，低烧消失，那么我过完新年后不久就能回国了。我想，就在今明两天内要做X射线透视和其他检查并做手术了。我知道了这几天之所以有低烧的原因所在。只要我知道进一步的情况，哪怕因手术不能自己动笔，也会请人代笔写信告诉你们的。在目前的情况下，对自己的病情不得要领，知之不多，这也是没办法的事。看样子也不是医生故意不讲给我听，因为我自己自从被隔离的一个月来一直平安无事，无忧无虑，如痴如呆地过了过来，我想这种安乐的气氛还会保持下去的吧！过着清闲自在的日子而懒得动笔写信,为此使各位担心,实在是我的不对,请你们原谅。

上个月给我寄来的点心已给平时关照我的住宿处的人吃了,但杂志还是留给自己在看。据牧田讲,渡边的假期一直要休到年底。做肛门手术时,住宿处的娘姨会来照料我,因此辞掉了日常照看我的护士,减轻了不少经济负担。听说医院的一切费用可在出院时结账,因此可到明年再结算也无妨。

虽已给吉川先生和平冈写了简单的、内容大体相同的信,但务请您代我向他们问候。已有很久没给仓石先生写信问候了,也一并代我向他问好!通过了无菌检查,走出了隔离室,就连生人的气味都刺激了鼻神经。

再过几天又可以给您写病情进展的汇报信了。对我无微不至的关心,实在使我感到不好意思。在此也请您多加保重。

听说天理的山本展雄最近要来上海。

十二月十五日
写给高仓克己的信

本应在十二日离开隔离室的,但没想到在十三日早晨突然改变了主意(也许没有病房是其主要原因吧),叫我接受第三次便检。其后于下午搬到了这里。今天早晨诊断的结果,第二个肿瘤什么事都没有(其实曾经痛了两天,其后缩小,现在连硬块都在逐渐消失,据医生说连脓也没有了)。因此,打算明天马上动手术。医生说低烧对手术无甚妨碍，说不定也许因手术而同时治愈低烧（我对此看法有些疑问）。好不容易这两三天所吃的一些像样的食品，随着今晚的泻药而排出，还要吃令人难以下咽的药物。

昨天首次走到室外，身体状况好到连我自己都感到吃惊！从病房走到大门口，然后再返回，早上还一个人走到老远的办公室去打电话。伤寒无菌后，意志和信心都随之增强，既无劳累感又没发烧，神清气爽；动得太多，几乎被医生训斥。刚才通知我明天不要吃饭，不知叫我停餐多久，真叫人感到扫兴。

在十二日给您的信中已讲过，只要有进一步的情况就写信向您报告，现虽已过了几天，但还请您再耐心等待几天，目前的状态您完全不必担心。我常常向医生问这问那的，听说医生对护士说我有些神经质了，也许是我问得太多了。我绝对不是什么神经过敏，真如我上次信中所写的那样，漫长的一个多月的隔离生活都平静地度过了，要是别人的话早就受不了了。又没有别的什么事要使我担心，没必要神经兮兮的。

最近这三四天每天都在看与点心一起寄来的《文艺春秋》和《中国报》。已有相当长（一个多月？）的时间没看书读报了，多少有些乡情，手总是先伸向日文的刊物。

各位都很好吗？我很牵挂。由于我还不能想起床就起床，轻轻松松地写信，因此这是我自患病以来的第三封信，多写了一些我的悠闲自在、无忧无虑的生活琐事。请不要责备我置他人心情而

苏州福音医院旧影

不顾的漫不经心的态度。请您自己保重。

写于沧浪亭前苏州医院。

十二月十八日
写给高仓克己的信

收到了您十日写的来信,您对我的关怀总是那么面面俱到,实在让我从内心感到过意不去。按预定方案,在前天,即十六日下午四点左右动了手术,半身麻醉还是有生以来的第一次。由于手术较简单,只进行了五六分钟。因已经排过脓,所以这次再度切开患部,切除并烧结了病灶。听说切开面相当大,看到的人都吃了一惊,好在本人托麻醉的福,在毫无知觉中手术已经做好。更有幸的是到夜里十点多麻药还没有消失,一点都没有感到疼痛。由于手术没有直接接触到肛门,我偷偷地提了一下肛,也没有痛感。今天低烧也没有了。昨天虽有点低热,但医生没有给我做X透视,好像完全无视它的存在而直接做了手术。娘姨是个宁波人,看来我趁此机会,又可以开始额外的语言学习了。再过两三天我给您写详细的过程。听医生说一个星期后我就可以起床了。

十二月二十二日
写给高仓克己的信

昨晚收到了您十五日给我的来信,而所寄给我的药比信还早到一天，请示医生能否服用此药，得到的是肯定的回答。今天把一个砂锅拿到房间里来煎药喝。因这个医院不提供餐饮，我才搬到这里来时就在病房内煮粥喝，院方也没干预。只要开处方给我，自己熬药也非常方便。曾请医生在药中开一些止出虚汗的药，也许是并没有给我加，或许是身体衰弱的缘故，总是在凌晨时分出虚汗，而这时正是睡得最香的时候，实在是无奈。如有这方面的特效药，请给我寄来一些。听说您在聚会上向大家介绍了自己的成绩，真令人感到羡慕。我要是每年能在这种场合露一次面该有多好啊！小亨的感冒是否好些了？

下面向您介绍一下我的病情。不知是否因分泌物太多的原因，一个星期以来竟没有拉过大便。前天晚上用蓖麻油开畅了通道；昨天又用来苏儿洗了坐浴，专门用来清洗和消毒。近来食欲很好，能喝三碗到三碗半粥，鸡鸭等副食品也不在话下，我也惊喜自己有这么旺盛的消化力。手术后的第三、四天的下午总要发烧，尤其到四点左右体温最高，达38℃，脉搏每分钟九十次上下。前天和昨天有些下降，最高仅为37.4℃，到傍晚六点反而降到36℃。即使身体发烧，我也没把它当成一回事；当然，如能退烧那就更好了。但要等痊愈出院看来还要一段相当长的时间。前天向院方问了一下费用，据说两个月的花费为两百日元。以前说过只要住一个月院，现在住了近两个月还不能出院，况且还自作主张在苏州再次动了手术，学习任务没完成，还给大家增添了那么多的不便，心里感到不是滋味，对不起各位。准备就在这几天内给吉川先生写信致歉。以上所说两百日元是百分之百的不打任何折扣的外科费用，实际上可能会便宜得多。另外还有一些内科的医疗费，总之要比所预料的费用少，使我有所宽慰。今天早上在洗来苏儿坐浴时，我小心翼翼地用手摸了摸刀口，还没愈合的刀口很大，竟达两寸甚至在两寸以上，难怪看到的人都会感到吃惊！如此看来，到痊愈出院还需一段时日。幸亏在这段时间内病情比较稳定，没有反复。现已辞掉了宁波的娘姨，由住宿处的人来照料我，这要方便得多了。昨夜是冬至夜，冬酿酒在医院里也能买到，这是连孩子们都喝得津津有味的米酒。去年，我认为冬酿酒是一种甜酒而没有买来喝。而这次我让人给我买了仅供品尝的十钱的冬酿酒。这是一种用糯米酿造的带甜味的薄酒，有阵阵淡淡的酒香，呈近似栗子色的黄色。除此之外，我还让人给我去买了在冬至吃的南瓜团子。

从昨天开始，医生允许我只在吃饭时可以起床。这封信就是趁那时写的。

南瓜团子是用米粉和南瓜揉合成馒头形，中间放入馅的一种团子。与其说其为团子，还不如说是用做团子的方法做的馒头。上面还有点点红点，有肉馅和赤豆馅两种，每个五钱，有南瓜的口味但无其香味。

前些日子收到了好久没收到的朝永的来信，告诉我他将在明年正月二十一日在学士会馆与原商工工程师的女儿结婚的消息。

这事他还没有告诉过其他任何人，恐怕这是刚刚定下来就第一个写信告诉我的热得烫手的新闻。我也情不自禁地为他的幸福而感到高兴。这种消息比千篇一律的慰问信令人振奋得多了。特别是联想到他母亲的欣喜的容貌时，我的心情可说到了愉快至极的状态。今天就写到这里吧。

我明后天又要转院了，是住在曾经住过的隔离医院旁的另一家医院。

十二月二十八日
写给高仓克己的信

岁末临近，想必一定很忙碌吧，大家都很健康吧！因二十四日下小雪，改在二十五日搬到了新病舍。转院那天又有些发烧，现在好不容易恢复到了正常体温。新住的医院提供餐饮，这样就方便得多了。但住院费和伙食费每天按乙等待遇也要五日元，这和以前的仅为一日元的住院费相比，真是天差地别。我打算与院方协商，给我以特殊的关照。从昨天开始吃到了按价值论的伙食。医生说我屁股处的伤口愈合良好，看来可以过个好年了。上个月您给我寄来的钱发挥了作用，年关时所应办理的一切人情和礼节也已办妥。医院的一切费用可以后付，现在也不着急。刮了已有两个多月没有刮的胡子后，见到我的人都说我长胖了，其实并不是那么回事。听说室外相当干冷，但在这间向阳的房间里却感到暖烘烘的舒适。

余言容后叙。

写于苏州盘门内苏州医院。

由于邮差没来,这封信又晚寄了两天。这几天天气都很好,暖洋洋的。人一直有些饥饿感。每天都拼命地看书,累了就躺下休息,就这样日复一日,安稳而平静。过年后再给您动笔写信吧。

三十日补写于苏州盘门内新桥巷苏州医院内。

昭和十六年
（1941）

一月一日　我在医院里迎来了第二十七个新年，自有记忆以来，这是个最静谧的元旦。空闲先生在昨天新年晚上八点半还来陪我，并告诉我元旦因有事不能来，这才使我感到了新年的气氛。今天早餐吃的是煮年糕，里面放了些少得可怜的黑豆、细鱼丝，还有一条代替沙丁鱼的朝鲜小刺鳎鱼——还带着个鱼头；外加一大碗米饭。煮年糕里实物太少，犹如囚犯的伙食，是否因向医院提出了改善伙食的要求，抑或还是因没有屠苏的原因呢？阴沉沉的天，一会儿下起雨来，一会儿又出了太阳，真是捉摸不定。下午三点量得的体温38.4℃，这三四天来，晚上经常发烧，平时下午也有37.6℃到38℃左右，还出虚汗，真令人心烦。特别是从今天元旦开始，出汗和体温有增无减。只要不发烧，情况就会大不一样；就因发烧，现在完全是个病员了。昨天报上有一条谚语，叫作"大难不死，必有后福"。文章里还有一句"上面坐着三个乌烟瘴气的菩萨"。傍晚时分又有低烧且出虚汗，到夜里九点左右才有好转而入睡。腹胀难受，夜里醒了两三次。夜晚时分下起了雨来。

一月二日　天气转晴，温暖。空闲先生一如既往前来陪我，看样子昨天酒喝得太多，今天还有些晕晕乎乎的。今天午睡到下午两点半左右，出了一身大汗，三点钟时量的体温才37.1℃，精神特别爽。闰间巡查两个月来第一次前来看我。外面开始起风了，而我在房内开始看起《何典》来。"到处搜须捉虱，随口喷蛆"，写得这么花妙，揣摸其意，真让人费尽脑筋。其意境恐怕连当下的苏州人也费猜想。汗还是出，体温倒降到了36.9℃，脉搏为80/分，病情和自我感觉比昨天好多了。

一月三日　昨天夜里醒了两次。腹部情况良好，热度也退了，今天早上的大便也正常。昨天因剃头师傅要来医院，因此早早地洗好了脸，让他一来就可先给我剃。这还是患病以来的第一次。下午，沙先生来看我，便请他给我去寻觅《九尾龟》一书。原住处的人给我送来了余福菜馆的菜和一份汤，烧饼蘸着酱油吃，倒也别有风味。今天的热度以早上七点的37.3℃为最高，下午三点时才36.3℃。汗也少了，看来已治好了。

写给高仓克己的信

新年好！去年是我倒霉的一年，我想，大难不死，必有后福的。今年至少病愈后就不再进医院看病。新年期间京都热闹吗？今年元旦开始实行新体制，应该与往年有所不同吧！年底时给您寄出明信片以后，可能是感冒了，一连三天，直到元旦都发烧和大汗淋漓，真有说不出的难受，直到昨天才恢复正常。元旦那天闹得最凶了，体温达38.6℃，到夜里九点左右才开始下降，真是给了我一个下马威的元旦。昨天出了些汗，但没发烧。今天情况良好。昨天医生来给我看病，用听筒听了好一会儿胸部，听不出个所以然来，说什么既然腹部胀感已有好转，发烧可能是感冒所引起的吧！真是个庸医！回国的事要拖延到二月底或三月初了。刀口处在慢慢长新肉，这使我放心不少。食欲和其他都是老样子。请给我把《文艺春秋》寄来，同时再寄些小吃什么的。

一月四日 早上就淅淅沥沥地下起了雨来。还是有些低烧：37℃、37.3℃、37.6℃。夜里躺下时，支气管发出呼噜呼噜的声音，真不好受。肛门的边上又出现了一些硬块，这使我很不乐观。今天的伙食极差，几乎不为人食。金媛近来爱干活儿了，今天早晨一个人在大门上挂上了门帘，还认认真真地打扫了病房。她刚来时还是个十分腼腆的小姑娘，最近偶然也讲上一两句话了。下午回去后又带来了布鞋底扎了起来，这可能是她的家庭副业。

一月五日 今天是个天气晴朗的星期天。傍晚时看完了《何典》。

书中有许多俗语和俏皮话，这是此书的特点，也很有趣，但总的来讲有些不正经。俏皮话也显得庸俗和下流。怎么也不能把它作为一本学习语言的教科书，看一遍还行，再也不想看第二遍了。今天医生去了上海，因此等到下午五点才来给我巡诊。近来在患部又是涂碘酒，又是搔，弄得我痛得不得了，还把涂了药的纱布塞进肛门，实在是既痛又难受。傍晚的体温37.6℃，晚上八时许又发烧了，躺了一个小时左右，其间又出了些虚汗，但与三十日、三十一日和元旦那时出的大汗相比要小得多了，也许这就是发烧时的并发汗吧。这两天住宿处没人来看我，注射液和其他两三件事就搁在那里办不了了。腹部又有胀满感，还放屁。

一月六日　夜里下了一场透雨。新年的第一个月，到今天，不是阴天就是下雨，还没有过一整天的晴天。今天没有出大汗，虚汗也仅仅出了渗出皮肤来的那么一点点，体温是37.6℃。下午，天理的山本辰雄来看我，还带来了生病不能来看我的宇野的问候。哥哥给我寄来了信和《文艺春秋》。

一月七日　昨夜的雨不知什么时候已经悄悄地停了，今天有半天多的好天气。今天早晨无大便。我下午屁也很少。昨天，国广来看我。我托他给住宿处打电话，叫他们给我把注射液和马上要用完了的木炭拿来，但不见有人来。昨天吃午饭时，我请他们再给我添一些，并小声说饭不够吃，没想到马上有了效果，晚饭就给我盛得满满的，而且是压实了的一大碗，这样就能吃得饱饱的了。由于手要一直捂住切开的刀口，直到长出新肉才能放开，因此我想对这次肛门处的肿块做切除术。从今天开始绑上醋酸绷带的湿布，只要有效，也就不去管它了，但换上去三十分钟内总感到蜇得发慌般的疼痛。目前医生还禁止我走路。昨天早上自己看着手表为自己数了脉搏，几乎与病前相同，这也许与刀口长了新肉不无关系。空闲请医生看了胸部的不适，说是没有什么大不了的病。话是这么说，如果真有什么大不了的病的话，那还了得吗！体温是37.5℃、37.1℃、37.6℃、37.4℃。下午六点前后，爷（译注：应为朱爷）和其他人来看我，给我拿来了被褥、木炭、注射液、信件以及托国广给我买的稿纸。其中有一封仓石先生三十一日写给我的慰问信，第二学期还要请我上八十小时的课，看来可能无能为力了。

一月八日 从早上起就是个大晴天，显得很暖和。总觉得不对劲，有一股燥热，下午果然又是38℃。晚上八点半开始出大汗，半夜时分更甚。晚饭送得太早，肚子饿了又吃了很多点心和满满的一大碗汤，给肠胃增添了负担。胃到第二天早上才舒服，但肠子可受不了，早上拉稀拉空了肚子后才好。嗓子发毛，像要咳嗽，咳出了很多痰。胸口的支气管呼呼地随着呼吸而作响。肛门处的肿块使我坐立不安，坐时比走时更痛。

一月九日 天阴，看来像要下雨。昨夜吃得太多，导致早上六点多肚泻。空腹反而要求赶紧进食。被告之今天下午两点要做切除肿块的手

苏州更生医院旧影

术。不知什么原因,这次倒很沉着镇静。没想到没禁止我吃午饭。结核菌真会恶作剧,这样的活跃倒也难以应付。手术后听说在痰中也有此菌。没想到手术提前了,十二点半左右就用担架来抬我,一点钟回来,手术时间大约才十分钟,局部麻醉还是有痛感。这次手术竟有两个切口,我想这完全是用小手术刀来回刮除肿块所致。两点多时,刀口又痛了起来,幸亏坂来看我,帮了我不少忙。护士佐野对我说,这病须休养两三年,建议我回国后最好去政府经营的疗养院疗养。这倒是一个好主意。

一月十日 从拂晓开始就是一个阳光明媚的晴好日子,下午晒了被褥。昨夜护士告诉我因明天要抽血化验,不要吃早饭。后来问了来看我的吉村,他说可抽血后再吃早餐。今天早晨中国护士却把此事给忘了,请人去叫她,消了毒以后才姗姗来迟,但她不知道抽血的目的。从今天起给我皮下注射果糖磷酸钙,十支八日元,另外还要付六十元的薄荷水费。国广给我送来了橘子和放在我宿舍里的叶绍钧的书。他说回国后将绕道去我哥哥家,因此请他捎去了家信一封。今天没发烧,几次量得的体温分别是36.3℃、36.4℃、36.6℃和36.7℃。昨天的刀口也不痛。

一月十一日 阴转晴。早上小吕拿来了哥哥写给我的明信片,信上说侄子小亨因病卧床一个月。小孩的一个月相当于大人的一年吧,不知小亨得了什么病。今天,我又注射果糖磷酸钙,这一针打得很痛,用手按摩了一段时间。其后不久,医生又来查房,在伤口处又换了纱布,这又使我疼痛了近一个小时。午后，小马又拿来了钱和一小包哥哥寄来的药。二十元再加上十六元共是三十六元。让邓妈回去给我洗衣。给我哥哥和仓石先生写回信。傍晚收到平冈和仓石的来信。听说米泽在十五日归任，现已回去过年了。也许因为天气温暖，或许是自己发烧，白天就少盖了一条被子，但一点也没有感到寒意。

写给高仓克己的信

今天收到了您寄来的药和五日所写的明信片，听说侄子小亨已经痊愈，这比什么都好，但卧床一个月对小孩来说是够受的了。昨天，同宿舍的国广说回京都时将绕道去您家，因此托他给您捎去一封信，信中讲述了我的近况。考虑到万一，在此再简单地涂上几笔。动过手术的地方渐渐长了新肉，上个月又有第二个肿块出现，幸好不久便缩小了，使我放心不少，但最近又出现，并伴有热度和脓。因此，在前天，即九日那天，医生作为应急手术给我做了与第一次手术相同的切开排脓术。术后，发烧的体温一下降了下来，恢复到了正常。听说有两个切开口。同时，气管又有了炎症，痰也比以前多了，前天做了检查，医生说只是稍微有点炎症。光是用手敲敲，耳朵听听的诊疗是查不出什么结果的，因此想等他们安装X光机以后做拍片检查。现已不咳嗽，痰也只是在服药、吃饭和早晨起床后有些。虚汗还是出得很多，如服用了您给我邮来的药后能止住就好了，要赶快服用此药。食欲还是老样子。请多保重。

写给高仓武四郎的信

新年好!年底时收到您十分关切的来信甚感不安,听说先生也曾稍有不适,现早已痊愈,令我欣慰。务请多多保重,平安度日。我现在可谓病魔缠身。其实此病从十月二十日就开始了,被肿块所捉弄,一直拖到今天,好在对这条命倒没有什么威胁。痔疮的手术一般认为很痛,但也没有什么了不起,只是前天感到一个半小时的钻心的痛楚。病去如抽丝,本人被病所缠绕,拖了这么久,自己倒没什么,却害得各位先生这么挂念,诚感不安。实在惭愧,我想在二月底或三月初回国静养。本想在十二月伤寒痊愈时提出这个要求,没想到病情有变,拖延至今——理由好像更为充足,看来是下司我"事后诸葛亮",其实这也是我没有办法的办法。真是对不起当时就极力劝我回国的吉川先生。结核菌在体内上下夹击着我,因此,准备过几天X光透视一下,看看究竟病灶在何处。好在伤寒痊愈后,食欲极其旺盛,肠胃功能也十分正常,人一天比一天胖,现在甚至连生病前的手表都要戴不上了,这是令人高兴的。光住院不学习,还沾沾自喜,实在是件过意不去的事,但从目前的情况来看,这种不得已而为之的日子起码要过到二月底为止。对自己的事情自己是毫无办法的,只要保住这条命,其他的杂念全部抛开不管。即使二月底回日本,再做一次排脓处的根治手术又将花上几个星期吧,真有一种被病魔左右的感觉。为什么到苏州来的留学生得不到怜悯呢？

随着年关的到来，街上显得热闹了起来。按目前的情形来看，今年又将过上一个温暖的冬天了。一连几天，太阳都闪耀着温情的阳光。务请先生您凡事要量力而行，不要过度而伤了贵体。我自己失败太多，现已有一种恐惧感了。今天就到此搁笔。

一月十二日　今天是星期天，剃掉了胡子。今天护士花了三十分钟给我换药，并拿走了药纱布。中午十一点半左右坂崎夫妇前来看我并送给我十五个鸡蛋。用刚买的照相机与坂崎太太一起照了张相，准备日后把此照片送给哥哥。他们说像这样胖下去的话对身体大可不必太多地担忧了。今天给吉川和平冈写了回信。从傍晚又开始发烧，达37.9℃。夜里又出了许多虚汗。

写给平冈武夫的信

谢谢您的来信，托您的福，我现在勇气倍加，您完全可高枕无忧。最近，研究所和中国学界里有什么事情没有？到时请您讲给我听听。研究所的信封怎么变薄了呢？不禁令我担心。这里的纸张也在不断地涨价，也使我陷入了困境。笔墨商公会贴出公告，从今天起涨价三成，也不知这已经是第几次涨价了。报纸感叹从今年元旦起物价普遍上涨，大米和面粉的价格频频上调，这种事常常刊登在报纸经济版的第一栏的位置上。肉的涨幅更为惊人，从馒头店做的肉馒头仅有一点点的肉馅和厚厚的一层皮来看,肉和面粉贵得超乎想象。听说酒也涨价了,但我已与它好久没有缘分了。好在不花钱的晴朗天气倒是一天接着一天,真是难能可贵。

这几天病情还较稳定,只是对复出的肿块做了切开术,听说现有两个切开口。这样,我身上有了十二窍,但距混沌氏还有相当的差距。我想在国内治疗这两个切开口,因此想按预定计划回国。到时还望您多加关照,祝您健康。

写给吉川幸次郎的信

新年好!拜读了您一月六日写的航空信。我会把您对我的谆谆教导铭记于心的。昨天也收到了平冈的来信。受到了他的鼓励,我多少感到了安慰和宽心。我将遵循您的教诲,这次真要及早抓住机会回国。

据说先生近来被咳嗽所困扰,仓石先生在元月也有所不适。如果两位先生得了像我一样的病,这才不是开玩笑的事,务请你们多加保重。我在元旦那天发了高烧,出了一身大汗后,在十二月初出现过、后又收缩了回去的那个肿块最近又发作且又流脓,因此在九日中午又做了第二次切开排脓术。即便先前的伤口已完全愈合,但又留下了第二个伤口。从这点来讲,二月底回来和十二月底回来是一样的。这也许是我愚蠢的想法。但手术后退烧了,营养也吸收得很好,人越长越胖。今天,自去年年底至今半个月没见面的朋友来看望我,说我胖多了,并给我拍了一张照片,说可把这张照片给家人看,他们一定会感到放心的。因此请您也不必为我多担心。虽说是冬令季节,但无丝毫寒意,温暖如春。

再三感谢先生对我的无限厚爱的同时,也请老师切切珍重!

一月十三日 又是一个晴好的天气。早上诸事完毕后靠在床上休息,总觉得有些发烧,等到换好药以后又感到有些发冷。换药后疼痛难忍,坐立不安近一个小时。量了一下体温,低烧37.5℃。

一月十四日 上午稍微假寐,十一点钟换药,今天比昨天好些。下午洗脚,洗脚水由黑变白。坂来看我,并告诉我领事打电话给他支付最后一次费用。今天晒了垫被,晒了日光浴,心情很爽快。体温最高为37.5℃。早上拉了稀,好像问题出在金枪鱼的鱼脂上。

一月十五日 今天天气又很好。昨天半夜时分发疼,难受了近一个小时,还是金枪鱼的鱼脂捣的鬼。今天换药后无痛感,下午又晒了个日光浴。张女士来看了我。体温接近正常,是37.2℃。继续看《浮生六记》。

一月十六日 晴转多云。中国书店又寄来了催款单,这不无道理。我曾写信给渡边请他帮我还债,但看来是瞎子点灯白费蜡了。傍晚时分,陈济川突然出现在我面前。曾在上海听渡边讲起过此人,但却一直没见过他本人。量了几次体温,分别是36.8℃、36.8℃、36.8℃和37.4℃。

一月十七日　只要腹部舒适,胃口就大开。可能因为早餐只喝了一碗酱汤吃了一个鸡蛋实在不够耐饥,在午饭前又吃了两个咸面包。食欲这么好,总以为今天会平安无事,刚这么一想,可好,下午体温又上升到了37.9℃,傍晚还感到阵阵发冷,夜里则达38.3℃。这是近来最高的体温了,况且还出了一整夜的汗。日比野给我寄来了信,告诉我他在同蒲线一带走动、调查,真羡慕他的健康的体魄。

一月十八日　早晨洗脸时咳出了两口带血的痰,佐野吓了一跳,叫我不要动才好。医生也不知其故,赶紧抽身去看病历卡。说是昨天的烧转向了头部,马上就会好的。但热度没有退尽。下午午睡,无汗。36.7℃、37.2℃、37.7℃、37.4℃,痰是没有了,但夜里还是出汗。天阴,傍晚时下起了小雨。老老实实休息了一整天。

一月十九日　早五点半左右,天还没亮,隔壁病房又像往常一样喧闹了起来,只是今天闹得特别早,真叫人没办法。由于夜间没起来小便,早上尿了满满一尿壶,只差一点没溢出来。竟尿了这么多,连我自己都感到惊讶!昨天早上以来一直没有咳过,所以今天的痰特别浓。这使我自己一整天都小心谨慎，不敢乱动。夜晚，沙来看我，说我的脸色呈黑色，我担心病情加重呈现到了脸色上。今天体温最高是37.7℃。午餐的菜里有秋刀鱼，要是不吃就好了，但结果还是吃了，又使我的胃和肠好一阵难受。

一月二十日　深夜一点多，由于秋刀鱼作祟而起来拉稀，这样一次一次地受折磨可真受不了。上次是金枪鱼，而这次又是秋刀鱼！在蔬菜淡季，吃这种东西真是常有的事！刚治好的地方看来又要发病了，紧要关头老是这样简直令人无所适从。午睡时又出了汗，为此三点半开始量了体温，到傍晚的记录分别是37.1℃、37.2℃、37.4℃、37.5℃。傍晚，平野胜三前来看我，告诉我他将调到大冶铁山铺去工作而来向我辞别。铁山铺在关键的部分遭到了致命的破坏。他将乘后天的船从上海出发。阴，有风。

一月二十一日　天气阴冷。今天通便情况良好。体温分别量得36.8℃、37.5℃、38.2℃、37.2℃。下午因发烧而感到燥热，直到晚饭时分才一下降了下来。关于支付住院费之事接受了金子事务员的盘问，真是令人讨厌。

一月二十二日　阴转晴，上午很冷，近中午时刮起了西风，吹跑了乌云，太阳露出了脸来。体温为36.7℃、37.6℃、38.2℃和37.7℃。爷拿来了浜田送给我的各种东西。中午就吃了他拿来的沙丁鱼做的三明治。午饭后不久,约有一年没见面的末次氏前来看望我。他昨天刚到上海。据他介绍,国内也没发生什么了不起的变化,但米比汉口的米好吃得多。这不禁使我想起了在蒲圻所吃到的大米。给哥哥写了封信。

写给高仓克己的信

  病人的脾气捉摸不定。信刚寄出三天又想写信了,但突然又觉得还是看书比写信好,省心又不麻烦。这样,五天,一星期晃眼之间就过去了。在医院里,我一向自命不是病人的病人,但还是由于限制了我的行动,久而久之,反而习惯了这种不自由的人身,锐气也被磨灭,因此给您的回信又拖了一个星期。当然,这与我这儿整天无所事事、平淡度日也不无关系。小亨和各位身体都好吗?苏州一连十天左右都是犹如阳春的好天气,我每天下午都打开窗,静静地躺在床上闭目养神,晒日光浴。但今天天阴,不能享受这种乐趣了。京都的气温现为多少?一定很冷了,薄薄的白霜已变成露水了吧!

  国广曾对我说将在十五日绕道去您家,不知去了没有?

  其后的病情简单汇报如下:自做了排脓切开术后,高温一时降为常温,但没多久又旧病复发,有时又达37.8℃~37.9℃,还大汗淋漓。只是在这两三天有所好转,体温最高被控制在37.5℃左右,但汗还是出得很多。如果说我们所吃的伙食质量太差,想必您要替我担心。不知是因吃了变了质的金枪鱼的鱼脂呢还是吃得太多，在两三天前闹了一次肚子，但现已好了。食欲还是很好，要吃些零食才不至于饿肚。这次被切开的肿块相当可恶，每过四五天换药布时总要疼痛一个小时左右，真叫人受不了。好在昨天开始已不是痛得那么厉害了。如果老是那么痛的话，无助于身体的康复。

平冈在今年一早就给我寄来了一封劝我悠闲度日的来信，说只要思想上有所准备，不管在医院住到何时都没关系，没有必要把回国时期作为问题来考虑。此话也有一定的道理，给了我很大的宽慰。手术至今已一月有余，看来还有很长一段时间。现在责任也好工作也好都不去考虑，只求心不在焉地度日。前些天坂崎和他夫人一起来看我时，用带来的一架崭新的照相机给我拍了照，说是今明两天之内可把照片给我，到时一起给您寄去。坂崎说这张照片拍得还挺有神，并不是病怏怏的神态，家人看了至少可放心不少。请你们笑看这张黄昏的脸色吧！也许是以前用脑过度，也许是近来根本不动脑筋，现在人显得有些傻乎乎的，这也是没办法的事。以上是十六日所写。

左等右等不见有照片送来，而在十八日那天早上洗脸前咳出了两口带血的痰，被护士吓得好长一段时间不敢动弹。血痰可能是前天发烧到38.3℃所引起的，医生说不必过分担心。昨天下午三点左右体温又升到了38.2℃，到傍晚才下降，倒也没有血痰。体温总是每隔三四天就上升到38℃或超过38℃，我想应该得到良好的治疗，结束这种反复的发烧了。没有咳嗽的症状，痰也只是最近在早上起床时才有，出汗的多少与热度成正比，昨天夜里倒没有出汗，真是难得。大抵在发烧时常常可在胸部听到气喘的声音。这总是不太舒服的，但不管是气喘声也好还是痰也好，我都能泰然自若，这是值得庆幸的。食欲一直很好，屁股那儿也没有什么异状，但也没有多大见好，实在是不好意思。给您写了封没有丝毫趣味的信，人一旦生了病，就会暴露出本人的性情来了。

前天见到了天理的山本，不知是否他的生意蚀了本，因为他给我的是公司的名片。昨天是阴历廿四日，是家家户户给灶王老爷吃糖元宝的日子。今年由于砂糖和糯米价格昂贵，批发商已相互约定不再做糖元宝了，还是在小商贩们再三央求之下才做的。这是件真事，绝不是开开玩笑，说着玩的。

照片送来后马上给您寄去，病情如上所述，不必挂念。

请您自己多多珍重！

写于二十二日

一月二十三日 早上末次氏来看我。体温又超过38℃，哥哥寄来了信和杂志，告诉我国广已绕道去过哥哥家。

一月二十四日至二十六日 天气十分寒冷，加上傍晚37.7℃的低烧，人早早就钻进了被窝里。二十六日是大年夜，中国人个个都是喜气洋洋的。

写给高仓克己的信

　　四天以前收到了您十六日写的来信和两本《文艺春秋》，本想马上给您写回信，但天气冷得手都伸不出来，故而拖了几天。承蒙国广的诚意，到您家介绍了我的情况，多少可使您有所放心。自那以后病情没有什么变化，血痰也仅仅是那天早晨吐了两口而已，可能是支气管炎的偶发现象。低热还是依旧，只是近两三天来脚上也开始出很多的汗，这症状与我四年前四月初即将到东京出差时得的感冒十分相似。那时，黑川曾吓唬我说病情严重，是否我今天真的严重到如此地步啦？来信听讲小亨和小稔身体都很好，我就放心了。今天是阴历大年三十日，中国人兴高采烈，充满着生机的活跃是不无道理的。天气在逐渐转暖。今天就此搁笔。

一月二十七日　　从昨天夜晚开始雨止，今天时阴时晴，比昨天暖和。今天凌晨五点半左右就被爆竹吵醒了。今年放的爆竹比去年多，"咚叭"、"叭叭叭叭"之声不绝于耳。锣鼓之声，震耳欲聋，一直敲到上午九点多。下午在暖洋洋的太阳下晒了日光浴。也许是这个原因，晚饭后又开始发烧，高达38.2℃。今天的伙食简直是在折磨人，吃的是萝卜炖豆腐、干鱿鱼丝以及豆腐汤。晚餐的菜单是一条烤沙丁鱼、水煮菠菜和麸汤。这次可没吃沙丁鱼，一是因胃和肠道还稍有不适，二是以前吃过秋刀鱼的教训还记忆犹新。看护我的用人昨天夜里回去后,不但今天早晨没来,到了夜里也没有来!用人的这种做法哪儿都会发生,不能令人满意。

一月二十八日　天阴但不冷,用人到了早晨还不来,要泡开水时感到身边没他真是不方便。上午十点左右爷来看我,带来一锅汤给我喝,并告诉我坂在二十六日太阳落山时回的家。十一点不到,用人来了,他连个招呼也不打,向爷提出了辞职,去意已定。怎么不向我透露半点风声,也让我事先可以有所准备啊!如说他是不明事理的低能者,还不如说这是绝技!爷告诉我带来的是鱼汤,喜出望外,打开盖一看竟是炖得浓浓的鲫鱼汤。正为没能吃上昨晚的沙丁鱼而气馁的我赶紧大口地喝了起来。淡淡的咸味中还飘有阵阵酒花香。体温没昨天那么高,分别记录为36.8℃、36.9℃、38.0℃、37.8℃。空闲医师看了我的体温记录,又看了看屁股的手术处,说了句"不错,在长新肉"以安慰我。今天没有看书。

一月二十九日　晴。早六点多醒来。36.1℃、37℃、37.3℃、36.8℃。今天一整天都没看书,老老实实地过了一天。

一月三十日　刚为昨天的较为正常的体温而沾沾自喜时,没想到今天从早上开始就37℃、37.4℃、37.6℃、38.3℃,一路高了起来。是不是对我昨天的生日表示敬意而正常了一天呢?今天是年初四,是接路头菩萨的日子。傍晚偶然听到爆竹声。天气很好，刮风，很冷。最近总有半天是好天气，而今天一整天都是晴朗的好天气。我因发烧而享受不了温情的太阳。也许是连日注射的果糖磷酸钙的反应。

一月三十一日 黎明前就听到了像迎接元旦那样的爆竹声和锣鼓声，原来今天是接财神爷的日子。家家户户门户大开。早上洗过来苏儿浴后量了体温，37.9℃和37.6℃。下午出汗后一下降了下来，分别为36.7℃和37.1℃。又是一个晴空万里的好天，但我足不出户，只听说外面很冷。

二月一日 今天的体温分别为36.9℃、36.8℃、36.9℃和37.8℃。天晴，但寒风凛冽。傍晚时分，可能是寒风的原因而感到阵阵发冷，晚饭后又发烧了。新请的娘姨回去了，邓妈来接她的班。

二月二日 天好无风，无比温暖。低烧，36.8℃、37.4℃、37.5℃、37.8℃。感到寂寞和空虚而抽烟，事后觉得还是不抽为妙。

二月三日 天好，气温很高。体温也打破了近来的纪录：37.5℃、37.8℃、38℃、38.8℃。这是得了热伤风，已停了四五天的汗又开始出起来了。

二月四日　又是一个晴朗而温暖无比的天气。体温是37.2℃、37℃、36.6℃和37.5℃。浜田前来看我。今天是天生日（译注：当日是农历正月初九，玉皇大帝诞辰），收到了哥哥的来信。

二月五日　今天的天气与昨天一样。量了体温，为37.1℃、37.5℃、37.1℃和37.8℃。难得见到堺井先生并请他给我看病，左肺有浊音。打喷嚏时有"一说二骂三牵记"之说。早晚能听到乌鸦咕咕的叫声，说是有死人时才叫，声音近则死人远，声音远则死人近。

二月六日　终日阴天。体温量得36.5℃、37.3℃、36.7℃和37.2℃。娘姨来，邓妈回。

二月七日　阴天。36.9℃、37.2℃、37.2℃。夜里有两名护士前来，喧哗不止，真是两个有趣的家伙。

二月八日　阴天，刮着北风。体温从一早开始就很高，37.8℃、38.1℃、37.5℃、36.7℃。这使我感到意外，草草地洗了来苏儿浴后立刻请医生诊断。涂了碘酒以后，无比的疼痛持续了近一个半小时。白天的发烧是否与此有关呢？毕竟痛得连身体都不能转动。诊断刚结束，不知刘诗孙是怎么想的，竟前来探望我，使我受宠若惊，一时连涂碘酒后的痛楚都几乎忘掉了。他送给我一本《隋唐间楚音考》的油印本。里面还是有些问题的,一看就觉得有再次考证的必要。好在用了楚的地方音。下午,为不让体温有所上升而安安静静地睡了午觉。晚饭前,出了一身透汗,使热度有所下降。肚子感到有些异样,感冒倒有些好了,只是鼻子和咽喉处还稍有不适而已。收到了塚本先生的来信,他二十六日寄出的信到今天才收到,比正常的晚了好多天!

二月九日　阴,上午倒还有些晴朗。体温是36.9℃、37.8℃、37.3℃和36.7℃。上午十点过后坂崎来看我,告诉我上个月的照片没拍好,拿过来一看,诚然,只拍了一个肥头胖耳的大脑袋,其他什么也没拍上,今天来重新给我拍一张胸像。娘姨回去了。

二月十日　阴,有时晴,寒风刺骨。体温为37℃、37.4℃、37.2℃和37.3℃。给哥哥寄出了一封相隔了十多天的信,信中夹了那张没拍好的照片。

写给高仓克己的信

　　收到您三十日写的那封信时,本想立即给您写回信,但想尽早治好感冒而不分心,因此拖到了今天。

　　听说京都这几天很温暖。苏州也是连日好天,特别是月初两日,热得简直不敢晒太阳。也就是那天得了热伤风,发了一个晚上的高烧(38.8℃)。虽然马上退了下去,但在两三天前嗓子和鼻子还很难受。接连阴了四天，从昨天起又可时而看到蔚蓝色的晴空，今天天更好了。感冒治愈后，又开始出汗。这汗已有五六天没出了。除此之外，其他均属正常。现在汗也是越出越少，说不定再过两三天又会停止不出。上个月坂崎给我拍的照在冲洗过程中出了毛病，正如您所看到的那样，这张照片是他来给我重拍时带给我的。这次拍照不知拍得怎样，因为胡子已有一个多星期没刮，不拍成一只纸老虎那样就好了。

好不容易请渡边在阴历年后先替我垫付了给中国书店的四十九元的借款，而在阴历年前已给来薰寄去了五十元。

前几天见到末次氏时，他对我说，原先在武汉大学任教的闻一多现任武昌武汉政府民政厅的主任秘书，而且在去年我们去武汉时就在了。当时因不知此情，为错过了那次见面的机会而感到惋惜。在写此信时，天气越来越好，而且太阳都照到了我脸上，不得不换个地方写信，中国人把这叫作搬场。今天就写到这里。

祝各位平安无事。

二月十一日　阴转雨。体温分别量得37.2℃、37.5℃、37.4℃和37.3℃。纪元节也是个坏天气，下午下起了久违了的雨，但天气不冷。午睡时又出了虚汗，涂消毒碘酒又使我痛苦不堪，揭开三天没换的药布可真吃不消。以后不应在洗了来苏儿浴以后马上换药。

二月十二日　雨转雪。下午下起了像模像样的大雪而且积了起来，直到傍晚时才停住。今天的体温是36.8℃、37.2℃、37.1℃和37.7℃。上午向娘姨做了些交待。深夜，鼻塞，打喷嚏。嗓子感到有些痛，故用茶水漱了口。

二月十三日　雪后的阴天可谓毫无情趣可言。好像得了感冒，痰多，头重，早晨特别难受。果然，下午头痛难忍，发高烧，四点半左右出汗，这时稍微感到好受些。今天的体温是37.2℃、37.6℃、38.9℃和37.8℃。

二月十四日　阴。体温是38.2℃、38.6℃、38℃和38.8℃。头痛是好多了，但一整天的体温都在38℃以上，够难受的了。

二月十五日　晴。从昨夜开始气温有所返暖，今天完全是个好天气。体温好不容易恢复了正常，分别记录为37.2℃、37.6℃、36.8℃和36.9℃。一整天情绪相当好。半夜时分又开始下起雨来。

二月十六日　雨。体温为36.7℃、37.5℃、37.3℃和37.5℃。昨天，国广归任，今天给我送来了哥哥的亲笔信。信中所讲也好，捎来的口信也好，都叫我尽可能地及早回国，不由使我热泪盈眶，有些哽噎。回国之事实难判断，首先在一个月之内要长好伤口，胸口病情要稳定。下了一天的雨，雪全都化了。

二月十七日 阴。体温为36.8℃、37.2℃、38℃和38.6℃。整天云层低重，萧索而凄凉。给哥哥写回信。午睡时体温有所上升，四点以后脑袋炸裂似的疼痛。汗一直从晚八点多出到十点多，但一出汗头就不痛了。只要天气稍冷，我就受不了。

写给高仓克己的信

昨天国广来看我，并把您托他带来的信和钱款余额转交给了我。感谢哥哥在各方面给我无微不至的关怀。当国广把信交给我并说"你哥哥真好啊"时，我情不自禁地簌簌地流下了热泪。等他回去后，展开来信慢慢读来，正如您所说，在不知不觉中，我的心情也变得脆弱起来。十二日那天，苏州下起了雨夹雪，后来又纷纷扬扬地下了两寸厚的雪。也许是太冷的缘故，十三日、十四日又感冒发烧了。其后倒平稳了下来，体温一般在37℃多一点，没有什么大不了的热度。您也劝了我多次，我也并不是顽固不化分子，为此，今天找医生聊聊，并请他检查了屁股，说是现在就放我出院回日本那是绝对不可能的，要等到能用膏药来代替药纱布才行——那还需一个月左右，到时可以一个人自己换药也不会发生任何意外之事。因此，我现在就开始着手准备，并想乘三月二十日前后的直驶神户的船回国。现在胸部的病情也有所好转，没有令我值得担忧的情况发生，只是坐起来还有些困难。鉴于双重病情，目前还是听从医生的劝告为好，打算规规矩矩地待在病房内静养，使病情稳定，不引发感冒。请不必为我多加操心，我每天在病床上眺望窗外的天空，也并不感到无聊。自以为感冒后，人要比原来瘦些了，看来这只是自己的主观臆断而已，没想到戴在手腕处的表带比以前更紧了。昨天，国广对我说："啊呀，你又发福了！"接着又说："怎么啦，是不是有些浮肿啊？尿怎么样？"这两句话大相径庭。自己感到脚和臀部的肌肉尚可，大腿上的肌肉鼓鼓的。虽没有吃山珍海味，但由于没有运动而看起来显得胖了。领事对我说，住院费等到出院时一并付账。我又不吃零食，因此目前不怎么花钱。只是因燃料和大米价格上涨的因素，倒是付给娘姨数倍于工资的津贴，她也高兴得一人暗自好笑。过几天我将请人认真地给我调查一下住院及其他费用。经常不断地受到您的接济，真是过意不去。

想到还有一个月就要离开苏州，真是感慨万千。与其说医院生活不自由，倒还不如说对医院的一层薄薄的悠闲自在、无拘无束、无任何紧迫感的气氛怀有好感。在中国的这种感情，犹如救世主一般在帮助我，没有多大痛楚的这种病也没把它当成一回事，因此在精神上一直是很充实的，无忧无虑的，从无不眠之夜便是个很好的例证。

去年的现在，正与佐藤一起迈步于常州和杭州，作长江沿岸的旅行。杭州的优美的风景和难以下咽的饭菜至今令我难以忘怀。现在只要有人谈论起杭州，我便即刻会脱口说出以上的感想。

我想给小亨买些礼品回去，买个皮背包回去怎样？不见得学校里只有他一个人用而太显眼吧！如可能的话再买些小人书回去给他看看，这只要托上海的牧田给我办就行了。

回国后，对屁股上的肿块还要做一次彻底的手术，为此我担心还要花上好长一段时间和一大笔费用。仅此汇报。

二月十八日　雨。体温是37℃、37.5℃、36.8℃和37.4℃。今天下了一整天的雨。昨夜翻了翻《东方学报》和内野关于唐桥本毛诗的论文。颇为遗憾的是没有正义本，因此没能看到从唐初至今的刻本。另又如在各种传说方面，如能对当时各位博士间探讨的问题乃至学风进行自己的分析那就更好了。我认为这是比光重视统计等还重要的。宽和林英信两人都给我来了信，看来宽大有进步，但还有进一步努力的必要，以后只能依靠他自己，不能依靠别人，这也是没办法的事。

二月二十日　上午九时许，天空放晴，久违了的太阳露出了笑脸，照得大地一片温暖。晒被子时，发现垫被在松枝支撑处有些发霉。吉川老师给我寄来了航空信，信中讲到研究室也有很多人得了感冒。几天来一直像有咳嗽引起的气喘，从今天起改换处方。由于天好，心情也愉快起来，还剃了胡子，连食欲也有所增强。今天的体温是37.3℃、38.0℃、37.3℃和37.1℃。

二月二十一日　阴转晴。发烧,体温分别是39.3℃、38.8℃、37.6℃和38.4℃。马上见颜色,头痛不已。

二月二十二日　晴转阴。支气管炎稍有好转,但发烧,体温较高,分别记录为37.6℃、38.0℃、38.6℃和38.1℃。

二月二十三日　阴冷的天气。体温分别是37.6℃、38.8℃、38.4℃和38.3℃。拂晓时分大汗淋漓,不能再睡,支气管炎也没见好,又发烧,病情发展较快。

二月二十四日　阴,有时晴。体温是37.7℃、38.6℃、39.3℃和38.8℃。不知是否午餐后起来大便时遭的殃,三点不到就开始出汗,而且今天尤为严重。从昨天开始就不断地感到阵阵发冷。晚饭后,稍微露了露肩膀,又感到冷势势的。发烧和大汗同时袭来,肠胃也差了起来。

二月二十五日　阴。体温是37.7℃、37.6℃、37.9℃和39.1℃。早上大便后洗了来苏儿浴。早餐食欲平平。下午,与国广进行了长时间的交谈,听说他将调往南京国立师范去工作。傍晚又发了高烧。

二月二十六日　雨。体温为38.3℃、38.8℃、37.9℃和38.3℃。上午渡边来看我。晚上服用了安眠药而睡。

二月二十七日　阴天。体温为38.3°和39.1℃。早上起来大便,但很难解。饭后洗了来苏儿浴。人感到阵阵发冷,寒气袭人。

二月二十八日
写给浜田的信

　　浜田先生,您好!各方面我都受到了您的无微不至的关照,而我都不能当面向您说上致谢的话语,这是我终生的遗憾。也许这是命中注定的,务必请您见谅。区区有如下两件未整理完毕的事,看来要请您来给我办了,哪怕是勉为其难,也只能这样了。

　　一、在十月底,我曾向领事馆警察间间借过三十元钱,请您替我设法还他,并且取回寄放在他处的一本《九成宫法帖》。

　　二、去年从京都东方文化研究所领取了作为研究资料费的一百二十三元一角(一百日元),其中八十几元已用于购买了二十几张俗曲唱片(发票在书桌左侧倒数第二个抽屉里,其中可能有三个打记号的是我自己要留用的,请把这三张的钱扣除后重新计算),余额就购买了弹词和小说之类的书籍了(发票在倒数第三个抽屉里)。如有重复的书籍,则其中的一份是我自己要的。请您按以上所购之物复算一遍所花金额,如还不足资料费的金额,您可从我的书架上拿出几本弹词小说等书凑足数额。反正我已打算把这些书全部捐赠给研究所了。

可能马先生知道，我的那些弹词小说是放在进门处的书架的上层，凡是在书背上用白纸写有书名的都是弹词小说之类的书籍，而且都是小型书籍一类的书。

以上两件事情拜托您了。请您把给研究所的那部分整理出来以后，先把书寄给京都市左京区白川东方文化研究所，则我可闭目了。

后　记

"写在两本小型笔记本上的日记到此告终，写给浜田的信便是他的绝笔之作。三月十三日，作者在苏州盘门内新桥巷的苏州医院内与世长辞，享年二十八岁。"

高仓正三的老师吉川幸次郎在日文版《苏州日记》的《跋》中如是说，随后一声长叹："克己学士听到弟弟病危的消息后赶紧乘船西渡。十三日那天，船还在东中国海的海上航行，另据说在他离开人世时，照看他的护士也正巧不在病房，正可用'天涯孤独'四字来形容了。"

这位书中经常与作者通信的吉川幸次郎，说来是一位大名鼎鼎的学者。他是日本神户人，师从著名汉学家、"京都学派"创始人狩野直喜教授。

1928年，吉川幸次郎留学向往已久的北京大学，拜杨钟义为导师，师从马裕藻、钱玄同、沈兼士，专攻中国音韵学。吉川幸次郎平时喜欢穿长袍，说起汉语来，没有一点日本口音。他常去琉璃厂，是古书铺的常客，纯正北京腔，没有人怀疑他是日本人。

吉川幸次郎1931年回国后，进入京都大学附设的东方研究所，并以四部分类编成《东方研究所汉籍目录及作者书名索引》，一鸣惊人，是东方研究所受人尊敬的导师。也正是在这个研究所里，吉川幸次郎与高仓正三、高仓克己兄弟建立了深厚的同事、师生之谊。

据他为高仓正三《苏州日记》所写的《跋》来看，葬礼前的某天，高仓克己就把这本日记交付过来请他翻阅。但是吉川幸次郎表示："当时，我的心情很悲伤，请求他等我的心情稍为平静后再拜读，到正式借阅时已是当年的深秋时节了。"这也足以表示吉川幸次郎对高仓正三去世的悲痛之情。

在翻阅了这本日记后，吉川幸次郎写下了如下的感想：

"当我看完日记，就感到这篇日记对志同道合者来说是不可多得的教材。作者留学的目的首先是为了学习和掌握苏州语。近期的学术界对北平语逐渐不断地进行着科学性的研究，而与北平语相对立的吴语，尚且还是一片未开拓的领域。而作者就是在这片尚未开垦的土地上辛勤地耕耘，以他所掌握的北平语和古语的功力，去获取有关吴语的系统的知识。从广义上讲，他不仅仅是在研究语言，而且是想亲身体验和掌握中国人生活百态以及苏州这块土地所特有的风土人情，并把它作为资料记录下来。因此，日记的内容以对苏州的语言、习俗和文化等的观察为核心。应该说，这在至今为止的记载中是极罕见的，更不要说以一个日本人的叙述来描绘这方面了。也许是因为记录现代的生活对本国人来说未必是一件重要的事情。

"作者的足迹不仅仅停留在苏州，还遍及遥远的大江上游，对民国三十年（1941）的中国的自然和人事等，给我们留下了详尽的记录。

"作为人生记录的这本日记，看了以后使人深受感动。这是因为著者是位光明磊落的大丈夫。作者的病床生活长达半年之久，但几乎没有写什么儿女情长和伤感之语。不仅如此，作者即使在临终前也没有放弃学问。在二月五日，他记录下了'一说二骂三牵记'这一苏州人的谚语。二月八日，他批评了刘诗孙的新著。这位刚毅的病人，还幽默地约好给侄子小亨买一个皮制背包回去。如果说'临大节而不可夺'者称得上大丈夫的话，那么应该说这本日记就是大丈夫之作了。我们可以看到，对自然和人事的精细的观察，也正是出自于大丈夫的心思。现今的世界，不断地谋求大丈夫的出现，但大丈夫之作还尚且不可多见。因此，我觉得这本日记不仅对志同道合者有用，而且对那些想以中国人生活为资料而探究人间生活百态的人们来说，也是可贵而难得的资料。从广义而言，是作者对世人的一种贡献。"

对于高仓正三的学问和成绩，吉川幸次郎也做了介绍：

"我不想在此一一赘述著者的为人和他的学问，本来这本日记就明白无疑地示意了读者。除此日记外，作者留学时还著有《苏州话译稿》三十二篇。他还把民国作家用标准语写的童话、书简和戏曲等改写成了苏州方言，其中的一部分将在《东方学报（京都）》第十三册第一分册以及《中国及中国语》第四卷第十一号以后连载。《苏州语辞典》的底稿和不知其数的辞条小纸片，正由克己学士努力整理中。其留学前的业绩，还有他作为京都大学毕业论文的《王子安年谱》。自进了东方文化研究所以来，作者对编纂《尚书正义定本》一书做出了很大的贡献。在集体通稿时，他所提出的看法及观点常常是立意奇妙却又经得起推敲的。另外还有一本《本邦传钞尚书释文校理序录》业余之作，这将与《王子安年谱》一起，有待于整理发表。毋容置疑，如果老天再能给他多活几年，他将会给我们留下不辱其名的数不清的业绩！作者把颇具魅力的苏州语的发音带给了我们学术界，以此为契机，在我国的中国语学以及中国语言史上开辟出诸多的新的领域，这就是我们发行这本日记的目的和希望所在。但即使这一愿望得以实现，这也仅仅是著者业绩的一小部分而已。"

怀着对高仓正三的怀念之情，这位老师以做学问的态度，如实地记录了年轻学者的各种成绩，正如他所说，这些"仅仅是著者业绩的一小部分而已"。现在，高仓正三被誉为国际"吴语研究的开拓者"。日本学界乃至中国学界，在涉及"苏州方言研究"及"近代日本的中国研究"等选题时，他的著作仍是一个重要的参考。

除了本身研究中国文化，高仓正三处处体现出尊重、崇敬、融入中国文化的特点，这也许与吉川幸次郎也有一定关系。吉川幸次郎的书斋叫"唐学斋"，他在日本也常年着汉服，并且要求他的学生上课用汉语，着汉服。由于吉川幸次郎的"亲华"行为，他甚至一度受到日本政府的监视。

这本书最早是在吉川幸次郎和作者兄长高仓克己的支持下，由日本弘文堂出版的。封面题字由吉川幸次郎的老师狩野直喜先生所赐。当时由于这本日记主要是于苏州完成，因此取名为《苏州日记》。正如吉川幸次郎《跋》中所言，作者的足迹还到达了苏州之外更广大的地区，对中国的风土人情做了视角独特的忠实记录，因此，我们在编译为中文版时对书作了更名——在那个特殊的年代，一个日本人所记录的中国城市民情，所追寻的中国语言文化、民俗文化、古典文化等，对中日两国人民来说，都是难能可贵的记忆。

作者写作时的历史环境是苏州的日据时期。当时，苏州地区流通的货币种类较多，为使读者能看到当时的市场原貌，故未对法币、美元、日元等单位作统一。作者非常详细地记录了自己购买生活用品及书籍等物品的账单，数字方面有可能存在有笔误。如昭和十五年（1940）一月二十六日，他记录："鞋和挎包二十九元（各为十三元和十二点八日元）"。括号内的数目和总价明显不一致，但为尊重这本日记的物价档案性质，编译时未作修改。

另，作者对苏州话属于学习阶段，并只是通过日记、信件记录，有些明显有误的苏州话，以译注的方式注明，但因水平有限，恐尚有遗漏，请读者见谅并对其中知识点细加甄别。

孙来庆
2013年10月